LETTRES GAULOISES

SUR

LES HOMMES ET LES CHOSES

DE LA

POLITIQUE CONTEMPORAINE

PAR ULYSSE PIC

—

BIOGRAPHIE DE L'AUTEUR

—

VICISSITUDES ET AVENTURES

DU

NAIN JAUNE

PARIS

A. FAURE, LIBRAIRE ÉDITEUR,

166, RUE DE RIVOLI, 166

—

1865.

LETTRES GAULOISES

IMPRIMERIE L. TOINON ET Ce, A SAINT-GERMAIN.

NOTICE BIOGRAPHIQUE

Le *Nain Jaune* avait annoncé que ce livre serait précédé du portrait de l'auteur, par M. Théophile Silvestre qui est un des portraitistes les plus distingués de Paris. Des circonstances particulières ou plutôt publiques, car elles eurent un grand retentissement, ont brouillé ces deux écrivains, et l'auteur a dû renoncer

A l'honneur de se voir, au-devant du recueil,
Couronné de lauriers par la main de Nanteuil.

Toutefois, comme ses diverses aventures depuis deux ans, et aussi le succès des *Lettres gauloises*, dans le *Nain Jaune*, ont excité quelque curiosité, l'éditeur de ce livre a pensé qu'une courte notice biographique était indispensable pour suppléer autant que possible au portrait annoncé. L'amour-propre de l'auteur en sera moins flatté que des couleurs brillantes dont le pinceau de Théophile devait orner son image, mais si l'on considère l'amitié qui unissait le peintre et le modèle, la vérité n'y perdra rien.

M. Ulysse Pic débuta dans l'*Union de la Sarthe*, au Mans, en 1844. Il avait alors vingt ans. Le Mans, à cette époque, était le boulevard de l'opposition républicaine. M. Ledru-Rollin venait d'y être nommé député. Le *Courrier de la Sarthe*, qu'il patronnait, avait, par cela même, une grande importance dans le parti. Il était rédigé par deux hommes d'un remarquable talent, MM. Barthélemy Hauréau et Elias Regnault.

La polémique de ces journaux était d'une extrême violence. Le jeune débutant se jeta avec ardeur dans une mêlée où il devait trouver ce bruit facile qu'à vingt ans on prend si volontiers pour de la gloire. La lutte se dénoua au bout de quelques mois par un coup d'épée. Ce coup d'épée, aussi bravement reçu que loyalement donné, n'arrêta pas, Dieu merci,

la carrière de M. Hauréau qui jouit à la fois d'une
santé parfaite et de la considération qu'on doit à
un honorable caractère et à un talent éprouvé par
de solides études et d'utiles travaux. Il avait publié, dans le temps; un livre intitulé *la Montagne*,
où il déclarait que Marat était digne, *non-seulement
de l'admiration des hommes, mais de leur amour*.
O cor Jesu ! ô cor Marat ! On lit, dans la notice que
M. Vapereau lui a consacrée, qu'il a désavoué ces
fâcheuses opinions de sa jeunesse. Quoiqu'il soit de
règle dans son parti qu'un honnête homme ne doit
jamais changer d'opinion, il ne paraît pas que cette
résipiscence puisse nuire à M. Hauréau, dans l'estime de ses contemporains.

Le *National* ayant mêlé au récit qu'il fit du duel
des réflexions injurieuses pour M. Ulysse Pic, fut traduit en police correctionnelle. L'avocat de ce journal
était Mᵉ Jules Favre. Il eut occasion de dépenser
beaucoup d'esprit et de faire un calembour latin
fort ingénieux :

Si minus errasset, notus minus esset Ulysses.

Sur quoi les juges rirent, comme de raison, et con-
damnèrent le *National* à un mois de prison et trois

cents francs d'amende. Le journal annonça que son gérant allait encore une fois *gémir sur la paille humide des cachots*. Les bonnes âmes patriotes en frémissaient d'indignation, au fond des provinces, tandis que le bon gérant, paisiblement enfermé à Sainte-Pélagie, touchait du journal un supplément de dix francs par jour, recevait jusqu'à dix heures du soir, dînait de la cuisine du restaurant voisin, sablait le champagne avec les frères et amis, et n'avait qu'un regret : c'est qu'il fallût quitter trop tôt une si joyeuse vie.

De la Sarthe, M. Ulysse Pic passa, en 1845, à la rédaction en chef du *Rhône*, journal ministériel de Lyon. Au bout de quelques mois, il la quitta, à la suite d'un incident dont on s'entretint dans la presse et à la Chambre des députés, et qui motiva, de la part de M. Béchard, des interpellations énergiques.

Voici comment le *Constitutionnel*, qui était alors l'organe officiel de l'opposition, raconta cet incident, dans son numéro du 3 mai 1846 :

« Il y avait à Lyon un journal intitulé *le Rhône*... Le rédacteur en chef, M. Ulysse Pic, n'avait pas, quoique ses opinions fussent conservatrices, la sou-

plesse et le dévouement aveugles qui sont trop souvent indispensables à un journaliste préfectoral.

» Il était indépendant, il fit bien pis :

» Quand parurent les incroyables articles du
Journal des Débats et du *Courrier de la Gironde*[1],
M. Ulysse Pic, saisi d'indignation, comme tous les
honnêtes gens, à la vue de cette exploitation du
crime de Lecomte, envoya à l'imprimerie un article
dans lequel il répudiait les théories du *Journal des
Débats*, comme inspirées par *l'excès d'un zèle imprudent*. Qu'arriva-t-il? Quand le rédacteur envoya à
l'imprimerie chercher les épreuves de son article,
on lui rapporta le billet suivant du gérant :

« Monsieur, M. le préfet a gardé votre article,
» qui ne sera pas inséré. »

» Le rédacteur en chef, avec la fierté d'un
homme de cœur, a envoyé sa démission. Cette résolution achève de prouver qu'il n'était pas fait pour
le journalisme ministériel. »

Le *Siècle*, de son côté, raconta le fait, et tressa des
couronnes civiques au jeune écrivain, devenu pour

---

[1] Dans ces articles, M. Thiers était accusé de complicité morale
avec l'assassin Lecomte, qui avait tiré sur le roi à Fontainebleau.
Les *Débats* disaient que « le fusil de Lecomte était bourré avec le
dernier discours de M. Thiers. »

a.

l'opposition un modèle accompli de courage et de loyauté.

Peu de temps après, M. Ulysse Pic alla fonder à Nevers un journal où il donna carrière à l'indépendance naturelle de son caractère et beaucoup de tablature à M. le préfet Mallac. Il glissa rapidement sur la pente des idées libérales et se laissa gagner par les doctrines démocratiques qui commençaient à fermenter dans les esprits. A cette époque, étant en procès avec le journal de la préfecture, il eut, avec Michel (de Bourges), une aventure dont on lira le récit dans la *Troisième Lettre gauloise*. Le journaliste et l'orateur, évoluant en sens contraire, étaient devenus celui-ci conservateur, celui-là radical, comme on disait alors. Ils se trouvèrent en présence dans ce procès. Michel (de Bourges), plaidant pour le préfet, déclara solennellement qu'il avait *abandonné la démocratie en haine de la démagogie*. Ce fut un grand scandale.

Maître Michel montra, ce jour-là, quelle facilité donne le métier d'avocat pour défendre toutes les causes, et l'on vit briller l'admirable souplesse de son talent.

M. Ulysse Pic raconta en 1855, dans un journal,

cette aventure qui lui a laissé les plus vifs souvenirs, et écrivit sur Michel (de Bourges), sur son caractère et sur sa personne, des considérations dont madame Georges Sand parut frappée [1]. Elle lui écrivit de Nohant :

« Monsieur... Cet article est écrit avec un très-grand talent et un très-grand cœur. Vous avez rendu hommage à une puissance qui avait, elle aussi, le cœur et le talent, et vous êtes resté juste en admirant ce qui, vous le savez, par cette expérience, est parfois difficile. »

Quelques mois plus tard, en novembre 1847, M. Ulysse Pic fut appelé par un comité libéral à prendre la parole au banquet d'Autun, à la place de M. de Lamartine, qui, après avoir promis de venir discourir sur la réforme électorale, s'excusa, un peu alarmé lui-même de son succès de Mâcon. Les patriotes s'étaient rendus à Autun de tous les coins du département et des départements voisins pour entendre M. de Lamartine. On leur déclara qu'on n'avait ni Lambert ni Molière, mais qu'un jeune homme de bonne volonté allait faire de son mieux

---

[1] La plupart de ces considérations se retrouvent, mais beaucoup plus développées, dans la *Troisième Lettre gauloise.*

pour ne pas laisser en souffrance leur patriotisme.
M. Ulysse Pic se leva et porta un toast au « suffrage
universel. » Ce toast n'était pas sur le programme
et on le trouva hardi. Il n'en réussit que mieux, et
tous ces bons bourgeois venus pour boire à la réforme électorale, électeurs pour la plupart, burent
bravement au suffrage universel. « Vous ne voyez
donc pas, braves gens, où l'on vous mène, » disait
à ce propos le *Journal des Débats*, et il avait raison.

L'auditoire ne savait pas plus où on le menait
que l'orateur ne savait lui-même où il allait. Il l'a
confessé quelque part. — « Où allez-vous ? » me
demandait-on quelquefois, quand j'avais vingt ans;
et je répondais : — « Je vais où l'on fait du bruit. »
N'est-ce pas là que va toujours la jeunesse ?

Le bruit ne manqua pas au discours d'Autun.
Quelques orateurs, à la Chambre des pairs et à la
Chambre des députés, s'en montrèrent fort émus.
M. de Lamartine, de son côté, en rendit compte
dans la *Presse* du 16 novembre 1847 :

« Nous venons de lire les harangues d'Autun, dit
M. de Lamartine, et nous croyons qu'il est de notre
devoir de dire l'impression que nous en avons reçue....
Nous sommes de la foi de Mirabeau, de Bailly,

de Siéyès, de Vergniaud, de Lanjuinais, de La-
fayette, nous ne sommes pas du schisme de Camille
Desmoulins. Ce nom de Camille Desmoulins tombe
de notre plume parce que nous lisons dans ce recueil
un discours qui nous a rappelé la forme, la verve,
l'âpreté mordante et quelquefois l'éloquence classique des articles de ce jeune écrivain révolutionnaire. Qu'on ait applaudi un pareil discours
entre deux toasts, dans la chaleur d'un dîner et
séduits par les vives étincelles d'un esprit facile,
original et pétillant, nous le comprenons, mais... »

Ici, l'honorable M. de Lamartine protestait contre
les théories de l'orateur, théories qu'il qualifiait de
communistes. M. Ulysse Pic, dans le *Bien public* de
Mâcon, qui était l'organe spécial de M. de Lamartine, répondit, s'expliqua, se défendit vivement d'être
communiste. M. de Lamartine trouva la réponse
« honorable et consolante. » Il donna le baiser de
paix au jeune orateur, et, plus tard, il s'établit entre
eux, pendant quelque temps, des rapports affec-
tueux. Mais, dans le monde politique, le toast au
suffrage universel, porté inopinément dans un banquet politique, avec un certain éclat, fut considéré
comme un manifeste arrêté et convenu d'avance,

tandis qu'au contraire, les amis de M. Ledru-Rollin
étaient fort courroucés que quelqu'un eût osé se
permettre de prendre publiquement une initiative
qui, selon les règles, revenait au chef suprême
de la démocratie française. La vérité est que
M. Ulysse Pic ne subissait la discipline d'aucune
coterie. Aussi, un jour que M. Ferrari écrivit, dans
l'*Esprit public*, que l'orateur du banquet d'Autun
avait « appartenu à la démocratie », M. Ulysse Pic
lui répondit avec une fierté blessée :

« Le Piémontais m'insulte, et il faut s'expliquer :
il en est, qu'on a vus en février 1848, se précipiter
à la curée et se vautrer dans la république. Le parti
qui leur couvrit l'échine de galons eut le droit de
leur mettre au cou un collier avec cette inscription :
Celui-ci est à moi. Mais l'homme qui, par-dessus
tout, mit toujours son honneur à ne point se faire
de titres à la servitude ; qui combattit à son gré,
comme il lui plut et où il lui plut, pour l'idée qu'il
portait en lui-même, sans recevoir de mot d'ordre de personne, sans donner à un club le droit de
le compter sur ses registres, à une conspiration
parmi ses membres, à une émeute dans ses ba-
taillons ; celui qui choisit son poste lui-même hors

des rangs, qui vécut à côté de la démocratie sans y vouloir jamais connaître un démocrate, celui-là a le droit de se vanter de n'avoir jamais appartenu qu'à lui-même, et il prie le Piémontais d'être plus circonspect. »

Le 24 février, il était à Paris. Le 1er mars, il partit pour Nevers. « On me demanda d'où je venais : — « Je viens de la révolution, leur répondis-je. Nous avons enfin brisé nos fers ! Vous me voyez la lèvre encore noircie par la cartouche. »

La vérité est que j'étais resté chez moi pendant les trois jours. Mais *la lèvre noircie par la cartouche* fait toujours un bon effet, comme la *paille humide des cachots.* »

La *Première Lettre gauloise* raconte gaiement les aventures de notre auteur dans le Nivernais. Le fait est que, sur un ordre venu de Paris, on lui vola sa candidature, à main armée, sur un grand chemin. Il arriva, après M. Dupin, le dernier de la liste. Il n'est pas douteux qu'il ne fût sorti l'un des premiers, si on l'avait laissé libre de soutenir le zèle de ses partisans, qui étaient très-nombreux et très-échauffés.

Rentré à Paris, il y vécut dans un isolement à peu

près absolu, en dehors de toutes les coteries, étranger à la politique, occupé uniquement à regarder
le spectacle le plus singulier et le plus bouffon qui
se soit jamais vu sur la scène du monde. Un moment,
en octobre, il se laissa emmener à Autun par quelques amis qui avaient le dessein de fonder un journal. Au 10 décembre 1848, il se rallia ostensible-
ment, énergiquement, à la candidature du prince
Louis-Napoléon Bonaparte. Les démocrates lui demandaient ce qu'il en voulait faire. Il répondit :
« Un empereur. Je n'en ai jamais vu, et j'en voudrais voir un. » Comme le temps passait et que le
pays agonisait et que l'empereur ne se montrait pas,
il se découragea. Il fut de ceux qui, voyant
Brutus porter à Jupiter un bâton de sureau, le
prirent pour un insensé, et ne devinèrent pas qu'il
y avait un lingot d'or sous l'écorce.

Ses amis le raillaient. On se réunit un soir et l'on
résolut de fonder une politique nouvelle pour sauver la France : on s'en alla à Meulan, on loua une
maison et un jardin avec le peu d'argent qu'on put
réunir, et on forma une société qui s'appela la Société des *Libres Penseurs*. Deux des principaux
membres étaient J. Noulens, devenu l'un des sa-

vants les plus consultés de l'Europe dans les questions héraldiques, et Anselme Bellegarrigue, qui fut
depuis maître d'école à Honduras. Celui-ci a eu
une infinité d'aventures bizarres, et l'on assure qu'il
est aujourd'hui l'un des ministres de la république
de San Salvador. C'était l'un des esprits les plus
originaux que l'on pût voir. La société des *Libres
Penseurs*, de Meulan, avait pour but la confection de
petites brochures humanitaires, destinées à enseigner aux hommes que *les révolutions étant toujours
faites par des gouvernements qui veulent arriver
contre des gouvernements qui ne veulent pas s'en
aller, il n'y avait qu'à supprimer les gouvernements
pour supprimer les révolutions.*

Les citoyens étaient invités à se gouverner tout
seuls. L'on avait même trouvé le moyen de placer
cette belle théorie sous le patronage de Labruyère,
qui a dit quelque part que : « l'homme sage ne veut
pas être gouverné et n'aspire à gouverner personne. »
M. de Girardin a hérité des doctrines des trois asso-
ciés, qu'il développe aujourd'hui avec des enjolive-
ments de sa façon. Un commissaire de police, me-
nacé de perdre sa place si l'on n'arrêtait une pareille
doctrine, vint, avec son écharpe, dissoudre la société.

Elle avait duré juste neuf jours. De son côté, le parquet de Versailles s'en mêla, fit un procès, et ne voulant rien avoir à démêler avec la justice, M. Ulysse Pic s'en alla à Bruxelles, sans attendre le jugement.

Du mois d'août 1849 au 2 décembre 1852, il vécut à l'étranger, sauf six mois qu'il passa du côté d'Abbeville. Cet épisode, qui n'est pas le moins intéressant de cette vie si agitée, a été indiqué dans la *Première Lettre gauloise*. Il y est question d'une retraite d'où l'auteur allait fréquemment à Crouy. L'aventure est vraie de tous points ; seulement, dans sa lettre, M. Ulysse Pic ne l'a pas mise exactement à sa place chronologique.

Arrivé à Bruxelles, il fallut s'orienter.

« Une fois sur la frontière de la République, écrivait-il à un de ses amis, je secouai la poussière de mes souliers et il me sembla que je respirais un air plus pur. L'argent que j'emportais devait me suffire un mois à peine. Je ne savais pas encore comment je gagnerais ma vie, mais je commençai par me jurer à moi-même, solennellement, que je n'écrirais d'articles dans aucun journal, ni de brochures d'aucune sorte, et me tiendrais complétement à l'écart de la

politique, des politiqueurs, des estaminets et des
proscrits. Sous ce rapport, je tins parole à ce point
qu'un Français que j'avais connu à Paris, m'ayant
accosté dans la galerie Saint-Hubert, je lui répondis qu'il se trompait, que j'étais mon frère. Fallût-il
devoir le pain quotidien à un travail manuel, j'y
étais prêt. J'eus un instant l'idée de me faire cuisi-
nier, métier pour lequel j'ai de grandes dispositions.
J'en sais plus assurément que tous les gâte-sauces
de la Belgique ; mais nous n'aurions jamais pu nous
entendre avec les Flamands sur la question de l'ail
et du persil. Un tapissier, que je rencontrai par le
plus grand des hasards, me prit en affection, devina
mes perplexités, m'invita à déjeuner, m'offrit une
chambre et, finalement, je ne sais pas comment il se
fit que je me trouvai installé chez cet excellent
homme, comme l'enfant de la maison, et l'objet des
soins les plus tendres de la part de tous les siens.
Il était marié, avait de beaux enfants et un établis-
sement sur un bon pied. Il me disait souvent, avec
cette familiarité flamande qui use indifféremment du
tu et du *vous* : « Ne *te* presse pas ; n'es-tu pas bien
» ici ? Ah ! mauvaise tête de Gascon, *vous* ne savez
» pas avoir de patience, c'est le moyen de n'arriver

» à rien. » Lui est arrivé. Avec du travail et de l'intelligence il est devenu l'un des premiers tapissiers de la
capitale de Belgique; il est riche, il est heureux; sa
petite famille a grandi et prospéré; c'est une des joies
de ma vie. Cependant j'étais dans un état pitoyable;
j'éprouvais à l'esprit la même lassitude qu'on éprouve
aux membres après un long voyage. Je sentais toute
l'exaltation qui m'avait soutenu jusque-là s'en aller
de mon cœur comme l'eau d'un vase brisé ; je me
trouvais incapable de vivre plus longtemps si je ne
rencontrais une solitude où je pusse enfin me recueillir, me reconnaître, me ressaisir moi-même. Comment
faire ? L'idée me vint d'aller dans un couvent, non
pas pour être moine, n'en ayant pas plus la vocation
alors qu'aujourd'hui; mais j'avais beaucoup entendu
parler à Paris d'une maison religieuse, établie entre
Amiens et Abbeville, dont le Père était un homme
très-accueillant pour les étrangers et d'une bonté
infinie. Je me persuadai, je ne sais pourquoi, qu'on
me recevrait volontiers dans cette maison, qu'on
m'y donnerait un petit coin, avec un lit de sangle
et des livres ; enfin, qu'on m'y ferait crédit d'une
hospitalité de six mois dont j'userais à ma guise,
honnêtement, bien entendu, mais en toute liberté,

et je me le persuadai si bien, qu'un jour je pris un bâton, je repassai la frontière et m'en allai à petites journées vers le couvent. Je frappai à la porte, un soir de novembre, et me présentai à la façon de ces escholiers du moyen âge qui, chemin faisant, couchaient dans les abbayes, demandaient à discourir avec les clercs et payaient l'hospitalité en arguments. Je fus reçu comme je l'avais pensé. »

Il resta six mois dans l'abbaye où on lui donna une petite chambre, un lit excellent, du papier, des plumes et des livres. Le frère portier, tous les matins, venait à sept heures lui allumer un bon feu et l'approvisionnait de tabac à fumer. Il fit connaissance bientôt avec les novices et les Pères, se mêla à leurs récréations et souvent à leurs exercices, toujours argumentant. Il vit à découvert les règles, les mœurs, les pratiques, les habitudes de la communauté ; il fut stupéfait de trouver là, entre quatre murailles solitaires, la république qu'on cherchait vainement à Paris. Victor Hugo n'avait pas encore écrit cette admirable page sur les couvents :

« Des hommes se réunissent et habitent en commun. En vertu de quel droit ? En vertu du droit d'association. Ils s'enferment chez eux. En vertu de quel droit ? En vertu du droit qu'a tout homme de fermer sa porte. Ils ne sortent pas. En vertu de quel droit ? En vertu du droit qu'a tout homme d'ouvrir ou de fermer sa porte. Ils ne sortent pas. En vertu de quel droit ? En vertu du droit d'aller et de venir, qui implique le droit de rester chez soi... Le monastère est le produit de la formule : Liberté, Égalité, Fraternité. Oh ! que la liberté est grande ! Et quelle transformation splendide ! La liberté suffit à transformer un monastère en république... Ils prient. Qui ? Dieu. Les esprits irréfléchis et rapides disent : A quoi bon ces figures immobiles du côté du mystère ? A quoi servent-elles ? Qu'est-ce qu'elles font ? Hélas ! en présence de l'obscurité qui nous environne et nous attend, ne sachant pas ce que la dispersion immense fera de nous, nous répondons : Il n'y a pas d'œuvre plus sublime peut-être que celle que font ces âmes. Et nous ajoutons : Il n'y a peut-être pas de travail plus utile. Ils font bien, ceux qui prient toujours pour ceux qui ne prient jamais [1]. »

Le libre penseur de Meulan comprit qu'il avait eu tort d'être un de ces esprits irréfléchis et rapides

---

[1] Victor Hugo. *Les Misérables.*

qui disent : « A quoi bon ces figures immobiles ? A quoi servent-elles ? » Il vécut durant six mois dans cette humble communauté, sans qu'on lui eût même demandé son nom. Il s'appelait tout court M. Bernard. Pour ces hommes charitables, il était simplement un voyageur, un frère inconnu, que la Providence leur avait envoyé. Il passa ce temps en méditations et en lectures; il se livra à des travaux historiques sérieux, et composa une mnémonie qui lui servit à coordonner et à raffermir dans sa mémoire une foule de notions qui demeurent toujours éparses et confuses, si l'on n'a recours, pour les fixer, à quelque procédé ingénieux, comme en usaient les anciens. Il composa aussi un petit poëme qui fut couronné par l'Académie d'Amiens. Quand il quitta ce toit hospitalier, il pleura abondamment, et, aujourd'hui encore, il n'en parle jamais sans qu'on voie ses yeux se mouiller de larmes.

Il revint en Belgique et rentra dans la vie du monde, en même temps qu'il entrait dans l'âge de la véritable virilité. Fidèle à la promesse qu'il s'était faite de ne point s'occuper de politique tant qu'il demeurerait à l'étranger, il recourut, pour vivre, à la mnémonie qu'il avait composée au couvent. Il parcourut la Belgique, pas à pas, allant de collége en collége enseigner cette science précieuse dont on obtenait des effets surprenants. Cet enseignement eut une très-grande vogue et procura à l'auteur des bénéfices considérables. Il visita aussi un grand nombre de pensionnats français à Londres, en Suisse et en Allemagne, et voyagea ainsi jusqu'à l'époque du coup d'État, que les journaux lui apprirent à Francfort. Ce moment, où tant de gens sortaient de France, lui parut le plus propice pour y rentrer, et, vers le mois d'août 1852, il retourna à Paris. L'empire s'annonçait clairement et le réconciliait avec son vote du 10 décembre, qu'il avait regretté, étant de ces esprits *trop rapides*, selon l'expression de Victor Hugo, qui crurent que l'étoile de Napoléon allait s'éteindre sur le front du président. Condamné à six mois de prison pour la fameuse profession de foi des Libres Penseurs, il se présenta à la Conciergerie, fut écroué et fit son temps dans la cellule que M. Bocher venait de quitter et où les fils de Victor Hugo et J.-P. Proudhon l'avaient précédé de quelques mois. Aussitôt libre, il partit pour les Pyrénées. On lui offrit, à Tarbes, la rédaction de l'*Ère Impériale*, en 1853 ; il l'accepta, et y resta un an environ. De là, il passa au *Journal de Lot-et-Garonne*; puis, appelé à Dijon, il fonda dans cette ville, en 1855, avec M. Eugène Jobard, le *Moniteur de la Côte-d'Or*, qui est devenu depuis l'un des organes les plus importants de la presse départementale. A la fin de 1856, il quitta momentanément le journalisme et visita une grande partie de la France, faisant des conférences publiques sur l'art d'étudier l'histoire. Les considérations qu'il développait sur un sujet si intéressant, frappaient vivement les esprits. Les amphithéâtres des Facultés furent mis à sa disposition dans les villes les plus importantes. Il obtint surtout de brillants succès à Nantes, à Caen, à Rouen, à Bordeaux. Dans cette dernière ville, le recteur de l'Académie, M. Dutrey, désira qu'il donnât une série de leçons au personnel de l'École normale de la Gironde. La presse faisait de grands éloges de sa parole, et il se recommandait par une discrétion et une tenue qui lui ouvraient les portes des communautés même les plus rigoureusement fermées aux professeurs laïques.

En 1859, il fit la campagne d'Italie en qualité de correspondant de plusieurs journaux; il écrivit que « les Piémontais étaient les Auvergnats de

b

l'Italie, » et ne fut point décoré de Saint-Maurice.

En 1861, il rédigea le *Messager de Nice*.

En 1862, il revint au *Moniteur de la Côte-d'Or*, où le rappelaient de persévérantes affections, où ses anciens collaborateurs et ses lecteurs de 1855 ne l'avaient pas oublié. Enfin, au mois de décembre de cette même année, il fut appelé à prendre, au *Pays*, la succession de M. Grandguillot.

Il ne s'y décida pas sans peine, la vie de province étant beaucoup plus conforme à ses habitudes paisibles et régulières. Quand il eut vu le journal qu'on lui voulait confier, il se rendit compte promptement qu'il n'y avait rien de bon à en faire, et comme d'ailleurs son caractère le dispose mal au métier de journaliste officiel, il préféra s'enrôler dans la *Nation* qui allait se fonder sous la direction de M. Granier de Cassagnac, dont le talent si vigoureux lui est fort sympathique. L'époque des élections générales arriva. Cette circonstance le mit en rapport avec M. de Persigny qui le prit en très-grande estime et lui témoigna de l'affection [1]. Il n'eut au-

[1] M. Ulysse Pic, pendant le temps qu'il rédigeait à la *Nation*, fut l'objet, dans les correspondances des départements et de l'étranger, des diffamations les plus éhontées. Les passions politiques ont des aberrations abominables. Les travaux dont il était

cune peine à servir le ministre avec qui il avait une
parfaite communauté de vues et de sentiments, et
dont l'humeur vaillante allait à la sienne. Toutes
sortes de faveurs étaient à sa portée; il ne demanda
rien, ne reçut rien, et il s'honore de conserver à
M. de Persigny un dévouement inaltérable. Les
élections terminées, la *Nation* passa en d'autres
mains. Il rentra dans la retraite, puis en sortit pour
aller au *Courrier de Marseille*[1]. On en fut surpris à
Paris. M. Prévost-Paradol feignit de le croire en
disgrâce pour se livrer aux persiflages les plus aimables, du reste, et les plus flatteurs.

Il écrivit au *Courrier du Dimanche* :

« Vous souvenez-vous des élections générales et
de la campagne de l'ancienne *Nation* contre les can-

---

accablé, ne lui permettaient pas de faire face à toutes les attaques,
dont il ignora même le plus grand nombre. Il en saisit une, le
10 mai, dans l'*Impartial de Grenoble*, et demanda des explications
et des excuses, étant trop loin et trop occupé pour demander autre chose. Le propriétaire de ce journal, M. Maisonville, s'empressa
de répondre et d'imprimer dans ses colonnes : « qu'au milieu des
préoccupations qui l'assiégeaient, on avait surpris sa religion,
que les *nouvelles de son correspondant étaient un mensonge et ses
imputations des calomnies*. Il ajoutait qu'il protestait, pour son
compte, de la loyauté de ses intentions, et qu'il ne lui coûtait rien
de faire à l'honneur de M. Ulysse Pic cette réparation. »

[1] Le propriétaire du *Courrier de Marseille* est M. Jules Barile,
décoré, l'année dernière, de la Légion d'honneur.

didats de l'opposition de Paris? Ce vaillant journal,
devenu depuis ce temps-là libéral, et digne en ce
point de servir d'exemple à quelques-uns de ses
confrères, se déchaînait alors avec une singulière
vigueur contre la liste opposante et contre ceux qui
osaient la soutenir. Au premier rang des combattants enrôlés dans la *Nation*, brillait un écrivain
original et hardi, qui ne reculait devant aucun argument ni devant aucune parole, et qui m'avait
séduit par la hardiesse souvent intempérante mais
parfois ingénieuse de son langage. C'était M. Ulysse
Pic, que les lecteurs des journaux de ce temps-là
n'ont pas tous oublié. Pour moi, je lisais la *Nation*
tous les soirs, curieux de voir quel nouveau fantôme M. Ulysse Pic avait évoqué pour effrayer, sur
les conséquences de son vote, la bourgeoisie parisienne.

» Je préférais de beaucoup M. Ulysse Pic à toute
la cohorte dont il était entouré. Je voyais en lui un
autre Granier de Cassagnac, plus varié que son célèbre devancier, plus spirituel, plus hardi même
dans ses images familières, et en même temps moins
amer, sans doute parce qu'il avait éprouvé moins
de déceptions et connu de moins près l'ingrati-

tude des hommes. Je n'hésitais pas à prévoir pour M. Ulysse Pic les plus hautes destinées dans la presse gouvernementale, et je trouvais que le ciel se montrait juste en accordant enfin un peu de talent à cette presse si maltraitée par le sort, en faisant tomber cette goutte de rosée sur cette terre stérile.

» Jugez donc de ma surprise lorsque en recevant hier, de Marseille, un journal qu'on m'adressait afin de me montrer à quel point j'y suis maltraité, je reconnus dès les premières lignes, et sans avoir besoin d'aller à la signature, que M. Ulysse Pic était là-bas mon censeur et mon juge. Ils n'en font jamais d'autres, m'écriai-je : ils ont envoyé M. Ulysse Pic à Marseille! Quoi! lorsque le *Constitutionnel* est rédigé comme vous savez, lorsque le *Pays* fait chaque jour un pas de plus vers le néant, lorsque les journaux agréables au pouvoir sont dénués à ce point des moyens de se rendre agréables au public, on laisse partir M. Ulysse Pic pour Marseille, comme s'il ne valait ni plus ni moins que M. X... En vérité, je ne serais pas plus étonné si l'Opéra envoyait mademoiselle Sax chanter à Bordeaux, ou mademoiselle Mourawief danser à Strasbourg. Est-il donc écrit que trop de talent nuit toujours, et

b.

qu'il faut, comme le premier Brutus, faire un peu le sot pour réussir ? Voyez M. Thuillier, qui s'était montré animé jusqu'à l'éloquence dans le débat relatif à l'élection de Grenoble; l'avez-vous vu, une seule fois, depuis ce jour-là, prendre la parole? N'a-t-il pas été comme abîmé et enfoui dans le silence ? et aujourd'hui, si ce n'est moi, et peut-être lui, qui se souvient de ce brillant discours ? M. Ulysse Pic s'est perdu, je le soupçonne, par une imprudence pareille. Il a montré trop d'entrain, trop de feu, trop de verve, et voilà pourquoi, sans doute, au lieu de briller pour toute la France au faîte du *Constitutionnel*, il est réduit à dépenser sur la Cannebière un talent qui fait si cruellement défaut ailleurs, etc. »

.   .   .   .

M. Ulysse Pic écrivit à M. Prévost-Paradol :

« Monsieur, la porte du *Constitutionnel* m'était encore entr'ouverte; vous venez de me la fermer complétement. C'est peut-être un service que vous m'avez rendu. Recevez, à tout hasard, mes sincères remercîments. »

Seulement, M. Prévost-Paradol se trompait. On n'avait pas envoyé M. Ulysse Pic à Marseille; il n'a pas l'habitude de donner à qui que ce soit le droit de

disposer de sa personne. Il alla au *Courrier de Marseille*, parce qu'il le trouva bon, et il ne lui reste
qu'un regret : c'est d'avoir jamais quitté les excellents amis qu'il y rencontra. Le plus fier peut s'es-
timer à sa place, quand il a l'honneur de collaborer
avec Louis Méry, qui ne voudrait pas donner sa
plume à essuyer à Escudier.

La plume, la parole, les voyages se sont donc
partagé cette existence, semée d'ailleurs des aventures les plus curieuses qu'il se chargera lui-même
de raconter quelque jour. Le trait distinctif de ce
caractère est d'être réfractaire à toute discipline, re-
belle à toute espèce de joug. Au malheur d'avoir ce
grave défaut, il ajoute celui d'en tirer vanité. Il serait allé loin dans le journalisme politique, s'il n'a-
vait donné de lui l'opinion qu'on ne saurait jamais
compter sur une inféodation absolue de sa part à
des admirations ou à des hostilités de commande.

On croirait volontiers qu'il se plait à avoir des
ennemis. Ainsi, il s'est appliqué à trier et à collec-
tionner dans la presse une demi-douzaine de sots
des plus dangereux, qu'il agace, qu'il tourmente,
qu'il exaspère à dessein, rien que pour le plaisir de
voir quel nouveau genre de diffamation ils invente-

ront contre lui dans les gazettes. « Je les ai mis dans ma vie, dit-il, comme des piments dans un ragoût. Leurs injures donnent plus de saveur aux éloges que je reçois des honnêtes gens. »

Le journalisme est obstrué par une foule d'intrus arrivés dans les rangs de la presse on ne sait d'où ni comment, participant tout à la fois de la rédaction et de l'antichambre, moitié écrivains, moitié laquais. Les auteurs les plus estimables se voient obligés de leur montrer des ménagements et de leur tirer le chapeau, comme il faut faire aux portiers et à la valetaille pour être bien dans la maison. Cette espèce de gens, à qui on laisse tripoter à leur gré la réclame dans les journaux, a par là même de l'influence sur la réputation des auteurs, sur le succès ou sur la chute de leurs œuvres. L'auteur des *Lettres gauloises* ayant constamment vécu dans la province, arriva à Paris, il y a peu d'années, sans être formé à ces mœurs littéraires. Les premiers qu'il rencontra, il les bâtonna. Et comme la plupart ont la main dans les correspondances des journaux des départements et de l'étranger, ils le signalèrent comme « un brigand, un éreinteur, un scélérat et un frénétique : » A ceux qui lui représentaient le tort que ces gens-là pouvaient faire à sa réputation, il se contenta de répondre « qu'il s'estimerait heureux de parvenir un jour à être insulté autant que Pascal et Paul-Louis. »

En réalité, peu d'hommes apportent dans leurs relations une urbanité plus parfaite, une obligeance plus grande et une plus facile humeur. S'il y a quelque malice dans ses écrits, elle est exempte d'amertume, selon la remarque de M. Prévost-Paradol, et il répète souvent qu'il a pour principe que dans les luttes de la plume, « on a le droit de viser partout, excepté au cœur et à l'honneur des gens. »

Il eut occasion de développer sa théorie sur les priviléges de l'esprit français en matière de polémique, dans un débat assez plaisant avec M. Arthur de Cumont, rédacteur en chef d'un journal qui se publie à Angers. M. Arthur de Cumont, homme de talent et d'esprit, prit d'abord la chose sur un ton jovial avec son adversaire.

« Autrefois, disait-il, sous l'ancien régime, pour monter dans les carrosses du roi, il fallait posséder tant de quartiers de noblesse; c'était un privilége... Il y avait des gens qui disaient : « Nous » voudrions bien monter dans les carrosses du roi. »

On leur répondait : « Soyez nobles à trente-six
» quartiers et vous y prendrez place. » Il y a aujourd'hui des gens qui disent : « Nous voudrions
» bien solliciter les suffrages des électeurs; » mais
l'administration, armée de pied en cap, ne laisse
passer personne, excepté ses bons amis ! Bonté
divine! où allons-nous? Deux et deux ne font plus
quatre, et, comme dit Rabelais, les vessies sont des
lanternes ! »

Et comme Ulysse Pic avait fait à propos de
fiefs quelque dissertation sur le *Traité d'Andelot*,
M. Arthur de Cumont ajoutait en riant :

« Si vous posez le bonnet carré sur votre chef et
montez en chaire pour me réciter un article du
Dictionnaire de la conversation et m'apprendre ce
qu'était le régime féodal, je demande un lait de
poule *avec mon bonnet de nuit*, et je vais me coucher. »

L'autre riposta :

« Voilà qui nous gâte, Arthur. Pourquoi donc
faire savoir ces choses-là à tout le monde, et qui
vous demande si vous portez des bonnets de nuit ? »

Il faut voir le scandale que fit cette plaisanterie.
A Lyon, un journal annonça qu'il n'y avait plus de

limite à l'impudeur de l'insulteur juré et stipendié de la *Nation*, et que ses diatribes n'épargnaient point les secrets les plus intimes de la vie privée. Quant au journal de M. Arthur de Cumont, il annonça que devant un tel cynisme, la polémique devenait indigne de la gravité de son rédacteur en chef.

Ulysse Pic répondit :

« L'*Union de l'Ouest* prenant acte de ma réponse à l'article de M. Arthur de Cumont, la place sous les yeux de ses lecteurs et s'en montre irritée. Elle la qualifie d'un de ces mots qui faisaient dire à Paul-Louis : « Cet homme m'appelle cynique ; j'entends : il veut dire que lui et moi ne sommes point d'accord. » M. de Cumont veut dire aussi que nous ne sommes point d'accord avec lui.

« Je le savais, et n'espérais guère que nous pussions nous y mettre, au moins sur le terrain de la politique. Mais sur le terrain littéraire, j'attendais mieux; M. de Cumont me semblait appartenir à une école qui a toutes mes prédilections. Dans cet article même auquel j'ai dû répondre, il montra, si l'on s'en souvient, une familiarité d'allures et une verdeur de langage du plus haut goût. Ce gentil-homme, qui semblait ne pas dédaigner de des-

cendre de Chamfort, de Rivarol, de Courier, de
Béranger et de Beaumarchais, ce journaliste qui
nous demandait, en riant d'un bon rire rabelai-
sien , si nous prenions des vessies pour des lanternes,
me charma. Ce n'était pas là du sel attique comme
celui de M. Paradol, mais il a un goût du terroir,
il vient du père de Panurge, il en vaut bien un
autre, il est gaulois. Comment donc ai-je pu fâcher
grossièrement cet homme aimable qui m'invitait à
être gai, si je voulais qu'il me tînt tête ? Vous souvient-il comme il me menaçait de demander son
lait de poule et son bonnet de nuit, et de s'aller coucher, si je n'avais à lui conter rien de plus joyeux
que le Traité d'Andelot ? Aussi je cherche vainement ce qui, dans l'entretien que nous eûmes ensemble, l'a pu jeter dans un tel courroux. Il veut
de la gravité : j'y consens bien ; mais est-il donc
indispensable d'être ennuyeux pour être grave ?
Manquaient-ils de gravité, ces écrivains classiques,
dont les éclats de rire retentissent dans le xviie et
le xviiie siècle, depuis le Bourgeois gentilhomme
jusqu'à Figaro ?

» Va-t-il falloir, pour prendre rang dans le
monde des écrivains sérieux, se mettre au style du

doux et bon M. Fleurant, cet honorable apothicaire qui savait parler de *toutes choses* civilement?
Jusqu'à Lyon, les gens d'esprit du *Progrès* ont crié
haro ! de voir arriver dans la polémique « le bonnet
de nuit de M. de Cumont. » Si M. de Cumont ne
voulait pas voir traîner son bonnet de nuit dans la
discussion, il n'avait qu'à ne pas l'y mettre. Je
n'aurais pas pris de moi-même cette liberté, moins
hardi en cela que notre maître Boileau, qui, de son
chef, prit et métamorphosa en comète la perruque
de Chapelain, tout aussi respectable, soit dit sans
l'offenser, que le bonnet de nuit de notre confrère.

» L'escrime littéraire a ses règles classiques,
comme l'escrime de l'épée :

» On peut toucher partout, excepté au cœur. »
Mais il a eu beau faire : de cette façon de pratiquer
la polémique, il lui est resté une réputation qui n'a
pas moins défiguré son caractère que celui de ses
écrits, ce qui amène quelquefois des méprises et
des aventures piquantes, comme celle qu'il eut ré-
cemment avec un homme des plus honorables.
C'est une anecdote que nous laissons à notre auteur lui-même le soin de raconter pour terminer
cette notice biographique.

c

« La semaine dernière, un monsieur se présenta
au bureau du *Nain jaune* et demanda le caissier.
Celui-ci était absent, et j'occupais justement son
fauteuil de cuir vert. Je vaquais à mes fonctions de
séquestre judiciaire, je regardais d'un œil consterné
le carnet des échéances. « Faites entrer, » dis-je au
garçon de bureau. Le visiteur était un beau vieillard décoré, à l'air distingué et souriant. Je reconnus M. Allier, l'ancien directeur de la colonie de
Petit-Bourg, qu'on m'avait fait remarquer quelques
jours auparavant, dans le passage des Princes, et
je vis qu'il ne me connaissait nullement. Je lui présentai un siége, sans me nommer; il s'assit et me fit
part de l'affaire qui l'amenait. Puis, de fil en aiguille,
la conversation s'égara et battit la campagne. Nous
causâmes de la politique, du boulevard, des journaux, de Thérésa et de l'Opéra. M. Allier s'expri-
mait sur tous ces sujets en homme du monde fort au
courant. J'étais vraiment charmé de sa bonté et de
son esprit. De son côté, il me parut satisfait de mon
empressement et de ma politesse. Je le reconduisis
jusqu'au seuil et nous nous quittâmes en nous ser-
rant cordialement la main. Une semaine s'était
écoulée : je regardais une panoplie à la vitrine de

Devisme, M. Allier s'approcha de moi. Grandes salutations, comme vous pensez bien.

» — Monsieur, comment vous portez-vous?

» — Et vous-même?

» — A merveille.

» — J'en suis ravi.

» — Est-ce que vous promenez?

» — Je promène; voilà un soleil charmant. N'est-ce pas, monsieur, qu'il n'y a de vrai soleil qu'à Paris?

» — C'est parfaitement mon avis.

» Là-dessus nous nous mîmes insensiblement au pas, en causant, le long du boulevard. Au bout de dix minutes:

» — Est-ce que vous avez déjeuné?

» —Non, vraiment, répondis-je: il est onze heures et vous me le faisiez oublier.

» — Et voilà qui me le rappelle, me dit-il.

» Nous étions devant le grand *Café de la Paix*. Des perdreaux froids, ornés de bandelettes blanches et dorés par un feu doux et intelligent, se prélassaient entre des pyramides de fleurs et de fruits.

» Il m'offrit à déjeuner sans cérémonie.

» J'avoue qu'un déjeuner au Café de la Paix, en

bonne compagnie, est un des plaisirs de Paris auxquels je suis le plus sensible. Le visage spirituel et
vermeil de l'honnête M. Thibault, l'impresario de
céans, qui a pour moi de l'estime, me met en joie et
en appétit. J'aime ces beaux salons, ces cascades de
cristal, cet or ruisselant, ces cabinets capitonés,
vrais nids de soie et de brocart. Quelle belle chose
que la démocratie, messieurs ! Comme tout se nivelle
de notre temps ! Voilà des garçons qui semblent
des auditeurs au conseil d'État. Quelle politesse !
quelle grâce ! et comme ces jeunes drôles s'expriment d'une façon distinguée ! La plupart ont appris
le latin jusqu'en quatrième, et ne pouvant décemment, avec une aussi belle instruction, labourer, en-
semencer la terre comme leurs pères, ils viennent à
Paris, se font professeurs au cachet ou laquais.
Aussi les moindres professions aujourd'hui demandent des connaissances, de belles manières, du
savoir. Thibault a un rôtisseur qui fut sous-préfet
sous Cavaignac. Désormais, il va exiger que ses
gens soient bacheliers. Escudier ne pourrait entrer
chez lui. Paul-Louis le disait bien : « Le monde va,
» mes chers amis, et ne cesse d'aller... A cette heure,
» en plaine roulant, rien ne le peut plus arrêter. »

Paul-Louis avait raison. Le progrès marche à pas de géant. Le métier de journaliste sera le seul bientôt qu'on puisse faire sans talent et sans esprit. »

» Nous causions ainsi :

» Ce déjeuner, doucement échauffé par un vin généreux, commença de former entre mon amphitryon et moi les liens d'une estime et d'une sympathie parfaites.

» — Çà, me dit-il tout à coup : Et les *Lettres gauloises* ? Paraîtront-elles bientôt?

» Je répondis qu'elles devaient paraître prochainement avec un grand nombre de lettres nouvelles et curieuses.

» Après un moment de silence :

» — Savez-vous, me dit-il, qu'il ne manque ni de verve ni de sens?

» — Qui donc?

» — Eh parbleu! l'auteur des *Lettres gauloises*. Mais quel dommage, monsieur!

» — Lequel, s'il vous plaît? dis-je avec curiosité.

» — Eh! mon Dieu! qu'il soit si débraillé et d'une humeur si brutale qu'on le dit.

» — Ah! l'on dit cela?

» — Me tromperais-je?

» — Non pas, vraiment. Au contraire, je vois, monsieur, que vous êtes bien renseigné. »

» Alors il me fit remarquer combien il était regrettable que les dons de l'intelligence fussent départis à de pareils sacripants.

» — Je ne le connais d'aucune façon, continua mon interlocuteur. Un jour, j'étais sur le point de l'aller voir, pour lui demander un numéro de l'ancienne *Nation,* dont j'avais un besoin pressant et qu'il m'était impossible de me procurer ailleurs. Mais Dupont me conjura de renoncer à ce projet, de crainte qu'il ne m'arrivât quelque affront. — « Vous le trouveriez ivre, assurément, me dit-il, cherchant quelqu'un à rosser sur les escaliers. »

» Je riais de tout mon cœur, et le bon M. Allier de répéter toujours :

» — Quel dommage , monsieur ! Quel dommage !

» Dans sa pensée, cela voulait dire :

« Quel dommage que ces gens-là ne soient pas, comme vous et moi, élevés, polis, vêtus de linge blanc, d'une humeur gaie et décente ; des gens enfin qu'on puisse honorablement inviter à déjeuner ! »

» Je m'associai à ces doléances par une poignée de

main vivement sentie et nous nous levâmes. Comme nous étions sur la porte, un de mes amis me dit en passant :

» — « Bonjour, cher. Faure vient de m'apprendre qu'il allait publier vos *Lettres gauloises*, je lui en ai fait mon compliment. » Et il disparut.

» M. Allier, stupéfait, me regardait des pieds à la tête et croyait avoir mal entendu.

» — *Vos... Lettres... gauloises?* » balbutiait-il, surpris comme un fondeur de cloches.

» — Les miennes, lui dis-je, en lui tendant la main, les miennes même, cher M. Allier, et vous me permettrez bien, n'est-ce pas, de n'y point oublier cette aventure ? »

LETTRES GAULOISES

AU RÉDACTEUR DU NAIN JAUNE

ET A DIVERS

PREMIÈRE LETTRE

La jeunesse du café Procope. — Clamageran et son chapeau. — Ce
que raconta maître Jaybert, à propos de bottes.— Comment je fus
arrêté par un régiment de hussards. — Le commissaire de la
république et son plumet. — Proclamation du maire de Nevers. — Ma transportation en calèche. — Les partageux de Nérondes. — Galifray et la Torchette. — La manivelle de Crouy.

Paris, 21 août 1864.

Monsieur,

M. Guilhem, un aimable écrivain, de ce bel âge où
l'on ne connaît du monde que ce qu'on en voit autour de
soi, me reproche de donner au *Nain Jaune* de vieux
ours.

Je me suis fait définir ce mot qui n'est pas de ma
langue, et M. Adrien Marx, profondément versé dans
l'idiome contemporain, m'a expliqué que « vieil ours »

1

veut dire « vieilleries. » Va pour « ours » si le besoin
s'en faisait sentir ; je ne suis pas ennemi des innovations
pittoresques.

Ah ! je ne manquerais pas d'actualité, si je m'égayais
à fureter du bout de ma plume dans les corsages des
Phrynés en vogue, et le jeu plairait mieux à certains
lecteurs. Mais quoique je ne dédaigne pas ce point de
vue plus qu'un autre, j'avoue que je n'en fais pas
précisément ma spécialité.

Je me plais dans un ordre d'idées plus graves, sans
qu'elles excluent pourtant une certaine gaieté. Si je
parle du vieux temps, ce n'est pas, on le sait, comme le
grison d'Horace, pour reprocher au temps présent de
ne pas lui ressembler. Je trouve qu'il lui ressemble
trop, et je m'en afflige. La vie, à mon grand regret,
manque de variété.

Avant-hier je m'étais aventuré dans l'estaminet du
café Procope. J'aime le pays latin et ses cafés tapa-
geurs. Des adolescents à qui la barbe commence à
pousser vidaient bruyamment des bocks bavarois. Les
Bavarois, en retour, boivent notre vin de France... Oh !
nous sommes des gens de goût et d'esprit ! La pipe traditionnelle de l'étudiant complétait la couleur allemande
du tableau, et l'on parlait politique, à la grande stupé-
faction d'une demi-douzaine de Belges et d'Espagnols
qui se trouvaient par là. En général, Durand, Laurent-
Pichat et Pelloquet, correspondants des gazettes étrangères, font accroire à l'Europe que la jeunesse fran-

çaise est muselée. Or, celle-ci montrait les plus belles dents du monde, et ces jeunes gens éloquents et hardis déclaraient tout haut « qu'on en dira ce qu'on voudra, et qu'ils sont pour la liberté et pour la démocratie ! »

Allons ! me disais-je, c'est toujours comme jadis.

Je connais, pour les avoir eus, tous les faibles de la jeunesse. Je sais qu'elle aime qu'on la regarde, et j'affectais de fumer mon cigare d'un air distrait et indifférent. Mais au fond, j'étais ravi et attendri ; car enfin on n'est pas si loin de ses vingt ans qu'on les ait oubliés encore.

Pourtant, ils finirent par m'agacer un peu, avec leur air de croire que nous n'en ferions pas autant. J'avais envie de casser quelque chose et de faire un discours à l'auditoire pour leur montrer comme on s'y prenait de mon temps. Il ne faut pas que Frédéric Morin s'imagine qu'il a créé la pose démocratique, ni Floquet qu'il a inventé l'éloquence. On pourrait les renseigner là-dessus à l'estaminet Sainte-Agnès [1].

Je vois passer quelquefois Clamageran devant le café Tortoni. Tout fier de sa personne, il écrirait volontiers sur son chapeau qu'il est *libéral*.... pour nous humilier.

Qu'il sache que je l'ai été avant lui.

J'ai été, moi qui vous parle, démocrate, républicain, socialiste, communiste, babouviste, non de Babou mais

---

[1] Ce café, dans les dernières années du règne de Louis-Philippe, était le rendez-vous de l'état-major de la démocratie républicaine : Flocon, Caussidière, Sobrier, Pilhes, etc., etc.

de Babœuf ; j'ai été cabétiste, fouriériste, panthéiste, né-
grophile, polonais ; je vous défie d'imaginer tout ce que
je fus en cet heureux temps de ma jeunesse et de mes
amours.

La Fraternité m'avait mis le diable au corps.

On s'en souvient dans la Nièvre.

On m'y vit tour à tour, après Février, journaliste,
orateur et candidat. Maître Jaybert le racontait aux
juges, l'hiver passé, plaidant contre moi pour Escudier
à propos... de bottes. Maître Jaybert a de l'esprit, sans
qu'il y paraisse, et l'histoire eut du succès :

Il fallut me faire enlever par la garde nationale et
par un régiment de hussards, un soir que je m'en allais
sur une grande route, tout seul, dans un cabriolet,
méditant de bouleverser la terre. Le commissaire de la
république, en personne, marchait à la tête des troupes,
avec un sabre et un plumet. L'Europe en fut informée
par une proclamation du maire qui, après ce grand ex-
ploit, félicita la garde nationale et l'armée d'avoir fait
leur devoir. La légalité du procédé n'était peut-être
pas irréprochable, mais il s'agissait de sauver la patrie.

Jules Favre, sécrétaire général, chargé du point de
droit à l'Intérieur, écrivit au commissaire du Nivernais:

« Citoyen commissaire, vous avez bien fait de faire
» enlever ce gaillard-là, sans autre forme de procès. »

Escudier a les documents ; Bridoison les lut à l'audience.

Enveloppé par la cavalerie, cerné par les savantes

manœuvres d'un colonel qui avait fait la guerre aux Bédouins, je dus me rendre. Je n'ai jamais bien su les raisons intimes de ce coup de Jarnac.

Il était minuit, et l'on me conduisit à la préfecture de Nevers, dans un fourgon. Je m'attendais à connaître mon crime, être interrogé, écroué, puis jugé selon la formule; mais Favre avait supprimé les lois. On me signifia simplement qu'il fallait partir; une chaise de poste m'attendait dans la cour, escortée d'une brigade et d'un peloton. Le commissaire, fort bourru, était bonhomme au fond, malgré son plumet.

— « On vous mène à Bourges, me dit-il. Je vous serre la main de tout mon cœur, et que le diable vous emporte ! Voilà soixante louis pour vous défrayer et payer les guides; il est juste qu'on vous traite honorablement. *Vive la République !* »

Et il s'alla coucher

Le fouet du postillon siffla, et, en un clin d'œil, nous fûmes hors des portes. L'aube blanchissait déjà l'horizon. Je mis la tête dehors. Quelle belle arme que la gendarmerie ! Les plastrons rouges de mes cavaliers fourmillaient dans les brouillards du matin comme les coquelicots dans les blés. L'un d'eux, lancé devant, disparaissait dans la poussière ; le pavé ruisselait d'éclairs sous les sabots de son cheval.

Je dois rendre justice à ce mode de transportation : il vaut mieux que l'autre. A chaque relais, les postillons, debout dans leurs longues bottes, nous attendaient le

fouet au poing. Dans les villages, les bonnes gens sur
leurs portes voyant cet appareil me prenaient pour un
prince de la République. A Nérondes, des paysans me
présentèrent une pétition. L'un d'eux me demanda si
l'on n'allait pas bientôt partager les terres. Je lui répondis que j'avais le décret dans ma poche et d'aller
au chef-lieu où je devais distribuer celles de Michel (de
Bourges) aux patriotes, le lendemain. Se représente-t on
d'ici la figure de Me Michel, quand il vit arriver, dans
son étude, les paysans de Nérondes à la queue leu-leu,
avec leurs longs bâtons de cornouiller, demandant à
quelle heure on ferait la distribution.

. Ce voyage imprévu changeait décidemment le cours
ordinaire de mes idées. Mon importance remplissait les
grands chemins de bruit et de poussière, et je comprenais les charmes de la grandeur. Je comprenais
Pagnerre se dodelinant dans les voitures du roi ;
comme lui, je trouvais le monde vu du haut d'une calèche, bien différent; et ces impressions ne laissèrent
pas que de déposer dans mon cœur un levain de sen-
sualité qui ne s'effaça plus.

A Bourges, descendu de mon élévation éphémère, je
rentrai en soupirant dans l'ornière de la vie. Sérieusement, mon aventure de Nevers, cet escamotage audacieux de ma personne, à la veille des élections, dans
l'unique but d'épargner à M. Ledru-Rollin une nomi-
nation qui lui eût été particulièrement désagréable ;
cette violation impudente de la liberté individuelle par

la main même des gens qui se présentaient à la France comme les Messies de la liberté, tout cela, on le conçoit de reste, m'avait profondément écœuré.

Je veux vous raconter quelle aventure acheva de me tourner l'esprit :

Mes inspirations intimes, aiguisées par le ressentiment, prirent une direction violente. Proudhon alors tenait école de ces doctrines fameuses qui ont laissé autour de son nom un si sombre éclat. Homme excellent d'ailleurs, à le voir de près, et héroïque dans sa détresse. Il était malade, l'autre jour, à Passy, et presque expirant. Qui s'en est préoccupé? Personne. Havin est gros et gras, Jourdan est florissant et se porte à merveille. C'est l'essentiel.

Proudhon devint mon homme :

L'étude de ce sinistre législateur m'offrit un attrait vertigineux. Celui-là, du moins, n'y allait pas de main morte ; il voulait refaire le monde, et je m'y jetai à corps perdu.

Pour l'étudier sérieusement, ce qui n'est pas affaire d'un jour, j'avais besoin de calme, de repos. Des amis m'offrirent une retraite en Picardie, par devers les bois. Le printemps commençait de poindre, les fleurs d'avril s'ouvraient au soleil ; je partis.

A deux kilomètres de ma nouvelle demeure, était un petit village appelé Crouy, entre Amiens et Abbeville. On y allait de notre maison par une route charmante, et quoique d'autres sites plus beaux se disputassent mes préférences, je pris l'habitude du chemin de Crouy. Les œufs frais y étaient excellents et la laitière charmante. Je ne sais pas au juste si j'y allais pour la laitière ou pour les œufs frais.

Tout le monde me connut vite ; j'ai toujours aimé les paysans. Ces braves gens vivaient du produit de leurs champs et de leur état de sabotiers. C'est l'industrie de la contrée ; ils font, avec les bouleaux des bords de l'Oise, ces sabots légers qui vont si bien aux petits pieds cambrés des fillettes de Picardie.

Au bout d'une semaine, j'entrais librement partout. D'ordinaire, je portais le journal avec moi, et l'on m'entourait, soit à l'auberge, soit sur la place où j'en faisais lecture tout haut, avec des commentaires de ma façon.

Ou eut bien d'abord quelque inquiétude sur ce que deviendrait l'industrie du sabot dans l'âge d'or que je promettais, puisque tout devait être mis sur un nouveau pied. Mais je leur expliquai que la République les entretiendrait de commandes pour la Suède où cet article est très-recherché.

Les petites affaires de ma popularité allaient à merveille, et, soit dit entre nous, je méditais déjà une candidature pour les prochaines élections. Or, un jour, arrivant sur la place de Crouy, vers neuf heures du matin, je trouvai grand tumulte. La manivelle du puits s'était rompue, la nuit, et la corde usée avait cassé. C'étaient une fière manivelle et une rude corde, qui, depuis sept ans, tiraient de l'eau pour tout le pays. Il fallait les remplacer, et voilà la grosse affaire, une affaire de trente-six francs qui n'avait pas été prévue au budget communal.

Du plus loin qu'on me vit, on me héla et l'on se dit : « Voilà Monsieur Bernard — on m'appelait ainsi — qui va nous mettre d'accord et arranger la chose. » Et le cas me fut raconté.

— « Mes braves gens, leur dis-je avec onction, plût à Dieu que la manivelle de l'État fût aussi facile à remplacer quand elle casse. Celle-ci est à tous, pour l'usage de tous, utile à tous, différente du gouvernement qui n'est bon à rien et utile à personne. — Je parlais du gouvernement de ce temps-là. — Que chacun donne sa contribution pour la manivelle. Pour quarante maisons, trente-six francs, par tête font dix-huit sous. C'est ainsi, mes amis, que les affaires de ce monde se réduiront bientôt à une simple règle d'égalité et de fraternité. »

J'étais doucement ému.

— « Faites excuse, mais pour un savant, vous m'étonnez, — me dit un grand gaillard barbu que je connaissais moins que les autres. Je l'avais rencontré deux ou trois fois gardant des chèvres le long des talus, toujours quelque livre à la main. Un paysan liseur. — Faites excuse ; mais pourquoi Landriot qui est aux champs tout le temps et, en deux jours, tire de l'eau au puits un litre à peine, payerait-il comme l'aubergiste qui tous les jours est à la manivelle pour les rouliers,

1.

sans compter les jours de brigade, quand les gendarmes viennent à Crouy avec leurs chevaux ? »

— « Galifray a raison, — dit une femme qu'on appelait la Torchette, — c'est ceux qui boivent qui usent la
corde et doivent payer. C'est pas mon homme qui donnera dix-huit sous, et c'est pas l'eau du puits qui lui
fera venir des grenouilles dans le ventre. Il est depuis
trois jours à Abbeville, au cabaret. Ah ! l'on ne dira pas
que celui-là use la manivelle ! »

— « Si c'est ça, dit Bonin, un très-brave homme, je
devons payer moins que Simon Leborgne, où ils sont
six, dans la maison, à tirer l'eau pour le jardinage. Et
mon oncle Videlin, qui n'est que deux avec sa femme,
il lui faut aussi une réduction. »

Michelot, de son côté, prenant la parole, fit remarquer qu'il devait quitter la commune pour aller s'établir l'année prochaine chez son gendre à Pecquigny. —
« Je payerais donc dix-huit sous, disait-il, pour un an
de manivelle, quand les autres en auront à jouir sept
ans durant ? »

Le grand Galifray riait dans sa barbe. Les objections
lancées dans la voie qu'il leur avait ouverte soulevaient
un problème imprévu :

Etant donnée une manivelle pour l'usage commun
de quarante feux, déterminer la contribution de chacun
proportionnellement à l'usure que chacun en fait, en
tenant compte des réductions ou augmentations à sur-

venir incessamment, selon les circonstances, telles que le départ de Michelot, etc., etc.

En conscience, pouvais-je contester la légitimité de ce problème? Assurément non. Il était légitime, il était naturel, si bien qu'à peine indiqué il fut saisi par ces bonnes gens, frappés de la naïve simplicité de sa justice. M. de Girardin ne l'eût pas mieux posé.

Je ne doute pas que, s'il était ministre, il ne le résolût et ne trouvât le secret de satisfaire Galifray, qui n'entend contribuer aux frais de la manivelle que pour l'usage qu'il en fait. Galifray, quant à lui, avait imaginé un moyen des plus simples, à son avis, qui était d'aller, avec des fourches, chez M. de Morgan chercher l'argent : « Il en a plein ses coffres, disait-il, et peut bien payer une manivelle à la commune. »

Plus tard, ce grand Galifray fut nommé député à la Législative. Sans le coup d'État, ses idées économiques auraient fait leur chemin.

Mais, revenons au problème. Les paysans me regardaient d'un air narquois et se demandaient si c'est ainsi que je devais arranger les affaires de la république. J'assistais déjà à la ruine de ma popularité. J'essayai de parler ; vaine éloquence! Les commères s'en mêlaient, les coiffes volaient en l'air, les bâtons s'allaient mettre de la partie, lorsque intervint le curé de Crouy revenant d'Abbeville.

On lui conta l'affaire.

—« Eh bien, monsieur le curé, lui dis-je, non sans quelque ironie, tirez-vous donc de là, vous qui êtes un homme sage ! »

Le bonhomme sourit, et s'adressant à ses paroissiens :

— « Je me charge de la dépense, mes amis, retournez à vos sabotières. Voilà vingt sous de travail perdus depuis ce matin à chicaner pour n'en pas payer dix-huit. Ah ! le socialisme est une belle chose ! »

Je baissai l'oreille, mon cher Monsieur, et repris le chemin par où j'étais venu, guéri de la manie de régenter la terre, de reconstituer la Pologne, de refaire les empires, de régler les comptes du genre humain. Et depuis cette époque, lorsque je rencontre de ces rêveurs d'utopies, grands arrangeurs des affaires de l'Europe, idéologues jeunes et vieux, humanitaires, fraternitaires, réformateurs de café, législateurs d'estaminet, et vous surtout, jeunes gens qui, à votre tour, trouvez mauvais le monde comme il est, et voudriez le changer, souffrez que je vous envoie tous... à la manivelle !

DEUXIÈME LETTRE

Le mariage de mademoiselle Armand Marrast. — Portrait en pied de l'ancien président de la Constituante. — Les laquais galonnés du marquis de Marrast. — Comment on brossait les socialistes dans l'antichambre. — Les bals de la présidence. — Louis Blanc en boutons d'or. — Ledru-Rollin et Odilon-Barrot. — Impertinence d'une comtesse. — La légende des gants jaunes et du corbillard.

Paris, 23 août 1864.

Monsieur,

Les journaux ont annoncé, la semaine dernière, le mariage de mademoiselle Marrast, fille de l'ancien président de l'Assemblée constituante de 1848, avec un jeune homme riche, dit-on, et distingué. Elle porte en dot à son mari un nom plus digne d'envie que toutes les richesses de la terre. Armand Marrast fut un des esprits les plus fins, les plus délicats et les plus gourmets de son temps et de tous les temps. La postérité dégagée des sottes passions qui obscurcissent aujourd'hui notre jugement, l'exhumera des colonnes du *National*, et il ira prendre une place immortelle entre Diderot et Courier, parmi les écrivains qui font le plus d'honneur à la langue française. Je crois n'être injuste envers personne, si j'affirme que l'école des grands journalistes de l'opposition finit avec Marrast, et que M. Léon Plée ne l'a pas remplacé.

Comme homme politique, il fut le type de ces sceptiques ambitieux et spirituels qui, pendant dix-huit ans, sous le règne du roi Louis-Philippe, cultivèrent avec un rare succès l'art d'associer un aimable épicuréïsme au professorat des théories républicaines. Marrast avait tous les dehors de la résolution et de l'énergie, avec je ne sais quoi de glorieux et de pompeux. Ribeyrolles le comparait à un lion qui aurait une queue de paon. Il était frisé, ventru, éblouissant dans sa toilette, et ressemblait un peu au nègre qu'on voit chez l'horloger de la porte Saint-Martin. Il avait l'amour de la domination et affichait des goûts raffinés et dédaigneux. Le schisme fameux qui éclata entre le *National* et la *Réforme,* vint de ce qu'il ne consentit jamais à aller avec Caussidière et Flocon manger des tripes à la mode de Caen.

Flocon était un Spartiate, Marrast un Athénien.

La révolution de 1848 porta naturellement Marrast à la présidence de l'Assemblée constituante. Je n'ai jamais vu M. Dupin en culotte courte, et je ne doute pas qu'il ne soit fort bien. Le jeune Darimon porte aussi très-élégamment l'habit de cour ; mais je ne crois pas qu'on puisse surpasser Armand Marrast faisant aux républicains les honneurs de ses galas, en bas de soie, en escarpins à boucles d'or. Comme il était grisonnant et sur le retour, on eût dit qu'il était poudré pour paraître mieux dans son rôle. C'est alors qu'on l'appela le marquis, Monsieur le marquis de Marrast.

Il avait de grands laquais galonnés tout le long de l'échine, et de bonne maison, car ils venaient, je crois, de chez les Mortemart. Mais il me souvient surtout d'un petit huissier tout rond et tout souriant, qui était bien l'affabilité en personne. Quand quelque socialiste *trop négligé* se présentait dans l'antichambre, le bonhomme l'entraînait dans une pièce à côté, et, avec mille façons ingénieuses et engageantes, lui faisait tout doucement accepter un coup de brosse avant de le présenter à . M. le président. Il en brossa ainsi des plus farouches et des plus hérissés, à qui personne n'avait fait le poil depuis de longues années.

Le meilleur monde de ce temps-là venait dans les salons d'Armand Marrast. Un soir, madame la comtesse de V..., qui était et qui est encore aujourd'hui une des grandes dames du faubourg Saint-Germain, par curiosité s'y aventura. La musique y était excellente, les sorbets exquis, les gens mal lavés exclus. Quant au spectacle, il en valait la peine : On avait promis à madame de V... de lui montrer M. Pagnerre en jabot, M. de Lamartine en simple mortel, M. Odilon Barrot, l'homme aux belles cuisses, en pantalon beurre frais.

On dansa; et je vois d'ici Louis Blanc lui-même dans la contredanse; il avait un habit bleu de roi à boutons

d'or. Puis on chanta, et je ne sais plus quel pension-
naire de l'Académie nationale attaqua quelque grand air
de Mercadante. On l'écoutait avec un plaisir extrême ;
seulement il y avait derrière le fauteuil de madame de
V... deux messieurs qui causaient en bourdonnant ; et
l'un surtout laissait de temps en temps échapper certains éclats de voix qui agaçaient très-désagréablement
la comtesse. Se penchant vers un voisin, elle demanda
quel était ce fâcheux : on lui répondit que c'était
M. Ledru-Rollin ; il venait d'arriver à l'instant avec
Garnier-Pagès.

Le morceau s'acheva ; on était au petit jour, il fallut
partir. A la sortie, il y eut quelque gâchis ; les valets
étaient allés boire au cabaret du coin, le fiacres des
invités pataugeaient dans le brouillard de la Seine, et
madame de V..., au bras de Marrast, ne retrouvait pas
ses gens. Comme elle se dépitait un peu du contre-
temps, vint à passer Ledru. Marrast le happa au passage et le présenta à la comtesse, en lui exprimant le
regret qu'il fût venu si tard. La comtesse, mordant ses
jolies lèvres, méditait évidemment une impertinence.
Elle salua le grand homme d'un air distrait et fort affai-
rée à sortir de la cohue ; ce que voyant, Ledru lui di
galamment :

— « Vous paraissez inquiète, vous cherchez quelque
chose, madame la comtesse?... Pourrais-je?... »

— « Oui, monsieur, répondit-elle, vous qui avez une
si belle voix, appelez donc mes laquais. »

« Marrast, dit madame de Mouzay, était un républi-
» cain *en gants jaunes*. Comme Watteau, il ne laissa
» que des dettes pour héritage, et il fallut payer son
» corbillard par souscription. Mourir pauvre, ajoute
» cette honnête personne, est pour l'homme au pouvoir
» la plus immortelle des épitaphes. »

Je ne partage pas l'avis de la dame : Mourir pauvre
est-il si difficile qu'on doive en faire tant d'honneur à
un citoyen ? Au pouvoir ou hors du pouvoir, mieux
vaut laisser après soi les économies d'une vie sage-
ment réglée ; et, puisque gants il y a, j'estime qu'il serait
plus séant de n'en point porter à ses mains républicaines que de s'en aller sans payer le gantier.

Mais la légende du corbillard de Marrast n'a aucun
fondement. Il mourut dans une honnête aisance, et ses
amis ne firent les frais de ses funérailles que pour lui
donner une dernière marque de leur affection et de
leurs regrets.

TROISIÈME LETTRE

Michel de Bourges devant le Spartacus des Tuileries. — Comment Michel (de Bourges) vint, un jour, plaider à Nevers pour la préfecture. — Mon apostrophe. — Réplique de Michel et comment il a abandonné la démocratie. — Petite digression sur les curieux effets de l'éducation romaine. — Un épisode du Club Blanqui. — Michel proscrit. — Michel chrétien.

A M. A. BOUINAIS

Rédacteur en chef du *Progrès de Paris*

Paris, 30 août 1864.

Monsieur,

Marrast me fait souvenir, par opposition, de Michel (de Bourges), l'homme de son temps le plus imbu de l'esprit romain; puissant comme Mirabeau, farouche, à ses heures, comme Danton. Il avait coutume de dire des institutions monarchiques : « L'esprit romain les tuera! » et il caressait amoureusement cette pensée dans son esprit. Quelques jours avant la révolution de Février, nous nous arrêtâmes ensemble aux Tuileries, devant la statue de Spartacus, le chef fameux de la révolte des esclaves, du temps de Crassus et de Pompée.

— « Voyez-vous cet homme-là, me dit Michel de sa voix brève et heurtée, cet homme de marbre qui presse un poignard sur sa poitrine ? Il est beau, il est magnifique, il a le visage d'Antinoüs et le cœur d'un lion. Le sculpteur qui l'a mis là, s'il y a songé, est un homme d'esprit. Ce Spartacus est comme le sphynx d'OEdipe, et la monarchie a cette énigme sous son balcon sans la comprendre. Il la dévorera. Un jour, cet homme de marbre descendra de son piédestal ; il montera les marches de ce palais ; il brisera les portes, il prendra ce trône et cette famille effarée, et il en jettera les débris aux quatre vents du ciel ! »

C'est ainsi que, dans sa langue étrange et émouvante, le vieux Michel prophétisait la révolution prochaine dont le levain fermentait dans la génération classique de son temps.

Je le connus en 1847, dans une circonstance qui paraîtra fort singulière, si l'on songe qu'il fut, au début et à la fin de sa carrière, l'un des chefs les plus violents du parti républicain. J'étais journaliste de l'opposition à Nevers, à quelque pas de Bourges où il faisait son métier d'avocat. Un jour que j'avais un procès avec le journal de l'administration, j'étais à mon banc, prêt à plaider moi-même, lorsqu'on accourut m'annoncer que Me Michel en personne et se présentait pour mes adversaires. La calèche de M. le préfet Mallac venait de déposer le vieux tribun sur les marches du Palais. En effet il apparut presque aussitôt, au milieu de la foule qui s'écartait en silence, avec autant d'étonnement que de respect. Je le voyais pour la première fois, petit, grêle, voûté, tel que George Sand le dépeint dans ses mémoires sous le nom d'Everard. On se figure sans peine les sentiments qu'éveilla bientôt parmi les assistants ce vieux défenseur de trente causes démocratiques tombant à l'improviste dans une salle d'audience, pour y défendre une gazette de préfecture contre un journaliste de l'opposition. Quant à lui, son attitude affectait la tranquillité et le dédain.

Le bruit de sa présence s'était répandu dans la ville avec la rapidité de l'éclair, et, un quart d'heure après, le général Lafontaine était obligé d'envoyer un escadron de chasseurs pour contenir la foule qui stationnait sur la place Ducale et qui débordait les portes et les fenêtres du Palais. Entre temps, un inconnu s'était approché de moi à la barre. Il m'apprit rapidement que la présence de Michel (de Bourges) dans cette affaire, était le gage éclatant et définitif de sa rupture avec le parti républicain ; rupture depuis longtemps préparée et négociée par les soins de M. de Montalivet, l'un des amis intimes du roi Louis-Philippe, et dont le prix devait être la présidence da la Cour de Bourges. L'affaire, m'assurait-on, était connue à la cour et à la ville : j'étais prévenu. Je ne fis aucune difficulté de croire à cette confidence ; d'abord parce qu'il me paraissait qu'elle pouvait me faire beau jeu, ensuite parce que la seule présence de Michel pour la préfecture, au-

nonçait évidemment une volte-face politique et que
nous sommes toujours assez disposés à suspecter la
sincérité de semblables évolutions.

L'huissier annonça la Cour et j'eus la parole le premier, en ma qualité de demandeur. Ce fut là, je le déclare, l'émotion la plus solennelle de ma vie. Mais la
parole enivre comme les vins généreux. Timide d'abord,
je m'enhardis jusqu'à la témérité, et, arrivé à la fin de
ma plaidoirie, je terminai en ces termes que j'aurais
oubliés, si je ne les retrouvais textuellement dans les
journaux de l'époque : « J'achève, Messieurs, mais
» avant de finir, qu'il me soit permis de saluer avec
» courtoisie l'illustre orateur que j'étais loin d'atten-
» dre dans cette cause. Sa parole, dont la presse a
» maintes fois apporté jusqu'à moi les frémisse-
» ments affaiblis, m'est encore inconnue. Je vais l'en-
» tendre enfin. Qu'il se lève et nous dise s'il est vrai
» qu'en France la corruption a gangrené toutes les
» âmes, que l'honneur et la vertu n'ont plus d'autels
» et que les plus fiers démocrates ont vendu à l'ennemi
» la patrie et les dieux ! »

Voilà comment nous poussions alors « la métaphore
et l'hypotypose à Marcellus et à Marcassus » selon le
précepte de Courier. Et qu'on me dise si Ferry est
beaucoup plus fort que cela sur l'apostrophe ?

Le *National*, de l'aventure ne souffla mot ; mais Flocon, dans la *Réforme*, rendit compte de cette affaire et
en fit du bruit. « Autrefois, disait le journal républicain,

une semblable apostrophe eût fait bondir Michel (de Bourges) jusqu'au plafond. Là, il est resté cloué sur son banc, pouvant à peine balbutier quelques paroles pour demander au président qu'il voulût bien remettre la réplique au lendemain. »

Le lendemain, il revint.

La ville entière l'escortait et l'on était accouru de dix lieues à la ronde pour entendre la réplique du tribun. Je vois encore ses yeux pleins d'éclairs, sa lèvre crispée, son front couvert d'une pâleur menaçante. Sa nuit avait été une veillée d'armes. Il se leva. Sa main convulsive trahissait une âme irritée ; mais nul ne fut jamais plus que lui maître de son âme, et, toujours calme au milieu des orages de la parole; on eût dit qu'il obéissait à la flûte invisible qui modérait les transports de Tibérius.

Je n'essaierai pas de reproduire sa harangue. Michel (de Bourges) avait une de ces éloquences que la plume ne saurait traduire : ce serait tenter d'enfermer la flamme dans l'argile, d'emprisonner dans les pages d'un livre la lave d'un volcan. Mais il me semble encore entendre ses paroles comme le murmure lointain d'un torrent :

« Oui, disait-il, je m'en vais vers le repos. Je laisse une place vide... Qui la prendra? Ce sera vous, jeune homme, si vous le voulez ; mais je vous prédis que vous y serez brisé comme moi ! Vous prenez le rêve où je l'ai laissé... Beaux rêves de la jeunesse ! Laissez venir

l'hiver : il vous les arrachera et les dispersera comme
les feuilles au vent ! J'étais démocrate par là, et par là.
(Il montrait sa tête et son cœur). Je cherchais la démocratie, j'y ai trouvé la démagogie. J'ai interrogé le libéralisme ; j'y ai trouvé l'hypocrisie de la liberté. Je
suis vieux, je m'en retourne vers mon père. Il est là
haut, dans sa demeure dernière, il m'attend ! Ne craignez
pas que je veuille paraître devant lui dans un suaire
d'infamie et de honte !... il me repousserait ! Que les
illusions aient disparu, qu'importe ? J'atteste le ciel
qu'elles ne vous ont pas emportés avec elles, sentiments
généreux, amour du bien, saintes et consolantes ten-
dresses de l'amitié et de la vertu ! Celui qui a su sauver
cela du naufrage a droit au respect et au repos. La
probité obscure, le solide bien, disait Saint-Just ; il
n'y a que là où l'homme puisse atteindre. Mettons la
fidélité dans nos amitiés, la paix dans nos familles,
l'adoucissement et la consolation autour de nous ;
groupons les malheureux autour des riches, les jeunes
autour des vieillards, les fils autour des mères ! L'humanité formée de ces groupes bienfaisants sera sacrée !
Le reste est chimère ! voilà la vraie révolution ! voilà la
vraie liberté ! Mon âme de vingt ans embrassait l'univers. Aujourd'hui elle se trouve assez au large dans ce
modeste horizon. Vous êtes venus frapper à la porte de
ma solitude... Voilà à quels entretiens j'y étais occupé,
avec Socrate, avec l'Évangile, avec Platon. »

— « Et avec M. de Montalivet ? » lui dis-je.

Il sourit et continua. Il fut, comme à l'ordinaire, plus qu'à l'ordinaire, éblouissant de verve, de grâce et de poésie. Le grand tribun eut aussi de ces colères superbes qui semblaient des tempêtes. Il nous foulait aux pieds, moi qui l'avais irrité, et le peuple stupide qui ne le comprenait pas et murmurait derrière lui. Éperdu d'admiration, je me serais attaché au pan de sa robe, je l'aurais suivi pieds nus, jusqu'au bout du monde. Je tressaillais comme dut tressaillir Jacob, quand le mystérieux lutteur qu'il avait défié, posa la main sur le nerf de sa cuisse.

Vous vous demandez, assurément, comment un an plus tard, nous retrouvons cet homme à la tête du parti le plus violent de la Montagne. C'est un problème, c'était un problème pour tout le monde, excepté pour lui-même. Je le revis alors, je devins son ami ; il me témoignait une paternelle affection. Il me disait un jour :

« Vous me regardez ? Je comprends vos réflexions. Je vous montre mon âme, à vous comme à mon fils : ne me demandez pas ce que je suis ; je ne suis rien. Je suis un artiste et un romain. L'éducation romaine s'est attachée à moi comme la robe de Déjanire. Mon cœur s'acclimate volontiers dans les idées calmes, dans les sphères tranquilles..... Mais mon esprit s'y étouffe, et qu'un bruit populaire passe, je sens s'éveiller en moi l'âme de Gracchus..... »

Il se peignait ainsi lui-même et il avait raison. Avant tout et par-dessus tout, il était artiste et il portait la

peine de son éducation romaine. Pour Michel (de
Bourges) l'opinion démocratique ne fut jamais qu'un
instrument dont les cordes se prêtaient mieux à la
nature de son talent. L'étiquette des débats parlementaires le glaçait. Il n'était à l'aise qu'avec les multitudes.
Les masses ardentes, palpitantes sous sa parole, c'étaient
là les enivrements dont il voulait mourir. Il était le Jupiter de l'éloquence ; il lui fallait la foudre et les éclairs.
Et pourtant, avec quelle grâce il déridait son front farouche ! Comme, après tous les désordres de l'inspiration,
il ramenait chastement les plis de sa robe ! Un éther
pur semblait tout à coup l'environner et rafraîchir son
front. Délivré de son âme romaine, il avait une douceur
adorable, il créait autour de lui des poëmes enchantés
et des paysages à faire rêver Ruysdaël. Le langage humain n'avait aucuns secrets pour ce magicien, pour ce
Protée de la parole. Lamartine est Lamartine, Guizot est
Guizot, Berryer est Berryer ; chacun d'eux a une éloquence qui lui est propre. Mais le vieux Michel avait toutes
les poésies et toutes les éloquences ensemble, et quand il
sortait de l'enfer, pour entrer dans les régions humaines, il parlait comme Démothènes, il chantait comme
Virgile, il dissertait comme Platon.

Qu'avait-il manqué à cette extraordinaire nature, à
ce tribun, pour avoir la vraie grandeur, pour être un
homme complet, un homme tout d'une pièce, un
homme enfin et non une parodie, un anachronisme,
un Romain dépaysé dans les mœurs de notre temps ? Il

2

lui avait manqué une éducation tempérée, qui, au lieu de développer outre mesure les instincts désordonnés de son imagination, se fût attachée à les calmer, à les réfréner, à diriger cette fougue naissante vers des aspirations chrétiennes. Il lui avait manqué des maîtres intelligents, des hommes de tête et de cœur, désinfectés eux-mêmes de tout esprit païen, guidés par un loyal éclectisme, comprenant la valeur du dépôt sacré de cette jeune tête, pénétrés qu'il y avait, en cet enfant, non-seulement un esprit à consacrer aux muses, mais encore une conscience à dévouer à Dieu et à son pays.

Michel (de Bourges) était simplement un *partageux.* Il tenait Louis Blanc pour un illuminé, Cabet pour un fou, Proudhon pour un maniaque ; il ne voyait au monde qu'un procédé logique et expéditif pour résoudre toutes les difficultés, dans la France de 1848, comme à Rome, en 132 : *la loi agraire,* dont il appréciait fort mal, en réalité, le véritable caractère historique. Son jeune esprit s'était formé au sein de cette lutte contre les grands, contre les patriciens, contre les riches, où l'on nous fait, pendant dix ans, guerroyer en compagnie des tribuns de l'histoire romaine. Les historiens y font à leurs héros des situations si intéressantes, les Gracques sont si beaux et si brillants, que nous sommes toujours de leur parti. Or, cette complicité morale, ce commerce imprudent auquel on nous accoutume dès l'adolescence, altèrent, pervertissent profondément la notion du juste et de l'injuste dans notre esprit. Et il en résulte que plus tard, quand nous retrouvons en cause, dans les discordes publiques, toutes ces questions de richesse, de supériorités sociales, de propriété, un anachronisme d'appréciation réveille dans nos esprits les haines, les colères, les envies ro-maines, et nous oublions la différence des situations et des temps sous la similitude des mots.

J'en eus, par devers moi, en février, un exemple très-curieux. Comme tout le monde, j'ai fait des amplifica-tions en rhétorique. L'on nous donna un jour un sujet ainsi conçu :

« Vous supposerez Tibérius Gracchus haranguant les
» nobles de Rome. Il leur reproche leurs spoliations,
» leurs rapines, leur luxe insultant pour la misère pu-
» blique. Une prosopopée chaleureuse évoque les sol-
» dats romains morts dans les guerres dont le fruit n'a
» servi qu'à engraisser les patriciens. Gracchus termine
» en excitant le peuple, par un langage ardent et pathé-
» tique, à la vengeance contre ses tyrans. »

Nous nous mîmes tous à la besogne, échauffant à l'envi nos jeunes âmes de toute l'indignation de com-mande que purent nous fournir nos réminiscences et les lieux communs oratoires dont nous étions quotidien-nement abreuvés. Quoique je fusse assez fort dans ce genre d'exercice et doué d'une imagination ardente, je n'eus point le prix d'amplification. Je dus céder cet honneur à un de mes condisciples, et le discours couronné fut pompeusement inscrit sur le livre d'or du lycée.

Nos études terminées, chacun de nous prit son chemin dans la vie, et les années s'écoulèrent jusqu'en 1848. Un soir d'avril, j'étais parmi les curieux du club Blanqui, ce club fameux où s'élaboraient toutes les violences de la révolution. Un orateur était à la tribune, un citoyen robuste, orné d'une barbe touffue, la voix tonnante, l'œil menaçant :

« Citoyens, disait-il, il faut que les voleurs du bien du peuple rendent compte de leurs spoliations, de leurs rapines et de leur luxe insultant pour la misère publique. Par les os de nos pères, par le sang des martyrs, tombés derrière les barricades !.... »

C'est singulier, me dis-je, je connais cette voix. J'écoute encore, je regarde, je démêle enfin ce visage à travers les broussailles de ses favoris noirs. Hélas! C'était mon condisciple du lycée d'Auch ; il récitait sa harangue de Gracchus, et, de cette éloquence qui avait tant charmé notre professeur de rhétorique, il foudroyait les bourgeois parisiens !

Au 2 décembre, Michel prit le chemin de Bruxelles. Nul homme n'était moins propre que lui à souffrir les douleurs muettes de l'exil. Il était vieux, brisé de luttes. Sa santé s'altéra profondément. Un soir d'hiver, par un temps froid et sombre, je le rencontrai par hasard sur la place de Sainte-Gudule.

Il me serra dans ses bras et nous causâmes longtemps. Un découragement profond se peignait sur son visage et dans ses discours. Il me raconta douloureusement les malheurs de la démocratie.

— « Enfin, lui dis-je, tout est-il donc perdu ?

— » Tout ! murmura cette ombre désolée. De quelque côté que je regarde, je ne vois rien qui ne soit tombé ou qui ne tombe. Les Romains sont passés. On ne les égorge plus, on les escamote. Je mourrai de honte d'avoir vu des sergents de ville emporter Baze et les oies du Capitole dans un cabriolet. Tout est perdu ! »

Après un moment de silence, il releva la tête et reprit avec solennité :

— « Savez-vous ce qui défie seul la fortune... ce que les révolutions n'emporteront jamais dans les plis de leur manteau, ce qui reste seul au-dessus des ruines, debout et immortel ? Vous êtes jeune, vous avez le temps d'aimer et de croire : le voilà ! »

Et sa main me montrait la vieille église. Perdue dans l'obscurité des cieux, Sainte-Gudule planait au-dessus des Flandres catholiques.

Quand je me retournai, le vieux proscrit avait disparu.

QUATRIÈME LETTRE

Les projets de M. Grégory Ganesco sur l'Allemagne. — Ma
visite à M. Ganesco. — Faute de s'entendre. — Pourquoi
j'annonçai que M. Victor Mangin allait diriger un théâtre de
marionnettes. — La différence que je fais entre l'avocat Durand
et Pelloquet. — Mon opinion sur M. Ganesco.

A M. ERNEST MERSON

Rédacteur en chef de *l'Union bretonne*

Paris, 4 septembre 1864.

Monsieur,

Victor Hugo passant par Francfort est allé rendre
visite à M. Grégory Ganesco, et, le *trouvant absent*,
comme dirait Léonce Dupont, il lui a laissé un billet
où il le félicite de son journal et l'assure que « tous les
démocrates de la terre lui doivent une poignée de
main. »

Or, M. Ganesco, en ce moment, était, dit-on, à
Paris, au ministère des affaires étrangères, occupé de la

rectification des frontières du Rhin. Il s'ennuie d'être allemand et veut devenir français. Je n'y verrais pas d'inconvénient; mais les démocrates?...

On parle beaucoup de M. Ganesco à Paris et l'on connaît très-peu sa personne. C'est un homme à l'œil vif et doux, jeune encore, droit, mince, pâle, cravaté de blanc et boutonné jusqu'au menton. Il porte une belle rosette d'Autriche, de Prusse et de Tunis ; il a, en un mot, tout ce qui constitue un homme distingué.

J'ai eu occasion de le voir ces jours derniers dans son bureau du *Passage des Princes*. Au portrait qu'on m'en avait fait, je fus surpris de lui trouver l'air comme il faut et je m'aperçus bien qu'il était un peu étonné de me voir poli et bien élevé. Hippolyte Babou m'accompagnait. J'avais à rectifier une correspondance du *Journal de Francfort*.

La façon dont je pratique la liberté vis-à-vis des autres ne me permet guère d'être chatouilleux sur la façon dont on la pratique à mon égard, et, en général, je ne me plains jamais des appréciations dont je suis l'objet, quoiqu'elles dépassent parfois toute mesure. Mais il s'agissait d'un fait matériel travesti par l'avocat Durand.

M. Ganesco m'assura qu'il n'avait lu la correspondance de l'avocat, que lorsqu'elle était revenue de Francfort tout imprimée, et je le crus volontiers. Là-dessus, nous déplorâmes ensemble que les rédacteurs en chef ne pussent point toujours vérifier et contrôler les renseignements qu'on leur glisse sous la main, et nous demeurâmes d'accord que les correspondances hasardent trop souvent des nouvelles et des jugements qu'on regrette quand on voit de près les gens qui en sont l'objet. Pour son compte personnel, il avait eu à se plaindre de quelques lignes du *Nain Jaune*. Notre secrétaire, M. Galaud, s'était permis à son égard une détestable plaisanterie, et il en éprouvait un vif ressentiment.

— « N'accusez pas, lui dis-je, M. Galaud : il est incapable de toute plaisanterie, il n'écrivit jamais un mot, et je suis trop loyal pour ne pas vous déclarer que le trait qui vous blessa partit de ma main. Je ne sais pas vraiment comment il fut dérobé à ma signature. »

J'avais dit que M. Grégory Ganesco quittait l'*Europe* et allait prendre une haute situation à la préfecture de police. Le mot sonne mal ; aussi fit-il le tour du monde en anglais, en belge, en allemand, en russe, en grec et en espagnol. Au fond avait-il quelque fondement ? Pas le moindre.

Voici comment cela arriva :

Depuis quelques jours *le Phare de la Loire*, les gazettes étrangères, et notamment l'*Europe* de Francfort, se livraient à toutes sortes de contes bleus au sujet du *Nain Jaune :* je voulus montrer à Durand et à Pelloquet combien ce genre d'inventions est peu difficile, et j'imaginai la nouvelle qui fit si grand bruit de l'achat de l'*Europe* et du *Phare* par M. Millaud, de l'avénement

de M. Grégory Ganesco à de hautes fonctions policières,
et de celui de M. Mangin, du *Phare de la Loire*, à la direction d'un théâtre de Polichinelles. Tout le monde
y fut pris, surtout les Nantais. M. Mangin démentit
la nouvelle avec solennité et trouva un beau trait, en
déclarant qu'*il n'était pas à vendre*.

— Mais, madame, si l'on y mettait un million ?

— Eh ! monsieur !... vous m'en direz tant !

Quoi qu'il en soit, l'homme de Nantes était furieux
contre mes inventions. Je lui répondis que je les avais
tirées d'où il tirait les siennes, et que la morale de cet
apologue était pour l'avertir qu'il fût désormais plus
circonspect envers son prochain, s'il désirait qu'on le
fût envers lui même. Peine perdue, j'en conviens, car
Pelloquet et Durand continuent de plus belle. Passe
encore pour Durand. L'on sait si je me soucie de ses
radotages et des injures de ses pareils. Je ressemble
là-dessus au Père Gordon : « Le bonhomme avait, dit
Voltaire, quelques-uns de ces petits livres de critique,
de ces brochures périodiques où des hommes inca-
pables de rien produire, dénigrent les productions des
autres, où les Visé insultent aux Racine, et les Faydit
aux Fénelon. Je les compare, disait-il, à certains mou-
cherons qui vont déposer leurs œufs dans le derrière des
plus beaux chevaux : cela ne les empêche pas de courir. » Mais Pelloquet, qui est de l'école de Carrel et de
Marrast, Pelloquet qui est un lettré distingué, ne saurait-
il faire de sa verve et de son talent un meilleur usage ?

Je reviens à M. Ganesco. Il me sut gré de ma franchise et je lui témoignai mon chagrin qu'une mauvaise plaisanterie l'eût pu mortifier aussi cruellement. Bref, nous nous entendîmes presque en tous points. Il se pique de gentilhommerie et il a les façons d'un gentilhomme parfait. On voit qu'il s'est exercé à une courtoisie savante et que l'habitude des chancelleries a singulièrement délié son esprit. Il regretta nos malentendus autant que moi-même, et surtout que nous ne fussions pas du même parti. Mais en est-il bien sûr, puisqu'il veut rectifier les frontières du Rhin? Enfin il loua mon style, ma façon d'écrire, et me dit à ce sujet des choses où je le trouvai décidément rempli d'esprit.

CINQUIÈME LETTRE

M. Renan, chevalier de l'ordre du Christ. — Les hochets verts. — Comment Mirabeau lava la tête à Jean, son domestique.

Paris, 15 septembre 1864.

A L'INTERNATIONAL, A LONDRES

Monsieur,

Un bruit assez étrange est venu jusqu'à nous.

On dit que M. Renan sollicita, il y a peu d'années, la décoration du Christ, de Portugal, et on affirme que le journal qui a donné la nouvelle, si l'on y tient, donnera ses preuves. Le fait n'aurait rien d'étonnant.

Quand les républicains faisaient fi des « hochets de la vanité [1], » on leur demandait s'ils étaient *trop verts*. Mais on vit bien que les hochets de la vanité les accommoderaient, même tout verts, quand Victor Emmanuel les chamarra du cordon de Saint-Maurice.

[1] M. Clément Thomas, général improvisé en 1848, appelait ainsi la croix de la Légion d'honneur dont il demandait la suppression.

En 1848, le premier soin des commissaires de la république ne fut-il pas de se pavoiser de rosettes rouges? Vous savez que mon commissaire de la Nièvre portait un sabre et un plumet.

Il me revient, à ce propos, un mot de Mirabeau :

En sortant de la fameuse séance où la noblesse brûla ses parchemins sur l'autel de l'égalité, M. le comte Riquetti de Mirabeau, fort échauffé, rentra chez lui et demanda un bain :

— « Vois-tu, Jean, mon ami, disait-il au valet qui lui tirait ses chausses, un monde nouveau a commencé cette nuit. Plus de vaines distinctions, plus de seigneurs, plus de marquis, rien que des hommes. Moi-même, tel que tu me vois, Jean, je ne suis plus que Monsieur Mirabeau. »

Il entra dans son bain et Jean qui le soutenait, lui dit doucement :

— « Monsieur Mirabeau, voilà la serviette. »

— A ces mots, il se retourna, prit Jean par les cheveux et lui plongeant la tête dans l'eau :

— « Qu'est-ce à dire, faquin? J'espère bien que je serai toujours, pour toi, monsieur le comte. »

C'est, je crois, depuis ce temps-là qu'on dit « laver la tête à quelqu'un, pour dire l'admonester, le corriger vivement. » Il est triste, sans doute, de voir de hardis ambitieux amorcer le peuple par l'appât d'une chimérique égalité; mais enfin, si le peuple les voulait trop prendre au sérieux, on pourrait toujours compter sur eux pour lui « laver la tête. »

SIXIÈME LETTRE

La *Nation* changée en nourrice. — Le doux Jauret. — Faces, voltes-faces, cabrioles, sauts périlleux de Léonce. — Je demande des explications à Léonce et à Émile. — Opinion de Victor Hugo recommandée à Carnot à propos d'huîtres. — Curieuses opinions du cardinal de Retz et de Lamennais, sur le même sujet. — Lorsque M. Ferry sera avocat-général.

Paris, 20 septembre 1864.

Monsieur,

Il a été question de la *Nation*, cette semaine.

Elle avait beaucoup fait parler d'elle dès son bas âge ; mais depuis longtemps on la croyait morte. C'était une erreur ; on l'a simplement changée en nourrice et elle reparaît avec M. Léonce Dupont. Cet écrivain, — c'est la qualité qu'il prend, je crois, dans le monde, — était, il y a deux ans, l'un des rédacteurs du *Journal de l'Empire*. Partisan de la politique du gouvernement en 1862,

3

c'est-à-dire à une époque où cette politique était absolument la même qu'aujourd'hui, ce beau fils de Gascogne y mettait un dévouement féroce. Aujourd'hui le voilà libéral. Emile Olivier l'a félicité publiquement d'être venu aux libéraux, et il a annoncé que la *Nation* va vivre désormais *avec le consentement du public.* Léonce le répète avec fierté, et se flatte que le public est à lui, qu'il va parler en son nom et rendre des arrêts. Moi, je me demande de quel public il peut être question : le *Constitutionnel* a son public qui n'est pas celui de la *Nation;* la *Patrie* a le sien, le *Temps* a le sien, la *Gazette* a le sien, la *France* a le sien, et, sauf le *Pays* qui n'en a pas, tous, chaque matin, rendent des oracles au nom du public et en ont la bouche pleine.

Ils sont ses organes tous à la fois :

Havin est la guimbarde, Guéroult le clairon, Limayrac la flûte, le Vicomte le tambourin.

Il manquait un mirliton.

Voici venir Dupont Léonce avec la *Nation.*

Il écrivit un jour dans le *Pays*, si célèbre par sa circonspection et par sa prudence, une proposition que l'obscurité du journal déroba heureusement à toute discussion :

« *L'Empire ne doit rien à ceux qui ne l'ont pas fondé.* »

Voilà comment il entendait qu'on traitât les gens qui s'imaginent que, pour être de l'opposition, on n'en a pas moins le droit d'avoir, en France, sa place au soleil. Mons Dupont soutenait carrément qu'*on ne leur devait rien*. Aujourd'hui, passé à la *Nation*, il soutient qu'*on leur doit tout*.

Cette évolution est intéressante :

Non pas, vous le pensez bien, qu'il puisse m'entrer dans la tête de reprocher à quelqu'un un changement d'opinion. *Il faut changer souvent d'opinion pour être toujours du même parti*. C'est le cardinal de Retz qui a dit cela. Et c'est aussi l'avis de Georges Jauret, de la *Presse*. Le doux Jauret, un garçon d'esprit, s'il en fut, en 1848 était curé du côté de Mézin. Castéra me l'a conté. Eh bien ! il changea de froc, et aujourd'hui, devenu libéral, il sert la messe de Girardin, et officie à son tour de rôle dans la *Presse*. Dell'Ongaro, le capucin italien, après 1848 en fit autant. Il faut changer, c'est la loi ; le changement est de l'essence même de l'esprit humain. Les uns vont en avant, les autres en arrière ; l'exercice ridicule est celui de saint Siméon Stylite sur son pilier.

Mon maître Victor Hugo, pour qui j'ai une vénération plus grande encore que toutes ses sottises, a écrit ceci, dans un de ses beaux livres [1] :

« Mauvais éloge que de dire d'un homme qu'il n'a pas changé d'opinion... C'est préférer l'huître à l'aigle, — entendez-vous, Carnot ? — C'est louer une eau d'être

[1] *Littérature et Philosophie mêlées*. (Victor Hugo.)

stagnante, un champ d'être stérile, un arbre d'être mort ! »

Il faut changer. « Ceux qui annoncent hautement la prétention d'être invariables, a dit encore Lamennais, qui se vantent de n'avoir pas changé, ceux-là s'abusent... *Ils ont trop de foi dans leur imbécillité... L'idiotisme humain*, même soigné, cultivé sans relâche, avec un infatigable amour, ne saurait atteindre à cette perfection idéale [1]. »

Ailleurs, l'illustre démocrate écrivait au révérend père Rorbacher, qui rapporte la lettre dans son *Histoire universelle de l'Église :*

« Mon cher abbé, je ne suis pas bien sûr de mes opinions d'aujourd'hui et je ne sais pas quelles seront mes opinions de demain. »

C'est un peu, je l'avoue, l'état d'esprit de plus d'un d'entre nous. Force choses qui nous semblaient excellentes l'an passé, nous semblent mauvaises aujourd'hui. Depuis tantôt douze ans que l'Empire dure, j'ai tenu la liberté pour détestable, comme l'entendent les *jeunes vieux* du procès des Treize, et telle est encore mon opinion. Mais il n'est pas impossible qu'elle change lorsque ces jeunes gens, rentrés au giron paternel, seront devenus propriétaires, notaires, avoués, juges de paix; lorsque Ferry sera avocat-général et fera des réquisitoires.

[1] Préface des *Troisièmes mélanges.* (Lamennais.)

On en a vu d'autres, Monsieur, sans vous offenser.

Il se pourrait bien, alors, que changeant encore une fois de sentiment, je redevienne libéral sur mes vieux jours, si je vois se lever à l'horizon une vraie jeunesse, et un autre soleil que la perruque de Garnier-Pagès.

Je parlais de Dupont. Il a usé de son droit; il a changé d'avis. L'année dernière, il voulait qu'on « n'accordât *rien* à ceux qui n'ont pas fondé l'empire; » et maintenant il veut qu'on leur donne *tout*. Les fredaines des écoliers au cours de Renan lui inspirèrent une philippique violente qui mit une grosse affaire sur les bras du *Pays;* aujourd'hui, il donne en prime la *Vie de Jésus* à ses abonnés. Il donne aussi les *Misérables* et des quatuors de musique; le journal est par-dessus le marché. Il vend du Victor Hugo, du Renan, du Mozart, et, chargé de ces reliques, le bonhomme prend pour sa prose les hommages des clients.

Il n'importe, tout cela est bien; seulement je lui demande ses raisons. Voilà ce qu'il me faut! Nous devons nos raisons au public, notre auditeur et notre juge. Quoi de plus intéressant et quel plus grand sujet d'édification, que de savoir par quelles méditations, par quelles observations nouvelles et inattendues, un penseur, un publiciste, un docteur ès-sciences politiques et philosophiques, a découvert des points de vue d'où le vrai, le juste et l'honnête lui apparaissent sous de nouveaux aspects!

Je posais, l'année dernière, la même question à Émile

qu'à Léonce. Émile écrivait, sous Louis-Philippe, pour démontrer *l'impossibilité de la liberté en France :*

« Notre pays, disait-il, est un pays puéril. A peine en possession d'une institution ou d'une liberté nouvelle, il s'agite et n'a de cesse jusqu'à ce qu'il l'ait compromise et perdue par l'exagération... Si les partis demandent la liberté d'imprimer leurs opinions, ce sera pour crier dans les rues de dégoûtants pamphlets et distribuer des journaux anarchiques, destructifs de toute stabilité politique, de toute sécurité sociale. »

Quant à la *publicité des assemblées législatives,* Émile n'en voulait à aucun prix, parce que « le monopole en serait réservé à l'emphase, à la prolixité, à tout ce qu'il y a de bavards présomptueux, bouffis de vanité, s'élançant dans le vide et planant dans le faux. »

Moi-même, en méditant sur ces pensées et en les contrôlant par l'expérience, je rabattis beaucoup de mon engouement pour la liberté. D'autres firent comme moi. Or, aujourd'hui, Émile, rectifiant ses théories, ne connaît rien de plus beau que la liberté, et de plus urgent pour arranger les affaires de ce monde et faire refleurir l'âge d'or.

Émile, me disais-je, peut avoir ses raisons.

Je ne lui demandais que « de me mettre entre les mains le fil mystérieux par lequel la logique l'a conduit du camp des adversaires de la liberté à la tête de ses plus fervents adorateurs ? »—Pourquoi, lui disais-je, pour quels motifs qui nous sont inconnus, par quelle illumination dont nous sommes privés, par quelles observations inaperçues de notre intelligence, par quelle logique jusqu'à présent inaccessible à notre esprit, en êtes-vous arrivé à faire de la liberté l'unique objet de votre tendresse? Expliquez-vous !

Mais j'attends encore son explication.

Il y a des journalistes qui, en fait d'opinions, ont une tactique fort simple : ils prennent le vent comme les girouettes. Ils se disent un matin : « On aime l'opposition en France. Les journaux d'opposition sont plus lus que les journaux conservateurs; orientons-nous de ce côté-là. » Et les voilà journalistes de l'opposition. Pour ces industriels, une gazette est tout simplement un terrain sur lequel ils sèment des opinions libérales, républicaines, légitimistes ou orléanistes, selon l'espèce d'abonnés et de niais qu'ils veulent y faire pousser.

J'en ai vu de ces gredins qu'il me fallut chasser à coups de bâton. Un journal que nous avions entre les mains, éprouvant quelque déception dans ses affaires, ils se mirent à délibérer s'ils se vendraient, eux et le drapeau, à Saint-Pétersbourg, à Turin ou à d'Haussonville.

Certes, je ne crois en aucune manière que ce soit là le cas de Léonce et d'Émile, et voilà pourquoi je leur demande leurs raisons qui ne peuvent qu'être honnêtes, sensées et surtout instructives, ce qui est le point essentiel.

SEPTIÈME LETTRE

L'escholier Girardin et maître Jehan Guéroult. — L'argument du
cheveu. — Comment finit Émile.

Paris, 25 septembre 1864.

Monsieur,

Le jeune escholier Émile de Girardin, rencontrant le
savant homme Jehan Guéroult, par devers la rue du
Fouarre :

— « Holà ! messire, lui dit-il, connaissez-vous l'*ar-*
gument du cheveu, démontré hier par maître Guillaume
de Champeaux ? »

— « Qu'est-ce à dire, gentil escholier ? »

— « Oyez, maître Jehan Guéroult, comme quoi
l'homme peut perdre tous ses cheveux sans devenir
chauve :

» On n'est pas chauve pour un cheveu de plus ou de
moins, n'est-il pas vrai, messire ?

— » Cela est vrai, escholier mignon; il est clair qu'un cheveu de plus ou de moins ne constitue pas une tête chauve.

— » Eh bien! alors, oyez l'argument, messire Guéroult : supposez que j'arrache tous les cheveux du chief de maître Arthur, de façon qu'il ne lui en reste plus qu'un : un cheveu de plus ou de moins ne constituant pas une tête chauve, maître Arthur n'est pas chauve, quoi qu'il n'ait plus de cheveux. »

C'est depuis l'invention de ce bel argument qu'on dit d'un raisonnement *qu'il est tiré par les cheveux*, quand il est biscornu, quand il ne fait servir les formes du syllogisme qu'à des jongleries de mots.

M. de Girardin nous ramène à ces joyeux ébats de la scolastique du moyen âge, et cet homme de progrès en est tout juste où en étaient, à la fin du XIe siècle, les réalistes et les nominaux.

Émile a un procédé de discussion emprunté au prestidigitateur Caston, dans ses fameuses séances :

Il parle toujours et ne répond jamais.

Mais qu'Émile réponde ou ne réponde pas, cela revient exactement au même pour qui comprend bien sa théorie sur l'inutilité de la presse.

Quand il se tait, il ne prouve rien, c'est vrai; mais quand il parle, il n'a pas la prétention de prouver davantage.

Se taire ou parler est donc indifférent.

Un fait bien curieux à remarquer, c'est la mystérieuse

3.

révolution qui s'est opérée dans l'esprit d'Émile, en l'espace de quelques années : l'homme qui conspue aujourd'hui l'inutilité de la presse fut autrefois si convaincu de sa puissance, qu'il lui demanda son nom, sa fortune, sa célébrité.

Serait-ce parce qu'elle donne tout cela un peu légèrement qu'Émile lui garde si peu d'estime ?

Le *Constitutionnel*, du temps de M. de Jouy, était composé de gens lettrés, qui connaissaient le grec, et qui avaient trouvé, bien avant le vieil Émile, une formule élégante pour caractériser le rôle de la presse :

Ils la comparaient à la lance d'Achille qui guérissait les blessures qu'elle avait faites. C'est bien la pensée qu'Émile a reprise ; seulement il l'a reprise en homme qui ne sait pas le grec, qui brutalise la forme, qui tire des axiomes sur le public comme des coups de pistolet.

Mais combien il était peu de l'avis du *Constitutionnel*, combien il tenait la presse pour une force redoutable, et la plume pour un poignard mortel, lorsque, en 1846 et en 1847, il réclamait à la police correctionnelle la tête du *Charivari*, coupable de l'avoir écorché du bout de son crayon ; lorsqu'il traînait à la barre M. Dornès et M. Lebreton, auteurs de publications qu'il trouvait préjudiciables à sa considération et à son crédit auprès des électeurs de Bourganeuf !

Et en 1852 — ceci est encore plus curieux — en 1852, époque où il avait publiquement arboré la doctrine de la liberté absolue de la presse, comment traita-t-il cette liberté en la personne de M. de Mirecourt ? Blessé par les traits de ce pamphlétaire, est-ce au pur et simple éclat de la vérité qu'il demanda vengeance ? Se contenta-t-il de dire au public, comme Germanicus :

Examinez ma vie et voyez qui je suis!

Non : il ne fit pas à sa propre vie l'honneur de croire qu'elle pût suffire pour le défendre ; il trouva plus sûrs la loi contre la diffamation et le tribunal correctionnel. De semblables rapprochements sont peu faits pour donner aux doctrines d'Émile une autorité sérieuse.

Mais au fait, il est bien question d'autorité ! Émile sait parfaitement qu'il n'en a pas ; il n'a pas la prétention d'en avoir, et il serait l'homme le plus penaud, si quelqu'un, s'avisant de lui donner raison, lui venait prouver malgré lui que la presse peut convaincre quelqu'un au monde.

Bizarre destinée, homme étrange !

Il commença sa vie par le *Journal des Connaissances utiles*; il la finit par le *Journal des Connaissances inutiles*.

C'est mal finir.

HUITIÈME LETTRE

Les petites déceptions du 15 août. — Un mot de Vaudin. — Jacques Valserres. — Lannau-Rolland. — Aventures et métamorphoses d'un ruban.

Paris, 30 septembre 1864.

Monsieur,

Pour aujourd'hui, je cède respectueusement mon tabouret à Balzac, et, grâce à ce doux répit, je vais prendre la clef des champs et m'en aller faire de la politique de septembre du côté de La Rochette.

La politique de septembre consiste, comme vous savez, à aller soigner ses vignes et chasser les perdreaux. Ainsi l'ont décidé les hommes d'État. Bossuet prétend que c'est la Providence qui mène le monde. En est-il bien sûr? Je crois que les hommes d'État le mènent, plus qu'on ne pense, par le bout du nez. N'avez-vous pas remarqué que les grandes préoccupations politiques et les grands événements font silence dès que ces messieurs partent pour la campagne, et recommencent invariablement dès qu'ils reviennent à Paris? S'ils ne revenaient point, nous serions peut-être toujours en paix ; les choses d'ici-bas iraient d'elles-mêmes, tout' doucement. Mais, au fait, ce serait bien monotone. Nous n'aurions plus de Chambres ; on n'entendrait plus M. Glais-Bizoin, ni M. de Boissy ; et le bon Jourdan ne ferait plus de ces homélies qui électrisent les âmes guerrières.

Décidément, il vaut mieux qu'ils reviennent : c'est plus gai.

X..., à qui vous aviez recommandé de braconner dans les journaux sérieux ce qui peut récréer les lecteurs du *Nain Jaune*, est rentré hier le carnier à sec.

Il me signale pourtant un trait qui en vaut la peine :

Le correspondant d'une feuille franco-anglaise constatant que la littérature a eu une large part dans les « prodigalités honorifiques » du 15 août, déplore avec amertume que les journaux dévoués au gouvernement aient été privés de cette bienfaisante rosée. La chose, dit-il, a causé de l'*étonnement* dans Paris, et il cite parmi les honorables publicistes qui avaient préparé leurs habits neufs, MM. Jacques Valserres, du *Constitutionnel*, et Lannau-Rolland, du *Pays*.

Il semblerait même, à entendre l'*International*, que ces messieurs, fort déçus, auraient songé un instant à retirer leur concours à l'Empire ; mais, grâce à Dieu, la voix du patriotisme et de l'abnégation l'a emporté. Le correspondant exprime la conviction bien sentie qu'ils continueront à montrer dans leur noble labeur « le même talent et le même zèle que s'ils étaient satisfaits. »

— » Allons, s'est écrié Vaudin, rassurons-nous; il y aura encore de beaux jours pour le bulletin français ! »

J'aime et j'apprécie Jacques Valserres, esprit solide, belle fourchette : il avait une gastrite l'hiver dernier, mais il suivait un bon régime, et j'espère qu'il est guéri. C'est l'homme le plus compétent de France en matière de bestiaux, et je ne vois pas pourquoi il ne serait pas décoré, puisqu'il ne l'est point.

Quant à Lannau-Rolland, Castéra assure qu'il est lui-même l'auteur de la correspondance et l'inventeur de l'étonnement signalé par le journal. Mais Castéra est la plus mauvaise langue de Paris, et j'aime à croire que Lannau-Rolland saura bien, un jour ou l'autre, se signaler à d'honorables distinctions, non par de telles réclames, mais par son zèle pour ses devoirs et son dévouement pour ses maîtres. Grandguillot a du goût pour lui, et Grenier est satisfait de son exactitude et de sa docilité.

A propos de croix, je rencontre chaque jour sur le boulevard une curieuse énigme : c'est le phénomène d'un ruban rouge vif, complétement déteint rien qu'en passant de Belgique en France.

Son propriétaire prenait chez les Flamands le titre de journaliste, ayant rédigé un journal du côté d'Orléans.

Un jour, passant par Anvers avec d'Auriol, je le rencontrai sur la place Verte : Il portait la Légion d'honneur sur un bel habit noir.

J'allais essayer de le féliciter ; mais le trouble de sa contenance m'avertit tout de suite qu'il serait charitable de lui épargner mes compliments. Il paraissait fort pressé ; je le compris de reste , et , en vérité , je l'étais encore plus que lui. Il est des choses qui gênent autant celui qui les voit que celui qui les fait.

— *Je suis enchanté de vous avoir rencontré*, me dit-il, en fuyant. Êtes-vous ici pour longtemps?

— Non.

— Vous partez?

— Je pars.

— A l'instant?

— A l'instant.

— Pour où ?

— Pour la Hollande.

Je croyais en effet partir le soir même ; je ne sais quel incident m'arrêta ; bref, je ne partis point.

Ici, vous allez croire que je fais *une charge*, mais je veux bien , mon cher Monsieur, que le diable m'emporte, si je ne rencontrai pas mon drôle, le lendemain, avec une rosette d'officier !

Il est aujourd'hui à Paris. Des couleurs plus modérées le recommandent à l'estime de son portier. Sont-elles de meilleur aloi? On le dit. Je crois qu'il a combattu et qu'il combat encore avec une plume d'oie pour une puissance étrangère,

NEUVIÈME LETTRE

Où il est question de Lannau-Rolland et d'un plagiat, — du czar
Nicolas, — de M. Léouzon le Duc, — de M. de Ghoor, — de
M. Fontès, — de mademoiselle Schneider, — de M. Baze, —
de M. Hachette, — de Garguille et de Marie Escudier.

Paris, 5 octobre 1864.

Monsieur,

Il n'est bruit que de Lannau-Rolland, l'un des rédacteurs du *Journal de l'Empire*, accusé d'un plagiat littéraire envers M. Léouzon le Duc, auteur de la *Russie
contemporaine*. Lannau vient d'écrire et d'avouer qu'il
publia en 1855 un livre sur le *Czar Nicolas* Ier. C'est,
dit-il, un journal d'Agen, le *Papillon*, qui trouva plaisant
d'imprimer en gros caractères et de dire avec de gros
mots que des citations clairement faites étaient des pla-
giats. Lannau laissa jaser, faisant assez peu de cas de ces
gens là. Mais une feuille de Paris, la *Presse théâtrale*, se
fit l'écho de cette mystification. Il ne pouvait plus la

laisser passer sans protester, et il envoya son livre au rédacteur en chef : *Lisez et jugez*. Après six semaines, la *Presse théâtrale* publia les lignes suivantes :

« Nous n'avons jamais refusé de *réparer une injustice*, MÊME INVOLONTAIRE, quand nous sommes convaincus qu'elle a été commise ; *nous avons voulu savoir à quoi nous en tenir* ; nous avons lu le livre de M. Auguste Rolland, *et nous reconnaissons que l'épithète de plagiaire ne peut être appliquée* à l'auteur.

» L'*Histoire du Czar* n'a peut-être pas une très-haute portée littéraire, mais *elle dénote*, de la part de son auteur, de longues recherches et, *par contre*, de longues citations empruntées à tous nos auteurs modernes *dont il cite soigneusement* les noms.

» Ces citations sont habilement liées les unes aux autres, de façon à former un tout homogène qui n'est pas dénué d'un certain intérêt. M. Rolland prétend qu'il a mieux aimé en agir ainsi que paraphraser ces autorités et ne citer personne ; nous le croyons sans peine, et pour notre compte, nous l'aimons mieux ainsi.

» En somme, le livre de M. Rolland est *un excellent résumé de tout ce qui a été écrit* sur le czar Nicolas Ier, et sa lecture ne peut qu'être agréable.

                    » A. DE GHOOR. »

Le *Nain Jaune*, pour tirer l'affaire au clair, a demandé communication de l'ouvrage ; mais Lannau a refusé de l'envoyer. Pourquoi si empressé avec M. de Ghoor l'est-il si peu avec nous? Pourquoi ce livre a-t-il disparu de la circulation? Autant de mystères. Ce qui est certain, c'est que le rédacteur du *Papillon*, qui dénonça Lannau-Rolland comme coupable de plagiat, était M. Fontès, avocat à la Cour impériale d'Agen. Nous avons le choix entre l'avocat et M. de Ghoor. Du reste ce jeune homme, comme il nous l'apprend, fit la même chose à Agen. Accusé de plagiat, il refusa nettement de discuter, de se défendre. Il se souciait peu de se justifier devant ces petites gens. L'affaire fit un bruit de carnaval dans les cafés, dans les tables d'hôte, au théâtre, partout; peine perdue. Il tint bon. C'est un homme résolu. Il dédaignait le département de Lot-et-Garonne, voilà sa raison. Agen était pourtant une bien agréable ville, dans ce temps-là. Mademoiselle Schneider, aujourd'hui du Palais-Royal, y fleurissait comme un bouton de rose et livrait aux Gascons les prémices de ses divers talents. Enfin, le Lot-et-Garonne est un beau département, bien cultivé; la race bovine y est magnifique, et Maître Baze, qui n'est pas dégoûté, y accepterait volontiers la députation. Eh! bien, non. Rolland n'en démordit pas; il aima mieux quitter le pays et passer en Espagne. Il s'appelait alors Auguste Rolland; il reparut plus tard sous le nom de Lannau; Lannau-Rolland.

Il changea son nom, comme Jauret sa soutane. Je ne lui demande pas pourquoi; cela ne me regarde point.

Seulement, je crains que plus tard les commentateurs n'en soient embarrassés. On croira qu'il y eu deux Rolland, sans compter celui de Roncevaux. Madrid réclamera l'un, Paris l'autre ; l'admiration sera divisée. Voilà que les contemporains commencent à ne plus s'y reconnaître. Des Agenais m'ont écrit pour demander des explications.

Quant à décider clairement de cette accusation de plagiat, voyez M. de Ghoor, voyez l'avocat ; moi je ne veux pas m'en mêler. Encore une fois, je ne connais pas M. de Ghoor, je ne sais pas s'il existe, mais je crois que c'est un brave homme. Seulement, il a des façons de parler un peu bizarres :

Il commence par déclarer qu'il ne refuse jamais de reconnaître une injustice, *même* involontaire, ce qui est bien honnête de sa part. Il rétracte la qualification de *plagiat.* Il ne tient pas, dit-il, M. Rolland, pour un homme d'une très-haute portée littéraire, mais le livre lui semble « *dénoter* de longues recherches et PAR CONTRE *de longues citations.* » Entre nous, *dénoter de longues citations*, pour un homme qui rend des arrêts en matière de littérature, me semble un peu risqué.

Mais enfin, il y voit clair :

Ces citations lui paraissent *habilement liées* les unes aux autres, de manière à former *un tout homogène.* Elles ont été empruntées, *sans paraphrase*, à tous les auteurs modernes, soigneusement cités, ce qui fait, à son avis, un *excellent résumé.* Peut-être ne comprendrez-

vous pas bien comment le livre de M. Rolland pourrait
être, à la fois, *un recueil de citations* ajustées les unes
aux autres, et *un résumé excellent*. Le *résumé*, en matière d'histoire, est un travail très-difficile et d'un très-
grand prix, qui *exclut* précisément, et avant tout, *les
longues citations*. Il condense, au contraire, la pensée
sous la forme la plus brève, la plus rapide et la plus
nette possible. Quand on possède les qualités infiniment
rares qu'exige le Résumé historique, on peut devenir
grand maître de l'Université, comme M. Duruy, dont
les meilleurs titres littéraires sont des *Résumés*.

Bref, quoi qu'il en soit, voilà la défense et le défenseur. L'autre, au contraire, l'accusateur, ainsi que je
vous l'ai dit est avocat, et il soutient mordicus qu'il y a
plagiat. Or, comme on croit généralement que les avocats connaissent un peu la jurisprudence, peut-être
celui-ci vous paraîtra plus compétent que M. de Ghoor ;
mais notez bien que pour moi je ne dis rien, je n'affirme
rien, je ne sais rien, je n'ai pas d'opinion là-dessus.

Comment se peut-il qu'un avocat à la cour impériale
ait osé risquer, publiquement, dans un journal, une
telle attaque contre le journaliste de la préfecture ; s'ex-
poser à une plainte en calomnie et aggraver ses incri-
minations par les sarcasmes les plus violents, car il y a
des gens qui ne savent pas être calmes et dire les choses
comme il convient. Comment expliquer une telle hardiesse ? Je l'ignore et je ne veux pas le savoir. Je crois
seulement que Lannau a eu tort de ne pas vous en-

voyer le livre. Je comprends qu'il voudrait qu'on s'en rapportât à M. de Ghoor. Mon Dieu ! ce monsieur du théâtre est sans doute une forte autorité, mais l'avocat ! l'avocat a bien son importance !

J'écris, de ce pas, à un Agenais, pour lui demander confidentiellement de me procurer le volume, le corps du délit, comme on dit au Palais, — si délit il y a. — Il m'enverra le livre de Lannau-Rolland, je n'en doute pas : c'est un de ses amis.

Vous savez, du reste, combien je suis disposé à la bienveillance en tout ceci. Je connais Rolland, je l'ai connu Auguste, je l'ai connu Lannau. Il était sous mes ordres au *Pays*, et il m'inspirait de l'intérêt. Je le considérais comme un rédacteur laborieux, dévoué à ses devoirs. Au fond, il n'est pas sans acquis ; il peut très-bien tenir son rang dans la pléiade Dupont, Thibaut, Garguille et Escudier. Il a du Césena, mais moins pétulant peut-être, moins jeune d'allures, plus rassis. C'est le Petitguillot du *Pays ;* un talent trotte-menu qui ait son entrefilet tout comme un autre.

P. S. — J'avais achevé cette lettre lorsque j'ai eu l'honneur de recevoir la visite de M. Léouzon le Duc. Cet honorable et savant écrivain m'autorise à déclarer que M. Hachette, éditeur de la *Russie contemporaine*, fit sommer judiciairement M. Cahen, éditeur de M. Auguste Rolland, d'avoir à supprimer immédiatement l'*Histoire du Czar*. Ainsi fut fait sans objection.

M. Rolland se contenta d'écrire à M. Léouzon le Duc
des explications embarrassées. M. Léouzon le Duc qui
était absent de Paris, a appris par le *Nain Jaune* que ce
M. Lannau-Rolland, du *Journal de l'Empire,* n'est autre
que M. Auguste Rolland, qu'il croyait disparu avec son
livre.

DIXIÈME LETTRE

La jeunesse de l'abbé Jauret.

Paris, 7 octobre 1864.

Monsieur,

J'ai des nouvelles de l'abbé Jauret. Castéra m'avait mal renseigné :

Jauret à Mézin n'était pas curé, mais vicaire.

En 1848, il fut nommé curé à Lamothe, près Miramont, et jeta le froc quelque temps après.

Ainsi, Jauret a célébré le saint sacrifice.

On en parle encore dans ces contrées :

Il était renommé pour sa bonté et sa belle humeur.

Son doux visage avait cette fleur de béatitude dont le ciel semble se plaire à parer ses élus.

Ses mains étaient sacrées.

Elles touchaient les calices et les saints ciboires, où s'accomplissent les mystères redoutés.

Il montait à l'autel, orné du double symbole de la pureté et du pontificat suprême : l'aube blanche et la chape d'or.

Aux jours de fête, on jetait des fleurs sur ses pas.

Les lévites, vêtus de dalmatiques, l'escortaient avec des encensoirs, dans des nuages de myrrhe et d'encens.

Les fiancées s'agenouillaient devant lui, l'oranger au front, et il les bénissait.

Au fond des sombres chapelles, il confessait les jeunes filles et interrogeait les secrets des époux.

Tel fut, en sa jeunesse couverte de bénédictions, Georges Jauret, aujourd'hui rédacteur de la *Presse*, l'ennemi des Papes et des Rois.

ONZÎÈME LETTRE

Unité et invariabilité des opinions politiques d'Émile. — Ré
flexions mémorables du même, sur l'inconsistance de l'esprit
public en France. — Comme quoi Émile prouva que la liberté
de la presse est destructive de la sécurité et de la stabilité
sociales. — La dictature de Léonce et tout ce qui s'en suit.

Paris, 10 octobre 1864.

Monsieur,

Il faut toujours donner ses preuves :

J'ai cité quelques réflexions d'Émile tirées d'une collection intitulée : *Questions de mon temps*, imprimée et
publiée à Paris, chez Serrière, en 1858. Il y a de ces
sages et honnêtes pensées, 12 volumes in-octavo, de
624 pages chacun.

Émile les a fait imprimer exprès, pour établir l'unité
qu'il a su mettre dans les opinions de toute sa vie.
L'ouvrage est en vente. Nous sommes, je crois, trois
ou quatre amateurs qui le possédons à Paris. En voici

4

de fidèles et précieux extraits qu'on ne saurait conserver et propager avec trop de soin, pour l'honneur d'Émile, pour la gloire de son incomparable logique et pour l'édification de ses contemporains.

SUR LA VANITÉ DE LA FRANCE.

« La raison de la France est faible, sa vanité excessive; elle se complaît, à la fois et en tout, dans la misère et dans le faste, et de tout droit politique dont elle jouit, quelque fécond qu'il soit, elle fait aussitôt un abus. »

SUR LA PUÉRILITÉ DES FRANÇAIS.

« Notre pays est un pays puéril. A peine en possession d'une institution ou d'une liberté nouvelle, il s'agite et n'a de cesse jusqu'à ce qu'il l'ait compromise et perdue par l'exagération. »

SUR LA LIBERTÉ DE LA PRESSE.

« Si les partis demandent la liberté d'imprimer leur opinion, ce sera pour crier dans les rues de dégoûtants pamphlets et distribuer des journaux anarchiques, destructifs de toute stabilité politique, de toute sécurité sociale. »

SUR LA LIBERTÉ D'ASSOCIATION.

« Les partis n'useraient du droit d'association que pour former des clubs tumultueux. »

SUR LA PUBLICITÉ DES ASSEMBLÉES.

« Si le gouvernement soumettait à la publicité toutes
les assemblées, tribunaux, chambres législatives, con -
seils généraux, conseils municipaux, ce n'est point au
langage ferme et laconique de la raison et de la science
que les barres et les tribunes seraient accessibles. Le
monopole en serait réservé à l'emphase et à la prolixité,
à tout ce qu'il y a de bavards présomptueux, bouffis
de vanité, s'élançant dans le vide et planant dans le
faux[1]. »

Ah ! quelle raison ! quelle clarté ! quel homme !

J'espérais avoir de lui quelques mots au sujet de mes
dernières questions ; mon attente, hélas ! a été trompée.

Mais Léonce, lui, a répondu ; doucement, timidement,
il est vrai. Il ne se défend ni ne s'explique en aucune
façon, mais il amende indirectement sa proposition.
Ollivier avait dit que le journal vit *avec le consentement
du public*. Léonce s'est ravisé ; il déclare qu'il lui suffit
de représenter *une fraction de l'opinion publique*. Voici
comment il dit cela, avec sa manie de brouiller sans
cesse les mots et les idées :

« Un journal doit tenir à représenter *une fraction de
l'opinion publique* ; il doit répondre à une *tendance*
nettement et *généralement* accusée dans le pays et se
contenter de cet honneur. »

[1] Extrait des *Questions de mon temps*, par ÉMILE DE GIRARDIN.

L'honneur de représenter une fraction ! Pourquoi s'en
contenter ? L'honneur serait, ce me semble, de ne s'en
contenter aucunement, et d'aspirer, de travailler sans
cesse à représenter l'unité !

Quoi ! il ne s'agit pas de représenter l'opinion, mais
un morceau ! Ils sont là une douzaine qui vivent chacun
de son lopin dans le domaine public. Émile a le sien,
Léonce le sien, Guéroult le sien ; et, quand on a conquis sa boutique sur la rue, qu'on fait son petit commerce, qu'on a sa clientèle, ça pourrait aller mieux,
mais enfin l'article se vend, et l'on est content ! Léonce
le dit : « Il faut s'en contenter. »

O presse de Carrel et de Cavaignac, voilà donc ce
que sont devenus tes diacres et tes autels !

Veuillot demande en vain un journal ; Pelletan n'en
a pas, Prévost-Paradol n'en a plus ; mais Léonce en a
un d'où il fait entendre sa parole à l'Europe. Léonce
commande, dispose, ordonne, forme des partis nouveaux. Léonce couve des ministres ; il admoneste l'État.
Qui l'eût pensé, quand il prit son premier vol au cercle
de Marmande ?

Léonce a un journal. Il y a des écrivains, des publicistes qui apportent leur prose à Léonce. Il reçoit,
il discute, il juge les manuscrits et rend des arrêts.
About doit écrire dans le journal ; mais si Léonce le
voulait, il pourrait supprimer About. Il pourrait supprimer Chateaubriand, Lamartine, Carrel lui-même.
Timon, s'il avait de nos jours à écrire dans la *Nation*,

devrait tirer son chapeau à Léonce. Vous l'entendez, ô
dieux et déesses! comme dirait Jules Janin. Léonce
régente la politique et la littérature. C'est M. Treilhard
qui nous a donné cet arbitre et ce souverain.

Assurément, mon cher ami, je suis de l'avis d'Émile
sur la liberté, quoiqu'il s'exprime en des termes que je
ne me permettrais pas ; Émile seul est assez grand et
assez pur pour avoir le droit de traiter la mobilité et
l'inconsistance de ses contemporains avec un tel mépris.
Mais je suis de son avis avec plus de modération ; je professe qu'il est indispensable que la liberté soit protégée
par de sages règlements contre ses propres excès.

Cependant, je l'avoue :

Lorsque je vois cette protection aboutir à la dictature
de Léonce, il me prend quelque envie de changer
encore une fois d'opinion. Non pas, Dieu m'en est
témoin, pour ouvrir la voie à de nouvelles rigueurs ; mais
je commence d'entrevoir qu'il pourrait bien y avoir
quelque chose à faire. Je me demande si le gouvernement ne pourrait pas, sans commettre un abus de pouvoir, exiger de certaines gens, en de certaines fonctions,
soit dans la presse, soit ailleurs, un peu de lecture et
d'écriture. Pourrait-on le trouver exorbitant ?

Je crains qu'il ne nous faille sur ce chapitre faire un
peu d'opposition ; demander une réforme des lois et règlements de la presse, avec le respect qui convient,
bien entendu, sans aigreur, sans toucher aux bases
fondamentales de la société. Entre nous, je ne serais

4.

pas faché de montrer qu'on peut faire de l'opposition sans toucher aux bases fondamentales.

On croit la presse dans les fers quant on lit Havin et Jourdan. On est convaincu, dans les provinces, que ce sont les lois sur la presse qui les empêchent d'avoir de l'esprit. Je faisais remarquer un jour à un paysan de La Rochette que ces braves gens n'usent vraiment leur plume qu'à des balivernes. « Pourquoi, disais-je, cette rage d'aller délivrer les nègres et les Italiens, quand nous avons à nous délivrer chez nous de tant de choses désagréables ? Les gens d'ici s'en vont-ils, au mois d'août, écheniller à Perpignan, au lieu de s'occuper d'abord de leurs charançons et de leurs chenilles ? »

— C'est vrai, et vous avez bien raison, me répondit-il, mais la loi est si dure ! Ah ! s'ils pouvaient parler !

Ainsi, Monsieur, je crois que nous allons être obligés de nous en mêler un peu, et de montrer qu'on peut faire entendre une voix libre en France. Ces gens de l'opposition, ne savent pas leur métier.

DOUZIÈME LETTRE

L'interruption des Lettres Gauloises. — Libres propos du café Car-
-dinal à ce sujet. — Éloge de M. Treilhard. — La servitude est
ailleurs que dans les lois. — Le despotisme est chez Havin. —
Bassesses et lâchetés contemporaines. — Le beau Grandguillot.
—Sa théorie sur l'art de congratuler. — Foin du Trissotinisme !
—Je retourne à mes espaliers.

Paris, 24 octobre 1864.

Monsieur,

L'interruption momentanée de mes *Lettres gauloises* a
décidément produit un effet flatteur. On en causait avant
hier sur la porte du *Café Cardinal ;* on assurait qu'elles
ne devaient plus paraître, et ce bruit allait faire le plus
grand tort au gouvernement. Un monsieur disait tout
haut que Barbey d'Aurevilly avait raison ; qu'une foule
d'échines à pressentiment avaient pris l'alarme ; que
des députés, des sénateurs, des journalistes étaient
allés pousser des cris de paon au ministère de l'intérieur ; bref, qu'on avait arrêté ces libres propos.

— « Eh! Monsieur, s'écria quelqu'un, vous vous mo-
quez. Croyez-vous qu'on arrête les propos comme les
diligences? »

Un troisième regarda celui-ci de travers :

— « Et monsieur Treilhard! Et la censure! » — dit-il
en ricanant.

Celui-là était un petit homme pâle et maigre, qui, depuis dix minutes, frappait l'asphalte de sa canne et levait
les yeux vers le ciel, comme pour le prendre à témoin
des douleurs de la liberté. Au nom de M. Treilhard et de
la censure, il y eut un mouvement d'effroi dans les
groupes, comme dans *Angelo, tyran de Padoue*. Un
Padouan, je veux dire un Parisien, s'empressa d'assurer que la supression des *Lettres gauloises* avait été
opérée spontanément par le rédacteur en chef, alarmé
des libres allures de l'auteur.

Et voilà, Monsieur, l'idée qu'on se fait ici du régime
de la presse en général, et de la façon dont les choses
se passent au *Nain Jaune*.

On nous croit donc chez Havin! Là, en effet, l'humeur
de Léonor règne en souveraine et l'esprit du maître
règle le niveau commun. Léon Plée, par déférence, se
tient au-dessous; Texier se modère, et je défie Borie et
Bénard de se permettre, dans une simple question de
brocs et de bouteilles, la moitié des licences que je
prends avec l'État.

J'expliquerai plus tard l'interruption des *Lettres Gauloises;* mais en attendant, je vous le dis, ô mes confrères

de la politique et des lettres, la servitude est en nous-mêmes et non dans les lois. Un tas de pieds-plats affectent de refuser leur hommage à César, qui se mettraient à plat ventre s'ils y gagnaient cent sous. Dupont lui-même, parvenu à un journal, trouva des flagorneurs. J'en sais qui pour une réclame ou pour un dîner, font chaque jour, devant des cuistres dont je ne voudrais pas pour valets, plus de platitudes que le duc de Lafeuillade devant le cheval de la place des Victoires. Mais ils sont républicains, c'est-à-dire qu'ils ont des barbes de bouc, la tête chauve, et boivent beaucoup d'absinthe chez Bouvet.

Non, Monsieur, ce ne sont point les lois, ni M. Treilhard, ni la censure, qui ont organisé chez nous les lâchetés et les bassesses dont nous donnons le spectacle à nos contemporains. M. Treilhard ne tient dans ses mains ni la dignité de nos consciences, ni la liberté de nos plumes, ni la bride de notre esprit. Et plût à Dieu qu'il nous pût tous inspirer et conduire à son gré! J'estime que tout serait parfait dans la presse, car il est le plus aimable, le plus indulgent et le plus libéral qui soit au monde. On voit tout de suite en lui un homme accoutumé à jouer cartes sur table. Il est terrible, au premier abord, avec ses gros sourcils Murzutphle, mais au fond sensible et bon comme tous les hommes gais. J'ai l'honneur de le connaître, et il m'a donné la plus haute opinion de sa prudence et de ses talents. Il incline naturellement à une modération et à une tolérance extrêmes. Paulin Limayrac le croit sceptique ; je ne suis pas de son

avis. Je pus m'assurer de la foi et de la fermeté de
M. Treilhard, à l'époque des élections générales. Là, je
vis le loyal mépris que lui inspirent les équivoques et
les ingratitudes. Il ne sourcilla point lorsque le *Constitutionnel* compara la Guéronnière à Grouchy. Et nous
autres, de la *Nation*, nous pûmes voir de près son zèle
et son courage, quand la coalition des vieux partis marchait contre nous, ralliée autour du bonnet de coton de
Garnier-Pagès, le Vicomte en queue, avec ses lans-
quenets.

Lui, arrêter mes *Lettres gauloises !* D'abord, il n'en a
pas le droit ; et, comme on disait au café Cardinal, un
journal n'est pas une malle-poste et la rue Ville-l'Evê-
que n'est pas la forêt de Bondy. Ce sont les journaux
qui depuis dix ans font sournoisement courir ce bruit-là.
Ceux qui sont plats et bêtes y ont tout intérêt, ils le
mettent sur le compte de la censure. L'avocat Durand,
qui s'imprime chez les Belges, leur fait croire qu'il se
prive d'esprit de peur d'être arrêté.

Moi qui n'ai pas peur qu'on m'arrête, on m'entendra.
Pour l'honneur même de l'Empire, je protesterai contre
des calomnies qui donnent en Europe une fausse idée
de ses règlements et de ses lois. Trop de gens sont intéressés à faire accroire que les ridicules et les vices ont
cessé d'être justiciables de nos plumes, et que les sots
ne sont plus ici-bas pour nos menus plaisirs.

Encore un peu, et nous verrions tomber en désué-
tude les plus précieux et les plus consolants priviléges

de l'esprit français. Nous avons commencé, à la *Nation*, de rétablir la jurisprudence en ces matières ; il faut continuer, ou c'en est fait de la gaieté gauloise ; nous tombons dans le Grandguillot.

J'étais, il y a deux ans, rédacteur du *Pays*, avec un bonhomme qu'on appelle le père Letellier. Il était à la fois du journal et du comité polonais. Au comité, il rédigeait des circulaires pour la Pologne, et au journal des bulletins anti-polonais. On en a fait depuis un secrétaire au Corps législatif. Lorsque M. le duc de Persigny quitta le ministère, Grandguillot, depuis longtemps à l'écart, reprit le *Pays* et y rentra comme dans un moulin. J'en dus sortir. J'avais été vaincu à Pharsale, et Grandguillot n'est pas Caton. Plutôt de l'avis du Vicomte, il n'aime que les vainqueurs. Il arriva avec des projets de conciliation et de rapprochements que mes allures auraient gênés. Je le compris et m'en allai planter mes choux à la Rochette. Plus tard, voulant rentrer, je le revis, et je dois dire qu'il fut charmant.

Vous connaissez ce joli garçon :

Il est doux et blond comme Euryale. Sa beauté aurait suffi pour faire sa fortune ; mais, comme en politique il faut autre chose, je présume qu'il doit avoir de l'esprit.

Nous ne pûmes parvenir à nous entendre ; et il me souvient de ses remarques et de ses conseils :

— « Mon ami, me disait-il, vous avez des défauts terribles dont il vous faut corriger pour être avec nous.

Le premier, c'est une verdeur acide qui agace les dents. Disputez avec les gens le moins possible, et toujours commencez par leur reconnaître du talent. C'est le point principal, le reste n'est rien. Donnez à vos adversaires du *spirituel*, et quand cela se peut de l'*illustre* ; à charge de revanche, et tout ira bien. Girardin, qui jamais ne refusa la discussion au dernier des plumitifs de la *Casquette de Loutre*, avec vous tourna les talons. Il fallait imiter Quinsac ; l'appeler « l'habile, le grand et le sublime » : cela coûte si peu ! Il vous l'aurait rendu, et, auprès des vingt mille lecteurs de *la Presse*, votre nom était fait

— » Ce sont vos conditions ? lui dis-je.

— » De rigueur, répondit Grandguillot.

— » Eh bien, Monsieur, que mon nom reste obscur, et que Durand continue de m'appeler un scélérat dans les gazettes étrangères ! S'il est une gloire que j'envie, ce n'est pas celle de Vadius et de Girardin. »

Et je retournerai à La Rochette, philosopher avec le Père Nolf et soigner mes espaliers.

TREIZIÈME LETTRE

Comment M. le comte de Lourmel, ancien colonel de cavalerie, prit les journaux en aversion. — Rencontre d'un journaliste à Gênes. — Révélations curieuses de celui-ci. — Mystifications des correspondances d'Italie, pendant la guerre. — Les mûriers de M. de Cavour. — L'hôpital de Vercelli. — Bonne foi d'un hôtelier patriote. — Le colonel devient journauphobe.

A M. LE COMTE DE MULINEN

Paris, 26 octobre 1864.

Monsieur le Comte,

MM. les habitués du Grand-Théâtre de Lyon connaissent parfaitement un vieux gentilhomme orné d'une paire de moustaches grises si démesurées qu'elles interceptent la vue aux lorgnettes de ses voisins. Je transpose deux lettres de son nom pour l'appeler le comte de Lourmel. Ancien colonel de cavalerie, commandeur de la Légion d'honneur, le comte est élégant comme Palmerston et poli comme M. de Coislin. Il n'a qu'une manie qui le rend légèrement désagréable : il ne peut souffrir les journaux, grands ni petits. Si

5

quelqu'un, au café ou au spectacle, déploie près de lui une gazette quelconque, il se retourne vivement et prie qu'on veuille bien la replier. C'est une importunité dont il demande bien pardon, avec toutes sortes de façons courtoises et de gracieux regrets ; mais le papier imprimé a une odeur qu'il ne saurait souffrir absolument. L'année dernière, un monsieur qui étalait à ses côtés le *Progrès*, de Lyon, ayant persisté à le désobliger, il lui mit le lendemain deux pouces de fer sous le teton. Encore ne savait-il pas que le *Progrès* avait, ce soir-là, de la prose de Frédéric Morin.

Or il faut vous dire que peu d'années auparavant, le comte de Lourmel était un des plus acharnés liseurs de journaux qu'on pût voir. On le citait, malgré sa gentilhommerie, comme un esprit très libéral. Quand la guerre d'Italie éclata, personne n'applaudit plus cordialement que lui à ce réveil de la liberté. Chaque jour, au café Cazatti, on faisait cercle, on l'entourait, et, du bout de son cigare, le vieux colonel indiquait sur la carte la marche de nos armées et les combinaisons stratégiques de nos généraux. Un matin il entra rayonnant, une dépêche télégraphique à la main :

— « Eh bien ! messieurs, je vous avais bien dit que je battrais les Autrichiens à Magenta ! »

La goutte l'attachait au rivage, mais une fièvre héroïque le guérit, et il partit aussitôt pour l'Italie, résolu de suivre la victoire d'étape en étape, avec des cartes, des crayons et des compas. Un steamboat napolitain le débarqua à Gênes, où il s'en fut loger à l'inévitable hôtel Feder.

Il y avait alors en Italie des voyageurs de tous les coins de l'Europe, curieux de voir des batailles. Les Anglais seuls étaient rares, eux qu'on trouve partout. Je ne rencontrai guère, en un mois, qu'une famille de ces insulaires bivouaquant dans un omnibus sur la route de Palestro.

Le soir, soixante personnes dînaient chez Feder : M. le comte, qui parlait marches et contre-marches avec une distinction remarquable, tenait le dé de la conversation. On disserta sur les causes de la guerre, et, entraîné par la verve de son patriotisme, M. de Lourmel qualifia les Autrichiens avec une dure sévérité.

Un jeune homme assis à ses côtés, qui jusque-là s'était tenu dans une réserve extrême, ne put s'empêcher de paraître froissé des expressions de M. de Lourmel. Dans toute autre circonstance, le comte aurait tout adouci, en homme du monde et en homme d'esprit. Mais, sur ce chapitre, parti comme une fusée, il se fit un point d'honneur d'insister et même de renchérir. Et alors il raconta les exactions et les brigandages des Autrichiens dans les contrées où ils tenaient la campagne, de l'autre côté du Pô.

— « Je vous assure que vous vous trompez, monsieur, lui dit le jeune homme très-pâle et très-agité. »

— « J'ai l'habitude de savoir ce que je dis, répliqua le gentilhomme, et ces choses-là se passent, j'imagine, assez ouvertement, sous les yeux du monde entier !»

— « Êtes-vous bien sûr, monsieur, demanda le jeune homme en souriant, que le monde entier voie de ses yeux ce qui se passe sur ce petit coin de terre obscurci par tant de poussière et de fumée ? »

— « Mais, monsieur, on a les journaux. Les nouvelles sont là ; les récits de la guerre remplissent l'univers. Tout le monde sait que les habitants ont été rançonnés, les champs dévastés, les moissons broutées par les chevaux. Les Autrichiens entrés à Trino, qui appartient à M. de Cavour, ont tout mis au pillage et fait couper six mille mûriers sur pied ! »

Le jeune homme, fort ému, assura de nouveau M. de Lourmel qu'il se trompait. Le colonel, agacé par cette insistance, s'emporta et se mit à raconter vingt histoires du même genre ; notamment celle de Vercelli où les Autrichiens, après avoir mis à contribution les habitants et dévalisé les caisses de la commune, avaient emporté jusqu'au linge des malades de l'hôpital. A chaque parole, l'interlocuteur du comte protestait doucement. Au dernier mot, il lui dit avec une fermeté aussi polie que possible :

— «Je vous jure, monsieur le comte, que vous en avez menti ! »

En même temps il lui arrêta le bras, le regarda fixement, sans bravade, et comme tout le monde gardait un profond silence devant un trait aussi solennel , il ajouta :

— « Monsieur, je vous demande mille pardons de ces paroles, je sais ce qu'elles valent, et vous n'aurez pas besoin de me le rappeler. Veuillez me permettre seulement quelques mots d'explication. Je vous les dois, et je les dois aux témoins de cette fâcheuse scène. Ensuite, monsieur, le comte, je serai à vous. Vous voyez en moi un journaliste, correspondant des principaux journaux de Marseille, de Lille, de Nantes, de Lyon, à la guerre d'Italie. Je suis par conséquent *deux des yeux* par lesquels le monde entier voit les événements qui se passent ici. Cette histoire du ravage de Trino, des mûriers de M. de Cavour, coupés sur pied et broutés par les chevaux autrichiens, c'est moi qui, le premier, l'ai racontée. C'est de mon écritoire qu'elle est sortie, et cent journaux, la répétant, lui ont fait faire le tour de l'univers. Eh bien ! cette histoire est une mystification. Le monde a mal vu, et vous voyez, monsieur, que j'avais quelque raison pour vous l'affirmer. »

— « Or ça, monsieur, quel métier faites-vous donc ? balbutia M. de Lourmel interdit, et examinant son interlocuteur des pieds à la tête. »

— « Jusqu'ici un métier de dupe, monsieur, vous allez le comprendre à l'instant. Quand le clairon sonna du côté des Alpes, une foule de journalistes s'élancèrent la plume à la main. Mon confrère Texier qui partait pour le compte du *Siècle*, obéissait, je n'en doute pas, au zèle le plus désintéressé. On le connaît : l'amour de l'Italie enflammait son âme et je suis convaincu qu'il distribuait aux hôpitaux la moitié de ses appointements. Moi, monsieur, je ne suis pas bien sûr que le désir de voir de près les batailles et de faire ma petite part de bruit dans tout ce tapage, fût absolument étranger à mon héroïque ardeur. Quoi qu'il en soit, je partis. J'ai eu l'honneur de vous le dire : une douzaine de journaux m'avaient donné mission de leur envoyer des comptes rendus quotidiens du théâtre de la guerre. Arrivé à Turin et en demeure de remplir mon mandat, je m'avisai bientôt que, pour donner des nouvelles du théâtre de la guerre il fallait en avoir. Ne pouvant aller les chercher ni à nos avant-postes dont l'accès me fut ouvert plus tard, ni chez les Autrichiens campés dans la Lommeline, je pris le parti d'aller aux informations chez M. de Cavour. J'eus l'honneur de voir ce grand homme : il ressemblait singulièrement à Proudhon avec ses lunettes. Quand je déclinai mes noms et qualités, il avait sur sa table le *Salut public*, de Lyon.

— « C'est dans ce journal que vous écrivez ? » me demanda-t-il.

— « Dans ce journal et dans d'autres, monsieur le ministre. »

— « Alors, vous êtes l'auteur de cette lettre ? »

— « Elle est signée de mon nom, Excellence. »

— « Voudriez-vous me dire, monsieur, quelle opinion on a chez vous des Auvergnats ? »

— « Mais, Excellence... les Auvergnats sont un peuple

sobre, patient, opiniâtre... Il en sort de grands hommes... Il y a eu Vercingétorix...; il y a M. de Morny... »

Alors, souriant avec bonté : « Très-bien, me dit-il ; je n'avais pas bien compris pourquoi, dans cette lettre, vous appeliez les Piémontais *les Auvergnats de l'Italie*. Merci de tout mon cœur. Vous cherchez des nouvelles pour vos journaux, adressez-vous à mon cabinet. Je donnerai des ordres en conséquence ; on vous tiendra au courant. N'oubliez pas de parler à la France de la reconnaissance de l'Italie. »

Le lendemain, comme j'allais prendre langue, un secrétaire effaré me conta qu'on avait des nouvelles des Autrichiens. Ils étaient entrés à *Trino*, chez M. de Cavour, une des plus belles propriétés de l'Italie. Tout était au saccage, *saccaggio*, disait le secrétaire en frémissant, les mûriers coupés sur pied, la moisson dévastée et broutée par les chevaux. Qu'eussiez-vous fait à ma place, monsieur, pressé par la besogne, attendu par cinquante mille lecteurs ? J'écrivis naïvement l'histoire du *saccaggio* de Trino.

Le secrétaire était de bonne foi ; moi, comme le secrétaire ; mes confrères faisaient ainsi tout du long. Vingt correspondants ne pouvant aller y voir par eux-mêmes, dans la rue, au café, dans les antichambres, sur les grands chemins, interrogeaient, notaient, écrivaient, rédigeaient leurs paperasses comme ils pouvaient, se passaient les nouvelles, les rajustaient de mille façons, au fond toutes les mêmes, mais variées selon les opinions des destinataires. Jetée à la poste, cette pâture allait rassasier quotidiennement la curiosité et l'enthousiasme des populations. De tout cela, rien de vrai ou peu s'en faut, monsieur, hormis les victoires qu'éclaira le soleil.

J'eus occasion de passer à Trino quelques jours après, quand les Autrichiens eurent évacué la Lommeline. La moisson était verte et touffue; les colonnes autrichiennes avaient laissé tout juste, le long des sentiers, la trace de leurs pas, et les mûriers de M. de Cavour étalaient en paix leur feuillage dans les plaines. Je demandai aux paysans des nouvelles du Tudesque :

« Les brigands ont bu et mangé, emporté des provisions, me répondaient ces braves gens, mais ils ont payé. »

Monsieur le comte, sachez que l'histoire des exactions de Vercelli et du linge des malades de l'hôpital est de la même farine, et n'a pas le sens commun. On me la conta de la même façon à Turin; je l'écrivis et elle fit le tour du monde. Or, un jour, je partis pour Vercelli; les troupes de Giulay venaient d'en sortir. Mon étonnement était extrême, de traverser des campagnes luxuriantes, aussi paisibles que si les bergers de Virgile y avaient été endormis sous les hêtres. Les diligences de Tortone nous traînaient le long des grands chemins, comme de Pontoise à Paris.

Mille rumeurs étranges, bizarres, venues on ne sait d'où, nous apportaient bien des craintes, des défiances, des alertes sans cesse renouvelées, mais sans cesse démenties. A Alexandrie, on nous avait avertis qu'à

Vercelli, les Autrichiens n'avaient laissé ni un morceau de pain à manger, ni un lit où dormir.

Quand nous y arrivâmes, traînés par une voiture à quatre chevaux, les garçons de l'hôtel, vêtus de noir, cravatés et frisés comme ceux de Thibaut, étaient debout sur la porte, la serviette au bras. Les rôtis fumaient à la broche, et le champagne nous attendait pour se décoiffer en notre honneur.

Après le dîner, j'appelai l'hôtelier :

— « Excellentissimo signore, lui dis-je, en souriant assez gauchement, car au fond j'étais bourrelé de remords, il paraît que les Autrichiens n'ont pas tout emporté. Voilà en vérité un dîner excellent. »

— Les Autrichiens, monsieur, ont bu, mangé et fait des approvisionnements à Vercelli, mais ils ont payé. A la table même où vous êtes assis, la veille de leur départ les officiers passèrent la nuit à boire et à chanter. Après minuit, quelques-uns firent entrer des filles par les fenêtres, mais ils ont payé. »

Ma confusion redoublait... Je n'osais l'interroger sur tout le reste... O infirmité misérable du cœur humain ! Je tremblais d'entendre démentir un mensonge ! Cet homme m'aurait dit : « Oui, monsieur, les Autrichiens ont pillé l'hôpital, ils ont emporté le linge des malades, ils ont égorgé les mourants, » que j'en aurais, je crois, éprouvé une lâche satisfaction, tant je ressentais de honte de m'être laissé suborner par d'aussi déplorables mystifica ons.

5.

L'hôtelier était un honnête homme. Il ne me laissa pas achever ma question :

— « Je sais, me dit-il, ce que les journaux ont raconté. Je n'aime pas les Autrichiens, monsieur, personne ne les aime ici. Ils sont étrangers dans ce pays, et le jour qui nous en délivrera sera le jour de bénédiction de l'Italie ; mais ces bruits sont infâmes. Les Autrichiens reculent comme des vaincus, mais non pas comme des lâches ni comme des voleurs. »

« Voilà, monsieur le comte, l'histoire de Trino et de Vercelli, c'est-à-dire des trois quarts de toutes les histoires, anecdotes, nouvelles et informations de toute sorte qui, durant la guerre, ont défrayé les journaux, les revues, les résumés, les almanachs et toutes les librairies de l'Europe, y compris le canard du sieur de Césena. »

L'accent ému et loyal de l'interlocuteur impressionnait beaucoup l'auditoire.

« Monsieur, s'écria le comte de Lourmel, dont le visage était littéralement bouleversé, tous les journaux, toutes les publications qui, de bonne ou de mauvaise foi, ont accrédité tous ces mensonges doivent à la vérité une réparation éclatante. Vous devez leur écrire tout cela, les sommer de le publier... »

— « Ah ! monsieur le comte, répondit le jeune journaliste, connaissez-vous si peu la presse de votre pays ? Sans doute rien n'est plus sujet à l'erreur que notre chétive humanité. *Errare humanum.* « Il est de la nature humaine d'errer, » dit la sagesse des nations. Mais la presse, en général, se tient fort au-dessus de la faiblesse humaine. Des journalistes qui ont la plume à la main depuis cinquante ans, en sont encore à reconnaître et à confesser qu'ils ont pu se tromper une fois. Ce jour-là, ils seraient perdus ; ils ne seraient plus une religion !

Le soleil et la lune se voileraient la face le jour où le lévite Renauld, qui transmet à l'univers les oracles du Cassandre de la *France,* annoncerait que le pontife, ayant mal dormi, un matin mit à l'envers ses chaussettes et ses prophéties.

Les RR. PP. Grosselin, Jourdan, Plée, Husson, la Bédollière, nient l'infaillibilité du Pape, mais ils proclament et servent dévotement l'infaillibilité de M. Havin. Ils raillent les sacristains, les marguilliers, les donneurs d'eau bénite, et ne s'aperçoivent pas qu'ils sont les Bonzes et les Derviches Tourneurs du Dieu Léonor.

Nos journaux parlent, discutent sans trêve, ont des correspondances dans tout l'univers. Croyez-vous que ce soit pour s'éclairer, s'entendre, se convaincre, découvrir la vérité et la répandre sur le monde ? Non, monsieur, tout cela est l'acquit d'un métier dont les revenus sont hypothéqués sur la sottise des Béotiens. Chacun est l'avoué d'une clientèle qui le paye pour proclamer, soutenir, défendre un ordre d'idées particulier, convenu d'avance, et la première loi est de ne se démentir jamais.

Lorsque Girardin envoie un correspondant en Italie, en Russie ou en Pologne, il l'appelle et le met en présence de l'abbé Jauret. Le bon curé dit au jeune homme :

« Mon ami, mettez-vous à genoux. »

Puis, tirant de sa poche une paire de lunettes, il les essuie doucement avec son mouchoir à carreaux bleus et les lui met sur le nez. Aussitôt le jeune néophyte éprouve un effet mystérieux, pareil à celui de l'anneau de Gygès. Hommes et choses, il voit tout d'une couleur nouvelle et singulière, bien différente de ce qu'il voyait auparavant, et tout à fait conforme à la vue d'Emile et du bon curé Jauret. Va-t-il en Italie, tout sera noir. S'il avait les lunettes de Limayrac, tout serait rose...

Notre journaliste en verve aurait continué longtemps. Il était minuit. Le comte de Lourmel s'était levé et s'appuyait contre la cheminée en tourmentant ses énormes moustaches. Près de lui, une douzaine de journaux de tous pays s'étalaient sur un guéridon. Le comte appela le regazzo, et lui présentant les pincettes :

« Mon ami ! lui dit-il, jetez-moi ça par les fenêtres ! »

Le jeune homme voulut l'arrêter, lui représenter qu'il y en a d'honorables. Organes de croyances sincères, disait-il, ils marchent dans leur voie avec une intégrité parfaite. On les connaît. Également à l'écart de l'intolérance et des transactions immorales, ils s'efforcent de tracer un droit sillon à travers les partis...

Le comte ne voulut rien entendre :

— Monsieur, dit-il à l'interlocuteur, voici ma carte.
Le jour où vous écrirez cette conversation dans une
gazette, veuillez me l'envoyer. Ce sera le seul journal
que j'ouvrirai de ma vie.

— Je tâcherai, répondit le journaliste. Mais une telle
honnêteté sera si nouvelle, monsieur le comte, si en
dehors des usages, si inexplicable enfin, qu'il n'y aura
qu'une façon de l'expliquer...

— Laquelle?

— On dira que je suis vendu aux Autrichiens. »

A son tour, il tendit sa carte au vieux colonel qui la
prit et y lut ce nom, parfaitement inconnu de l'assis-
tance :

ULYSSE PIC

Correspondant à l'armée d'Italie.

QUATORZIÈME LETTRE

La tempérance en Écosse et la misère à Rome. — Exhortations
d'un ministre protestant, et réflexions d'un capucin.

Paris, 8 octobre 1864.

Monsieur,

Les Écossais sont ivrognes ; ils l'étaient du moins il y a quelques années, et les philanthropes imaginèrent d'organiser chez eux des *sociétés de tempérance* pour les guérir. La religion s'en mêla, le culte de l'eau claire fut décrété, les femmes se mirent de la partie, et l'opinion plus forte que les lois opprima bientôt la liberté.

« Mes frères, disait un jour un ministre à ses paroissiens, vos excès ne sont plus tolérables. Habituez-vous, quelque chose que vous fassiez, à le faire avec modération, et surtout soyez sobres de liqueurs fortes.

» En vous levant, vous pouvez prendre *un* petit verre pour vous fortifier l'estomac, *un* autre avant le déjeu-

ner, et, à la rigueur, *un* après ; mais ne soyez pas constamment à boire.

» Si vous sortez, le matin, vous pouvez prendre *un*
petit verre à cause du brouillard ; peut-être *un* autre
avant le dîner, ce qui n'a rien de condamnable en soi ;
mais qu'on ne vous voie pas constamment la bouteille
à la main.

» Personne ne trouvera mauvais que vous preniez *un*
petit verre au dessert, *un* autre quand on desservira la
table, à la santé de vos amis. Tout cela est raisonnable ;
il en est même qui, pour se tenir éveillés dans l'après-
midi et se donner du cœur au travail, ont besoin d'*un*
verre ou de *deux* ; mais ce qui est honteux, c'est de se
vautrer dans la boisson.

» Quand la journée est finie, c'est différent ; on peut
se délasser, prendre *un* verre avant le souper, *un* verre
ensuite. Après le thé, *un* verre n'est certes pas de trop.

» Enfin, comme on ne peut pas se défaire tout à coup
d'une longue habitude, j'admettrai, si vous le voulez,
un verre avant le coucher, et, la nuit, si l'on se réveille,
un verre ou *deux*, pour se rendormir ; mais du moins,
mes chers frères, tenez-vous en là, autrement vous
franchiriez les bornes de la modération. »

Il y a entre le régime fait aux Écossais par le quaké-
risme et l'esclavage des Romains, sous la papauté, des
analogies dont j'ai toujours été très-frappé.

En ce mois d'octobre, par exemple, les curieux viennent à Rome de tous les coins de l'Italie et de l'Europe,

comme les Parisiens accourent aux grandes marées
prédites par M. Babinet. Cette saison où nous vendan-
geons nos vignes, où nos avocats courent les champs,
est celle des vacances de la canaille romaine, et, comme
les Écossais, elle profite du répit pour prendre *un* ou
deux verres de liberté.

Les Transtévérins ont une passion désordonnée pour
la voiture ; c'est un goût que force croquants partagent
avec les grands seigneurs, même à Paris. Or, en octobre
on abandonne le Corso aux Transtévérins, et ils s'y livrent à un steeple-chase qui dure trente jours. Dans
les Flandres belges, des milliers de paysans qui ont la
gloire de vivre sous un régime constitutionnel, n'ont jamais mangé de pain : à Rome, il n'y a pas un facchino
qui ne fasse, un mois par an, sa promenade en corri-
colo ; pas un gueux qui, en octobre, n'ait économisé
assez de baïoques pour se jucher sur un marchepied.
C'est une frénésie : Rome entière, hommes, femmes,
bêtes et pavés dansent la danse de Saint-Gui. Des milliers de quadriges poussifs, de haridelles esresnées, em-
panachées, affolées par le bruit des tambourins, des
fifres, des clairons, se trémoussent et se disloquent dans
un immense tourbillon de vent et de soleil. Peu à peu, la
poussière obscurcit le ciel, et l'on ne distingue plus
dans cet ouragan que les yeux des Transtévérines tra-
versant l'ombre comme des éclairs.

Un moine, avec qui j'assistais à ce spectacle, en nombreuse compagnie, me faisait remarquer que toute

cette gaieté avait le ventre vide. « Comprenez-vous, me disait-il, que ces coquins aiment mieux dépenser leur argent à acheter des tambourins et des grelots ? Après cela, ajoutait-il, s'ils aiment mieux la musique que la chanson, qui pourrait y trouver à redire ? »

Mon moine, qui avait des proverbes à la façon de Sancho-Pança, était un esprit jovial et railleur. Comme je lui exprimais timidement que la gaieté de ce peuple ne me portait guère à déplorer ses souffrances :

— « Hélas ! me répondit il, ils s'amusent en octobre, c'est vrai, mais après, il faut reprendre le collier, se remettre au joug. En janvier, on recommence, il est vrai, un mois durant, pour soutenir l'honneur du carnaval de Rome. La Mi-Carême et le jour des Cendres font encore quelques jours de repos. Puis viennent Pâques, et, de proche en proche, quelques semaines consacrées, sans compter les fêtes des grands saints. »

— « Et ils sont nombreux ?

— A peu près comme les jours dans le calendrier. »

— « Monsieur, dit un interlocuteur, est-il vrai que ces malheureux soient si attachés à ce pays qu'ils ne peuvent jamais se décider à le quitter? »

— « Oui, monsieur, répondit le Padre. Rien n'est admirable comme l'héroïsme avec lequel ils supportent leurs malheurs. Dans tous les pays du monde on trouve des Auvergnats. Ils fuient un sol ingrat ; ils vont à Paris ou à Londres, porteurs d'eau, chaudronniers, marchands de parapluies. Vous trouvez partout des Piémontais qui

vendent des garibaldis de plâtre et ramonent des cheminées ; des Limousins qui gâchent du mortier ou font
des journaux ; des Parisiens qui vendent des chaînes
de sûreté ; des Alsaciens qui colportent des madras de
Mulhouse ; des Gascons qui vendent des images et des
cartes de Saint-Gaudens. Enfin, des déserteurs de tous
les pays du monde vont servir dans les légions étrangères ; mais trouvez-moi quelque part un Romain fuyant
la tyrannie de son pays?

Ils restent là, portant au cou la chaîne de la servitude, gémissant sous le poids des fers, attendant cou-
rageusement le jour de la délivrance, et résignés à se
contenter, pour unique consolation à leurs misères,
d'environ trois cents ou trois cent trente jours de carnaval pendant l'année. »

— « Vous raillez, mon Révérend, s'écria quelqu'un de
la compagnie. Mais l'heure de la délivrance est proche.
Le Piémontais arrive et la liberté va porter ses bienfaits aux Romains. Il s'en va temps que de bonnes et
sages lois viennent relever la Justice. Elle ne brillera
d'un pur éclat que lorsque Saint-Pierre sera une caserne
de bersagliers. Nous aurons des gens de notre choix
pour gérer nos affaires et nous accoutumer à l'ordre et
à l'économie. On nous fera connaître les centimes addi-
tionnels, l'industrie, les manufactures, les prud'hommes, le travail réglé, la conscription militaire et la
charge en douze temps. On nous apprendra le commerce qui développe la vraie probité, et la liberté des

échanges pour troquer notre vin d'Orvieto contre la choucroute de l'Autrichien. Plus de sacristains, plus de messe ; à la place du Dieu du pape, le dieu de Béranger. Plus de moutardiers, mais des sergents qui porteront la liberté écrite jusque sur leurs boutons de guêtres.

Une belle émulation nous poussera aux plus hautes vertus. L'égalité nivellera tous les rangs ; chaque citoyen, par le seul fait de venir au monde, sera candidat à quelque fonction dans l'État. On connaîtra les nobles sentiments qu'excite la salutaire passion des places et des faveurs. L'honneur qui, selon l'expression de Montesquieu, est le principe des monarchies, exaltera les âmes. Les honneurs marcheront à sa suite, c'est-à-dire les croix, les cordons, les galons et les pensions. L'impôt, sans quoi il n'y a pas de nation prospère ni d'État bien administré, fera connaître, par sa progression toujours croissante, les progrès de notre bonheur et de notre richesse. »

— « Avec cela, Monsieur, dit le Révérend, je comprends qu'un peuple devenu sérieux comme il convient, a fini de rire et de faire carnaval. »

QUINZIÈME LETTRE

Adrien Marx devient un homme politique. — La société s'alarme de l'attitude du petit Marx. — Le ministère venge la société et la rassure. — Réflexions saugrenues de Socrate à Alcibiade, sur la nécessité d'étudier la philosophie et les lois.

Paris, 1er novembre 1864.

Monsieur,

Grande nouvelle.

Vous savez bien Adrien Marx, de chez nous, le petit Marx, l'aimable conteur de gaudrioles, ce jeune homme si amusant et si agile dans les steeple-chases de la fantaisie, qui nous faisait mourir de rire avec ses histoires d'Auvergnat? Il a été averti, cette semaine, par le gouvernement de l'Empereur. Ce n'est pas chez nous qu'est arrivé ce scandale; non, Dieu merci! on connaît trop notre respect pour les lois; mais enfin, il nous touche de près : le petit Marx est de la maison.

A vrai dire, cet a!olescent avait pris, depuis un mois, une gravité inquiétante qui faisait pressentir quelques événements. Lui, si jovial d'ordinaire, si bruyant et si pétillant, qu'il semblait avoir un esprit à sonnettes, il ne montait plus les escaliers du *Nain jaune* qu'à pas comptés, tout cravaté de blanc. Il saluait avec cérémonie, il s'asseyait avec solennité. Pour corriger ses épreuves, il prenait la plume de haut, avec des gants de filoselle. Il avait, dans les moindres choses, de grands airs qui rappelaient vaguement Barbey d'Aurevilly. Il inspirait une sorte de respect à ses confrères : Paul Kienné n'osait l'interroger.

L'avertissement officiel donne le mot de l'énigme :

Le petit Marx muait; il devenait secrètement un homme politique. Comme il a étudié en médecine et qu'il met quelquefois des emplâtres aux Auvergnats de son quartier, Léonce, flairant un docteur Véron en herbe sous la peau de ce jeune luron, l'avait engagé dans la *Nation*.

Léonce et le sieur Esparbié, son collaborateur, ont sur les bras les Puissances : l'Autriche, le Danemarck, la Prusse, l'Amérique et le Pape qui complique chaque jour la besogne. Ils confièrent l'Intérieur à l'expérience précoce du petit Marx. C'est lui qui fut chargé de régenter la politique française, l'administration départementale, les conseils généraux, les préfets, la morale, la justice, la gendarmerie, les travaux publics, l'armée et l'Algérie.

Chaque matin, le petit Marx dirigeait, expédiait les affaires, éclairait l'opinion, rendait des arrêts; chaque soir, il élucubrait ses sornettes pour le *Nain jaune*.

Et comme un ami intime lui faisait remarquer (je l'ai su depuis) la difficulté de concilier ses cabrioles avec l'auguste métier d'homme d'État :

— « Bah! répondait le petit Marx, Thiers, qui n'est pas plus grand que moi, en faisait bien d'autres au château de Vaux, entre deux chandelles ! »

Cependant, quand Marx venait au bureau, sa solennité n'était pas sans inquiétude. Il cherchait son centre de gravité.

Aujourd'hui, le voilà d'aplomb. Grâce à l'avertissement ministériel, son portier le tient pour un héros et un martyr. Ses amis et ses confrères l'envient. On dit de lui : « Ce garçon-là fera son chemin. » Un jour, il pourra montrer ses cicatrices et dire à ses concitoyens :

« J'étais de cette vaillante jeunesse qui porta le poids des fers du Despotisme et qui combattit pour la Liberté ! »

On croit que le petit Marx se présentera l'année prochaine aux élections pour le conseil général de son département.

Socrate gourmandait un jour Alcibiade :

« Jeune homme, lui disait-il, (c'est Platon qui rapporte ces paroles) tu as commis une grande faute en te jetant dans la politique avant de l'avoir apprise. L'ignorance est dangereuse quand elle tombe sur des choses de la plus haute importance ; et qu'y a-t-il de plus important que le juste et l'utile, d'où dépend le sort de l'État ? »

C'est bien aussi, ce me semble, ce que veut dire l'avertissement, si ce n'est qu'il le dit avec des *attendu* et des *considérant* de la rédaction de M. Treilhard.

Et M. Treilhard n'est pas Socrate.

Mais beaucoup de gens prétendent que c'est une erreur de croire que la politique exige des études spéciales, de l'expérience, la connaissance de la philosophie et des lois. C'était bon à Athènes, disent-ils, nous avons fait du chemin depuis cette époque-là. La France est en progrès : Grandguillot, Dupont et le petit Marx l'ont bien prouvé.

Que le gouvernement, qui donna un privilége à Léonce, donne un privilége au *Tintamarre* et à Siraudin. Il verra si tout vaudevilliste, aujourd'hui, n'est pas doublé d'un homme d'État et si Commerson ne fait pas concurrence au *Siècle*.

On m'assure qu'Adrien Marx s'est décidé à reprendre la littérature. C'est un sage parti. Il peut réussir : il a de l'esprit, du brio, de l'humour. Mais il faut travailler, étudier les maîtres, acquérir plus et produire moins.

Ces jeunes gens veulent mûrir avant d'avoir fleuri.

SEIZIÈME LETTRE

Paris, 3 novembre 1864.

Monsieur,

Mon très-honorable ami, le comte Philibert de Lourmel, ancien colonel de dragons, dont je vous ai parlé quelquefois, est arrivé hier à Paris. Vous vous souvenez de notre histoire en Italie ? Depuis cette époque, il est constamment par monts et par vaux, décidé à ne plus rien croire qu'il ne voie de ses yeux; et encore, après avoir bien vu, le spirituel gentilhomme fait-il ses réserves, parce qu'en ce monde, dit-il, on n'est jamais bien sûr même de ce qu'on voit.

Le colonel vient de Naples, où il a passé six mois. Nous avons dîné ensemble au Grand-Café, tout en

causant de ce pays. Mon honorable ami s'étonne de l'ignorance profonde où nous sommes à Paris sur la véritable
situation des Napolitains. Il était encore là-bas ces jours
derniers, lorsque la ville, se réveillant un matin, trouva
ses rues toutes constellées, comme s'il était tombé pendant la nuit une petite pluie de fleurs de lis d'or. C'était
l'anniversaire de la fête du roi François II.

— « Vraiment, dis-je au colonel, Naples regrette à ce
point son roi ? »

— « Je n'ose pas, me répondit-il, tirer de ce fait une
conclusion aussi absolue. Cet anniversaire offrait aux
Napolitains une occasion d'être particulièrement désagréables à Victor-Emmanuel, et ils l'ont saisie avec
empressement. Faut-il y voir un symptôme sérieux de
réaction royaliste? Vous savez que je suis circonspect,
et n'aime pas à me prononcer sur ce que j'ignore. Je ne
sais pas au juste si les Napolitains regrettent positive-
ment François II, mais je sais, j'ai vu qu'ils aiment
très-peu les Piémontais. »

— « Ne vous souvient-il donc plus, colonel, de l'enthousiasme qui les accueillit à Naples, et des transports
d'allégresse, et des démonstrations de joie insensée qui
éclatèrent à leur venue ? »

Le comte prit à la pointe de sa fourchette un perdreau
qu'on venait de nous servir ; il en fit l'autopsie avec
la dextérité d'un homme accoutumé à découper des
Cosaques et des Kabyles ; ensuite il me versa un verre
de bourgogne, ne disant mot, sous ses longues mousta-

ches, et souriant du sourire d'un homme qui sait à quoi s'en tenir sur la pensée de son interlocuteur. Puis il continua paisiblement :

— « Remarquâtes-vous, lorsque Victor-Emmanuel entra à Naples, un fait bien curieux et qui à lui seul jetait sur la situation plus de clarté que tous les lampions de la circonstance ? »

— « Quel fait, mon cher colonel? »

— « Le roi reçut cent vingt mille pétitions de citoyens napolitains demandant des faveurs, des places ou de l'argent. Cent vingt mille pétitions ! La chose fut constatée par tous les journaux de l'époque. Ce ne serait pas une raison pour y croire; mais on ne le nie pas à Naples ; je l'ai vérifié. Or, c'est là, mon cher ami, qu'il faut aller chercher l'indice des véritables dispositions qui animaient les Napolitains lorsqu'ils ouvrirent leur ville au roi piémontais. L'annexion du pays de Naples à l'Italie, habilement commentée, chauffée, colorée par les perspectives les plus brillantes, passionna aisément ces imaginations si inflammables et si crédules. Les gazettes, les agents, les compères leur annonçaient un âge nouveau, et tout ce qui est nouveau est couleur de rose. L'aurore décrite par Fénelon a des doigts moins séduisants que l'aurore des révolutions politiques. On l'annonce comme l'ère de la justice qui se lève, et l'on voit accourir toute la race des solliciteurs, des ambitieux éconduits, des pêcheurs en eau trouble, des envieux et des fainéants qui imputent toujours à l'injustice des gouvernements les misères de leur incapacité ou de leur paresse, et les déceptions de leur sot orgueil. On voit partout une émulation frénétique. C'est à qui se distinguera, se mettra en avant, se montrera au moment où tout s'écroule, pour se recommander, se créer des titres à quelque chose, mettre la main sur une position, se *caser :* c'est le mot consacré.»

— « Bravo, mon colonel ! bravo ! »

— «Oui, mio caro ; j'ai cherché au fond de cet entraînement qui jeta Naples avec tant d'ardeur dans les bras des Piémontais, et voilà ce que j'y ai trouvé, c'est-à-dire ce qu'on trouve au fond de toutes les révolutions. Les lazzaroni, à l'aspect de Victor-Emmanuel, hurlaient comme les Guèbres au lever du soleil. N'avait-on pas annoncé qu'il apporterait à Naples *les alouettes rôties* de la liberté? Aussi, cent vingt mille pétitionnaires venaient-ils tendre le plat au festin. Comme le nouveau gouvernement ne put faire honneur à ces lettres de change, il les laissa protester à l'échéance, et cent vingt mille citoyens se déclarèrent volés comme dans un bois.

Le cardinal, lundy, la nuit,
Fit sa retraite à petit bruit;
Il sortit par l'huis de derrière.

.   .   .   .

Le lendemain, en toute place,
Bourgeois, métiers et populace,
Montraient, par des riz redoublez,
L'aize dont ils étaient comblés ;
Car en moins de rien la nouvelle
Fut à Paris universelle,

Et l'on remarqua maint courtaut,
Qui tournait le visage en haut,
Croyant qu'après cette sortie,
L'alouète toute rôtie.
Sans rien faire et sortir d'illec,
Lui tomberait dedans le bec!!!

Ce sont ceux-là qui font des pluies de fleurs de lis d'or, dans les rues, le jour de la fête de François II. — Des places, il n'y en a guère que pour les Piémontais; on les a mis partout. Ne faut-il pas des Piémontais pour initier les Napolitains au nouveau régime, aux lois nouvelles, aux habitudes bureaucratiques, aux traditions administratives, en un mot, pour refaire ce pays-là sur le patron du Piémont ? »

— « Je comprends, lui dis-je, mon cher comte, qu'il serait difficile de faire fonctionner par les mains des Napolitains un mécanisme gouvernemental auquel ils sont complétement étrangers. »

— « Alors vous devez comprendre aussi, reprit M. de Lourmel, les déceptions et les désaffections qui ont suivi ce qu'à Naples on appelle maintenant l'*invasion piémontaise*. Cela s'appelait autrefois l'*indépendance* et l'*unité*. Mais unité et indépendance ont changé de sens en n'apportant aux populations que les charmes de la conscription militaire et des suppléments d'impôts. Donc, mon cher ami, voilà le fond du sac de la situation napolitaine. Les plus sincères eux-mêmes, les plus dévoués se lassent et se partagent entre le Piémont qui les tire de son côté, comme il peut, et le passé qui leur demande en ricanant : « Où donc est le lit de rose des Piémontais ? »

— « C'est-à-dire, m'écriai-je, qu'un noble enthousiasme s'est fondu, parce qu'il ne s'est pas traduit par une satisfaction matérielle donnée aux besoins, aux convoitises, aux ambitions. Mais la liberté, colonel ! la liberté ! Ce bien précieux n'est-il pas préférable à tous les autres ? »

— « Mon cher journaliste, trève à de mauvaises plaisanteries. J'ai l'honneur de vous expliquer la situation de Naples. Voulez-vous avoir une idée exacte de l'agitation des esprits ? Figurez-vous les propos qui circulent, les appréhensions habilement semées, les gens qui vous disent « que cela est intolérable et ne durera pas ; que François II reviendra ; qu'on prend note tout bas des piémontistes ; que les fidèles seront récompensés ; qu'un tel état ne peut aller loin, surtout dès qu'on va transporter la capitale à Rome ou à Florence et dépouiller ainsi Naples de toutes les grandeurs de la royauté. »

— « Et qu'en dit-on à Turin, mon cher colonel : vous y êtes passé ; quelles nouvelles ? »

— « A Turin on sait tout cela, et l'on est profondément découragé. On ne le dit pas encore tout haut, mais entre soi on lève les bras au ciel, on se demande *ce que l'on est allé faire dans cette galère ?* Comme le point d'honneur y est engagé, on ne voudrait pas se démentir. Le vin est tiré, il faut le boire ; mais on y regarderait à

deux fois si l'on était à recommencer. Si une combinaison se présentait de nature à sauvegarder l'amour-
propre du Piémont en le débarrassant de Naples, elle
trouverait des partisans parmi les hommes d'État. Je ne
parle pas de la restauration de François II : elle n'est
pas *décemment possible;* mais tout autre moyen de dé-
gager Naples, de lui laisser son autonomie sans la séparer radicalement de l'Italie serait le bienvenu. Quant à
Turin, vous ne vous figurez pas, sans doute, qu'il soit
ivre d'enthousiasme à l'idée de céder la royauté à Florence, ni même à Rome. Le peuple ne s'y accoutumera
jamais. Dans un certain monde on se bat les flancs pour
s'y encourager ; mais en réalité cet effort d'abnégation
est contraire à toutes les lois du cœur humain. Au fond
il n'est pas un citoyen turinois qui n'entrevoie avec une
profonde tristesse la vieille cité des rois savoisiens
délaissée au pied des Alpes, veuve de sa gloire séculaire et réduite à la solitude d'un chef-lieu de département. »

Le colonel de Lourmel part pour Rome demain ; il
m'a promis de ses nouvelles.

DIX-SEPTIÈME LETTRE

Souvenirs de la guerre d'Italie. — Comment je rencontrai l'Empereur à Valenza. — Ma conversation avec S. M. — Les cloches indiscrètes. — Les batteries masquées. — La lorgnette de l'Empereur. — Boulets perdus. — Pourquoi un Parmésan me baisa les mains avec enthousiasme.

AU COLONEL DE LOURMEL.

Paris, 8 novembre 1864.

La mer vous a donc fait peur, colonel? Je vous croyais brouillé avec ce mot-là? Vous alliez à Rome par Civita-Vecchia et vous voilà à Turin, sur la route de Milan ! Vous allez parcourir un itinéraire que j'ai suivi le havresac au dos, un bâton à la main; seulement j'avais un avantage sur vous : c'était au mois de juin, au milieu des splendeurs naissantes de l'été. Ce pays est admirable. Je l'aurais trouvé plus beau que la Normandie et que notre Bigorre, si je l'avais regardé à travers les églogues de *Virgile*. Mais la guerre, *horrida bella*, avait effarouché Tityre et Mœlibée. Vous allez traverser ces contrées par un temps de frimas. Ne vous en plaignez pas trop, cependant : l'hiver a ses poésies, mon colonel. J'aimerais mieux voir un linceul de neige que des roses dans ces champs où reposent les os de nos soldats. Il me semble que la solennité d'un tel spectacle s'allierait mieux à la grandeur de tels souvenirs.

Je vous recommande, entre Alexandrie et Tortone, une petite ville forte, appelée Valenza. J'y ai eu l'inestimable honneur et l'heureuse fortune de causer avec l'Empereur pendant dix minutes.

Voici comment la chose arriva :

Vous trouverez à Valenza un café d'assez modeste apparence, le seul de l'endroit, je crois, fort solitaire sans doute aujourd'hui, mais alors tout retentissant du fracas des sabres et des éperons. Un matin que la ville était encore endormie, au petit jour, j'étais devant la port, avec quelques officiers, fumant un cigare et devisante lorsque je vis poindre à l'extrémité de la rue un groupde cavaliers. Ils avaient le soleil en visière et semeblaient un nuage d'or.

— C'est quelque officier supérieur en reconnaissance, dit un jeune capitaine qui regardait avec son binocle de ce côté.

— Monsieur, lui dis-je, vous vous trompez, c'est l'Empereur.

Tout le monde se leva. C'était, en effet, Napoléon III

escorté d'un petit état-major. Il était devant, en uniforme de général, coiffé d'un képi, monté sur un alezan brûlé. Je reconnus tout de suite dans son cortége la belle mine militaire et le grand air cavaleresque du général Fleury.

Nous criâmes tous : Vive l'Empereur !

Voyez-vous, mon colonel, cette belle idée d'aller crier vive l'Empereur ! à six heures du matin, en face de l'ennemi, quand l'Empereur arrive incognito pour visiter les positions ? Moi qui ne suis pas soldat, j'étais excusable, mais ces messieurs ne l'étaient pas. Sa Majesté sourit néanmoins et nous fit signe de la main, doucement, pour modérer notre zèle indiscret. Mais la clameur était déjà entrée dans les maisons par les cheminées et par les fenêtres, et, en un clin d'œil, hommes, femmes, enfants, vieillards, toute la ville fut sur pied.

L'Empereur se dirigeait vers la plate-forme de Valenza. J'emboîtai le pas de son cheval et je pris la liberté de cheminer auprès de Sa Majesté. J'ai oublié de vous dire que j'avais alors ce secrétaire blond et barbu que vous vîtes avec moi à Gênes. Comme nous échangions ensemble quelques mots, chemin faisant, l'Empereur, qui avait daigné nous remarquer, se pencha vers nous avec une bonne grâce charmante, et s'adressant à moi :

— « Vous n'êtes pas Italien, monsieur? » me dit-il.

— « Non, Sire, je suis Français. »

— « Et que faites-vous ici, si je ne suis pas trop curieux ? »

— « Sire, je suis un journaliste aventuré dans les avant-postes. »

— « Avez-vous vu les Autrichiens ? »

— « J'ai essuyé le feu d'un Tyrolien posté sur l'autre rive, en allant à Monte-Castello. Une ordonnance du général Renaud, une heure après, a été tuée roide au même endroit. »

L'Empereur s'arrêta, toujours à dix pas de son état-major. Nous étions arrivés sur la plate forme ; un piqueur mit pied à terre et prit la bride du cheval de Sa Majesté. En ce moment le général Dieu qui commandait la place, accourut fort essoufflé, un peu confus d'avoir été devancé par tout le monde.

Le général Fleury l'annonça à l'Empereur, qui n'y prit pas garde, tout occupé à braquer sa lorgnette sur un village des environs.

— « Êtes-vous bien orienté par ici, monsieur le journaliste ? »

— « Parfaitement, Sire. »

Et je désignai la direction du Tanaro, de Cazale et de quelques autres points sur lesquels Sa Majesté paraissait désirer d'être renseignée. En face de nous, au-dessus des peupliers de la Lommeline, l'Empereur contemplait Mortara, où l'ennemi avait son quartier général. La distance était si rapprochée, qu'avec sa lorgnette Sa Majesté pouvait voir distinctement la sentinelle autrichienne en vedette dans une embrasure du clocher.

En ce moment je m'avisai que les cloches de Valenza se livraient à un branle désordonné, et je pris la liberté d'en avertir l'Empereur.

— « Sire, que Votre Majesté me permette de lui faire remarquer ce carillon fort inusité et, comme on dit vulgairement, fort peu... catholique. »

— « Que voulez-vous dire, monsieur ? »

— « Je veux dire, Majesté, qu'en général les cloches des villes et des villages, tout le long du fleuve, se livrent à des sonneries du même genre, toutes les fois qu'il s'opère quelque mouvement de troupes ou qu'il arrive quelque événement de nature à intéresser l'ennemi. J'en ai fait maintes fois l'observation, et, en ce moment, Sire, il se pourrait que ces cloches-là annonçassent au quartier général de Mortara qu'il se passe quelque chose d'extraordinaire à Valenza. »

L'Empereur hocha la tête, et, sur un clin d'œil, un officier se détacha du groupe et partit au galop. Deux minutes après le carillonneur de Valenza avait suspendu ses fioritures. Enhardi par la bonté de Sa Majesté, je me décidai à lui confier un souci qui m'agitait depuis quelques instants. J'avais depuis trois jours passé de longues heures en observation sur la terrasse d'une maison de la ville où logeait un officier de mes amis, et je m'étais convaincu que, de l'autre côté du fleuve, en face même de la plate-forme où j'avais en ce moment l'honneur de me trouver avec Sa Majesté, il y avait des bat-

teries masquées. J'osai en faire la remarque à l'Empereur.

— « Votre Majesté est bien à portée ! ajoutai-je aussi
discrètement que je pus, et en pensant malgré moi au
boulet de Ratisbonne. »

L'Empereur regarda le point que j'indiquais, et avec
autant de sécurité et de précision que s'il avait eu
dans sa lorgnette un mètre infaillible et mystérieux :

— « Ils n'ont pas de canons rayés, dit-il, et leurs
boulets ne porteraient pas jusqu'ici. »

Jugeant que j'avais été assez indiscret, je me tus.

L'Empereur roulait avec distraction une cigarette
dans sa main. Tout à coup, il fit faire quelques pas en
avant à son cheval, et s'avança jusqu'à l'extrémité de
la plate-forme qui surplombe sur un vide béant. Là il
s'arrêta dans une immobilité de bronze, environné d'un
silence solennel. Pendant quelques minutes, son regard
pensif se perdit dans l'immensité. Peut-être quelque
vision héroïque lui montrait à l'horizon les éclairs et la
fumée de Magenta et de Solferino.

Un vieux Parmesan de ma connaissance me dit tout
bas que les anciens du pays se souvenaient d'avoir vu
Napoléon Ier à la même place. Lui aussi, un jour de
guerre, était venu là, à l'aube, observer les positions
de l'ennemi. Quand l'Empereur se retourna, il daigna
m'apercevoir. La foule éclatait en vivats assourdis-
sants et commençait à le submerger. Je m'évertuais à
arrêter le flot qui me poussait contre le poitrail de son

cheval. L'Empereur me sourit avec bonté et me tendit la main ; puis une vague m'emporta, et Sa Majesté se dégagea comme elle put de ces bons Italiens.

Vous souvient-il, mon colonel, de ce pauvre diable béni un jour par Pierre l'Ermite et déchiqueté par la foule qui s'en disputait les morceaux, pour en faire des reliques ? Il faillit m'arriver ce jour-là pareille aventure. Le Parmesan et trois ou quatre vieux soldats de l'Empire me disloquèrent la main pendant trois heures, à la presser sur leur cœur et à me baiser les doigts. Le Parmesan surtout était enragé. C'était un brave homme venu à Valenza pour voir son fils blessé et mourant à l'hôpital.

— « Per Dio ! s'écriait-il, dans un jargon comique et touchant, per Dio, signor ! quel honour ! Voilà une main qui peut écrire son histoire ! »

Le soir, je jouais au billard avec des sous-lieutenants du 58ᵉ, et tous me laissaient gagner avec respect.

Mais sachez un peu, mon colonel, ce qui advint de cette affaire au quartier général de Mortara. L'Empereur à peine parti, on savait chez les Autrichiens qu'il était venu à Valenza. Ils accoururent au bord du fleuve, démasquèrent leurs batteries et les pointèrent sur la plate-forme pour se rendre compte du beau coup qu'ils avaient manqué. Or, quarante boulets vinrent expirer l'un après l'autre, à dix mètres de la place où l'Empereur m'avait dit paisiblement : « Leurs boulets n'atteindraient pas ici. »

7

Arrêtez-vous à Valence, colonel. Vous y trouverez peut-être mon honnête Parmesan. Faites-lui bien mes amitiés. Il s'appelait, si j'ai bonne mémoire, le signor Bambetta et était opticien de son état. Il vous conduira au café de la *Piazza*, et vous indiquera un excellent ragoût qu'on mange, le matin, dans ce pays-là. Il se fait, je crois, avec des jaunes d'œufs crus, de la glace, du sucre et du saucisson de Bologne.

A Vercelli, vous descendrez à hôtel où mon hôte s'indigna si généreusement de mes histoires d'Autrichiens. Là j'aurai le plaisir de vous écrire une nouvelle lettre pour vous préparer à visiter utilement et d'une manière édifiante le champ de bataille de Magenta. J'ai là-dessus des souvenirs curieux dont je vous ferai part ; mais auparavant il faudra vous arrêter à San-Martino. Vous irez, je vous prie, porter mes compliments à l'aubergiste. J'y fis, le lendemain de la batataille, un déjeuner que j'ose appeler rare et glorieux. Il mérite d'être célébré, et, si la poste est fidèle, vous en lirez l'histoire dans le *Nain Jaune*, assis à la place même où il fut accompli.

A vous, mon cher colonel.

DIX-HUITIÈME LETTRE

Milan après la paix de Villafranca. — Scène peinte par Domenico Induno. — Comment ce peintre pourrait trouver un beau pendant à son tableau dans l'histoire romaine.

Paris, 10 novembre 1864.

Monsieur.

Je lis, dans un journal florentin, la description d'une toile de Domenico Induno qui retrace *le souvenir de l'effet produit dans la population de Milan par la paix de Villafranca*. « Sous le pinceau du maître, dit le journal, les figures vivent, les têtes pensent, et malgré la diversité infinie des tempéraments et des caractères cette foule est visiblement dominée par le sentiment de tristesse qui accable tout un peuple dont les espérances sont renversées, au moment où il touche au but.

» Cette toile a été achetée par le roi. »

Elle m'intéresse, car j'y étais : j'étais à Milan, j'ai vu cette scène et j'en puis parler : Quelques jours auparavant Milan était splendide et joyeux. Dès le soir, on ne voyait que lampions et lanternes, et le ciel de l'Italie semblait faire pleuvoir des étoiles sur les palais et sur les dômes, pour fêter la liberté. On ne rencontrait à chaque pas que des cohues en liesse, pavoisées de drapeaux, escortées de torches, précédées de tambours. Il me souvient surtout d'un jeune patriote que Domenico Induno aurait pu mettre sur son tableau. Il était coiffé d'un chapeau pointu, il avait une barbe toute neuve, il brandissait un grand sabre avec fierté. La joie se changea en fureur quand on apprit la paix de Villafranca. Toute cette belle jeunesse milanaise qui fumait, qui prenait des granits sur les portes des cafés, en retroussant ses moustaches, tous les gardes nationaux, tous les pifferari, tous les joueurs de mandoline, tous les cochers, tous les bateleurs de Milan hurlèrent de douleur, car ils avaient soif de gloire et de batailles. Je ne doute pas qu'on ait pu tirer un beau sujet de ce spectacle, mais je prendrai la liberté d'en recommander un autre à Domenico Induno, qui fera le pendant. Je le retrouve dans mes souvenirs classiques :

En des circonstances pareilles, l'Illyrie et la Thessalie gémissaient sous le joug de Philippe. Athènes appela les Romains au secours de son indépendance. Ils accoururent. Philippe adopta le parti d'affamer les envahisseurs en ravageant les campagnes et en tenant bon dans les villes ; mais les villes se soulevèrent contre le roi et firent échouer ses plans. Lorsque les Romains entrèrent dans leurs murailles, les Phalériens les reçurent en triomphe comme des libérateurs, et l'on vit alors un spectacle admirable, les habitants se précipitaient sur les soldats, et leur arrachaient leurs armes, en disant :

— « Donnez-nous ces épées et ces boucliers, et arrêtez-vous ici. Vous avez assez fait pour nous. C'est à nous maintenant de marcher contre Philippe et de le vaincre. »

Une mère se présenta avec ses deux fils au général Flaminius :

— « Conduis-moi, lui dit-elle, auprès des soldats qui ont été blessés en combattant pour l'indépendance de ma patrie. Tu me donneras deux de ces soldats pour que je les soigne dans ma maison, et voici en échange mes deux fils qui prendront leurs boucliers et leurs glaives. »

Tous les hommes de Phalère en état de combattre se levèrent comme un seul homme, et la lenteur qu'on mettait à leur fournir des armes faisait leur désespoir.

A bon entendeur, salut!

DIX-NEUVIÈME LETTRE

Jacques Jasmin.

Paris, 12 novembre 1864.

Monsieur.

Jacques Jasmin vient de mourir. Je l'ai connu particulièrement, j'ai vécu dans son voisinage; il m'a
peigné, il m'a coiffé, il m'a rasé très-mal, il m'a
ennuyé plus qu'aucun homme au monde ; mais je n'en
ai pas moins conservé de sa personne un vif et sympathique souvenir.

C'est une pitié, mon cher ami, que de lire les incon-
gruités, les barbarismes, les solécismes jetés à tort et à
travers sur sa tombe, en guise d'oraisons funèbres. Un
de ces croquemorts littéraires qui se font une spécialité de la nécrologie, s'écriait avant-hier, que « la poésie
venait de perdre un de ses plus beaux *fleurons* en la
personne de l'illustre auteur du *Chalibouri* et de *las*

Papillotas. » Et il ajoute : « Jasmin en sa langue était un grand poëte. » Qu'en sait-il, ce pleutre qui l'estropie, en le citant, et qui parle de *las Papillotas* et du *Chalibouri* comme il parlerait de l'*Enéi*DUS et de l'*Odysseo*s ?

Jasmin n'a jamais écrit en patois proprement dit. La langue d'Oc, telle qu'elle est restée, depuis l'époque où la langue d'Oil prévalut, est trop restreinte pour se prêter à une œuvre poétique de quelque étendue. Elle peut fournir au genre descriptif des tropes d'un effet ravissant, mais c'est tout. Dans un ordre d'idées élevées et de sentiments délicats, le vocabulaire fait défaut. Jasmin créa tout simplement, à son propre usage, une langue où l'on retrouve le dialecte agenais, comme on peut reconnaître la langue romane dans le style de M. de Chateaubriand. Jasmin arrangea le languedocien avec une dextérité merveilleuse ; il le révéla à ses compatriotes, et on trouva ce parler si naturel, si doux, si gracieux, si fanfaron, qu'on en fut ébloui et charmé.

Aujourd'hui, les Agenais sont parfaitement convaincus que Jasmin a écrit dans leur langue. Au fait, elle est à eux ; il la leur a donnée, et peu d'hommes sont morts, faisant à leur pays un legs plus glorieux. Aussi le poëte gascon vient-il d'être enseveli par ses concitoyens avec grande pompe : on a mené son deuil comme un deuil public. Le maire de la cité, M. Henri Noubel, a exprimé l'estime et les regrets du pays, en termes éloquents, et, mieux que personne, j'apprécie la convenance de ces hommages.

Jasmin, du fond de sa tombe, est-il satisfait? j'en doute beaucoup. Lui seul aurait pu organiser ses propres funérailles assez glorieusement pour en être content. Peu confiant dans la postérité, il avait pris, de son vivant, un fort à-compte sur les honneurs qui, d'ordinaire, ne se sont rendus qu'aux morts. Il y a quelques années, le maire et les adjoints d'Agen convoquèrent tous les citoyens à venir lui poser sur la tête une couronne d'or. Mon grand étonnement est que Jacques Jasmin soit mort sans s'être arrangé pour avoir sa statue devant sa porte, et se voir d'avance coulé en bronze, dressé sur un piédestal.

Quelque jour j'étudierai de plus près cette physionomie qui en vaut la peine. Jasmin était un poëte très-intéressant, un type méridional curieux, un homme habile et un homme de bien.

VINGTIÈME LETTRE

Un autographe révolutionnaire. — Le médaillon de Marat ; origine, travail et progrès de la guillotine, en France. — Guillotin. — Barrère. — Mac D'Onnel et Charles le Mauvais, roi de Navarre.

Paris, 15 novembre 1864,

Monsieur,

Un marchand vient de m'offrir l'original d'une lettre de Darthé, membre du tribunal révolutionnaire d'Arras, écrite à Robespierre. Elle est d'une écriture svelte et coquette. Le dernier mot de la phrase s'y termine par une sorte de frisure calligraphique, déliée comme la moustache de mon ami Vaudin. Je suis peu expert en ces vieilleries et je montrerai cela à Chéron de Villiers. Il m'a dit souvent de me méfier des autographes, parce qu'on fait un trafic impudent de falsifications. Chéron de Villiers est un fin connaisseur ; c'est lui qui donna à la belle collection de Villemessant, cette livraison célèbre, dite de Charlotte Corday, dont quarante mille

7.

exemplaires n'ont pas épuisé le succès. Il a chez lui les
livres les plus rares et les objets les plus dégoûtants
qui se paient au poids de l'or, tels par exemple qu'un
médaillon de Marat où est gravée cette inscription en
exergue : *O cor Jesu ! O cor Marat !*

Je ne sais donc pas encore si l'original de Darthé
qu'on m'a offert est authentique, mais la lettre existe ;
je l'ai retrouvée dans l'Histoire de Granier de Cassagnac [1] que j'avais précisément sur mon bureau, quand
le marchand est venu.

« Lebon est revenu de Paris, écrit Darthé. Tout de
suite un jury terrible, à l'instar de celui de Paris, a été
adapté au tribunal. Ce jury est composé de soixante
bougres à poil. La guillotine depuis ce moment ne dé-
sempare pas ; les ducs, les marquis, les comtes, les barons mâles et femelles tombent comme grêle. Lebon
n'est occupé qu'à rédiger des actes d'accusation, à nous
interroger et faire des visites domiciliaires. Nous ne dor-
mons plus. Il n'y a pas un de ces coquins là qui n'ait
mérité d'*éternuer dans la besace.* »

Cette Histoire, de Granier de Cassagnac, où rien n'est
oublié, me paraît tout ce qui a été écrit de plus éloquent, de plus exact et de plus sensé sur la matière.
Ce grand écrivain ne fait pas de phrases et ne se bat
pas les flancs ; il raconte paisiblement, avec une bon-

---

[1] *Histoire des Causes de la Révolution française,* par M. Granier
de Cassagnac. Librairie d'Henri Plon.

homie sinistre qui vous glace jusqu'à la moëlle des os :

« En ce temps-là, dit-il, on demandait un service à la guillotine, et elle en rendait, pour peu qu'on fût lié avec ceux qui la faisaient fonctionner. »

Et il raconte à ce sujet cette histoire d'Héron, qu'on lit dans les Mémoires de Sénart :

« Héron, député et employé du comité de sûreté générale, vint me trouver dans le cabinet où je travaillais aux rapports. Il me dit d'un ton mielleux : « Je voudrais vous prier de me rendre un service important, vous le pouvez. Si vous faites ce que je vous demande, je vous remettrai à l'instant un effet de six cents livres ; j'ajouterai un présent de trois mille livres, je vous payerai dix-huit cents livres et vous ferai avoir une place, fixe de dix mille livres. Enfin, il termina sa proposition par m'inviter à insérer dans son rapport le nom de sa femme pour la faire guillotiner. »

Il y a des gens qui ont envie de tout ce qu'ils voient. On ne saurait croire combien de jeunes gens et de jeunes femmes à cette époque là, avaient fantaisie de goûter de la mort. Collot écrivait au comité du Salut public qu'il avait entendu un spectateur dire, en revenant d'une exécution : « Cela n'est pas trop dur. Que ferai-je bien pour être guillotiné ? » [1]

Il dut apprendre bientôt que la recette n'était pas difficile. Adam Lux voyant passer Charlotte Corday sur la

---

[1] *Mémoire de Sénart,* page 129.

charrette fatale, avec sa chemise rouge, n'eut qu'à
écrire à Fouquier-Tinville qu'il le priait instamment
de vouloir bien le comprendre dans une fournée prochaine, comme admirateur de Charlotte. Trois jours
après il était satisfait. Le plus obligeant en ce genre
de services était Saint-Just dont Gatteau disait : « Depuis que Saint-Just est arrivé, il a tout vivifié, ranimé,
régénéré. Sainte Guillotine est dans la plus brillante
activité. Quel maître bougre que ce garçon là » [1].

Granier de Cassagnac donne, d'après Prud'homme,
« le travail de la guillotine parisienne » dans les neuf
mois qu'elle fonctionna :

Guillotinés en novembre 1793.		23
dito	en décembre.	255
dito	en janvier 1794.	131
dito	en février.	102
dito	en mars.	99
dito	en avril.	173
dito	en mai.	273
dito	en juin.	497
dito	en juillet (jusqu'au 27). . .	515

Tout bien compté, jusqu'au 9 thermidor, depuis l'éta-
blissement du tribunal révolutionnaire, il y eut
4,200 guillotinés, dont près de 1,200 femmes.

Une très grande erreur, trop accréditée, est de croire

[1] Pièces trouvées chez Robespierre, n° 39.

que la hache révolutionnaire fauchait spécialement les pavots de Tarquin et n'abattait que des têtes de ducs, de marquis, de barons « mâles et femelles » comme disait Darthé. Granier de Cassagnac établit, preuves en main, que si la noblesse française paya largement son tribut, le peuple ne fut pas plus épargné qu'elle, et il cite entre autres cette lettre de Viot à Payen, qui figure parmi les pièces trouvées chez Robespierre : « Au commencement de la prochaine décade, *soixante* chiffonniers seront traduits en jugement et jugés à la même séance. Un pareil nombre les suivra peu de jours après. » Viot, qui écrivait ces lignes, était membre du tribunal révolutionnaire d'Orange. Prud'homme a dressé, en cinq volumes énormes, la liste des victimes de l'échafaud révolutionnaire : on y peut compter pour plus d'un tiers les ouvriers, les écrivains, les servantes, les couturières et les soldats.

La besogne alla si vite, un moment, que Barrère songea à faire exécuter *une guillotine à sept fenêtres*, dont Villate a donné la description dans les *Mystères de la Mère de Dieu*. Les journaux racontaient dernièrement qu'un Américain nommé Mac-Donnel, de Vermont, dans les États du Nord, vient d'inventer une mécanique pouvant couper trois cents têtes à l'heure, et des savants ont cru un instant que cette trouvaille ingénieuse, dont le besoin paraît se faire sentir chez les Américains, était renouvelée de la mécanique de Barrère ; mais des renseignements plus précis leur ont appris que la nouvelle invention procède par la vapeur. Ne sait-on pas que le monde est en progrès ? Il me souvient que Charles le Mauvais, roi de Navarre, vers 1358, confectionna une machine à couper des têtes pour sauver la société. Quelle différence de besogne, monsieur ! Où celle de l'Américain ne met qu'une heure, celle-ci mettait un jour. Mais enfin, ce n'était pas moins un joli résultat pour cette époque là. On s'en servit pour apprendre à vivre aux Jacques du Beauvoisis qui s'étaient révoltés pendant la captivité du roi Jean, pillaient le pays, brûlaient les châteaux et faisaient rôtir les châtelains à la broche. Voyez Froissart. On sait maintenant ce qu'il faut penser de ce Guillotin qui s'est flatté d'avoir inventé la guillotine. Le drôle n'était qu'un plagiaire ; l'honneur de cette belle invention appartient à un roi.

VINGT ET UNIÈME LETTRE[1]

Grande bataille d'Hyde-Park. — Les petits couteaux garibaldiens et les gourdins écossais. — Réponse d'un Français à un cockney.

A M. EUGÈNE JOBARD

Directeur du *Moniteur de la Côte-d'Or*

Octobre 1862.

Une grande bataille civile vient d'être livrée à Londres. On y comptait *quatre-vingt-dix mille* combattants.

Voici l'affaire : Les garibaldiens ayant organisé un meeting où l'on devait prononcer la déchéance du pape, les Irlandais, qui sont catholiques, sont entrés dans la manifestation à coups de gourdins, « cassant les têtes, dit le *Morning-Post*, avec la plus féroce brutalité. » On a tiré les couteaux, les baïonnettes ont dû s'en mêler, et, vers le soir, après de nombreuses manifestations, tout ce monde s'en est allé souper.

Si l'on n'avait point fait de meeting contre le pape,

[1] Cette lettre et les suivantes ont été écrites en 1862 et 1863. L'auteur a cru pouvoir les réunir à ses lettres gauloises ; elles ont la même liberté d'allures, et sont de la même famille.

les garibaldiens n'auraient pas eu la tête cassée par les Irlandais. Si les Irlandais étaient demeurés tranquilles, ils n'auraient pas été reçus à coups de couteau par les garibaldiens ; la cause de l'Italie, que tous prétendent servir, n'en serait ni meilleure ni pire, et les soixante ou quatre-vingt mille individus qui ont passé leur journée à ces beaux exploits, n'auraient pas soustrait, en quelques heures, au commerce et à l'industrie tous les millions que représente ce temps perdu. Il est vrai qu'il n'a pas été perdu pour les brasseurs et les marchands de gin. Les brasseries ont vendu ce jour-là pour 200,000 francs de porter, en sus de la consommation ordinaire, et le genièvre à l'avenant !

On se préparait à recommencer le lendemain. Un meeting garibaldien devait être présidé par le lord-maire ; mais une dépêche annonce que, toutes réflexions faites, le magistrat de la cité décline cet honneur. Il examinera, jeudi, s'il doit permettre la tenue d'un meeting projeté à Guidhall. La raison donnée par le lord-maire pour décliner la présidence du meeting qui devait avoir lieu, est que Garibaldi amnistié « n'a plus besoin de l'expression des sympathies de l'Angleterre. » Mais il est probable que, malgré la défense, si défense il y a, les troubles recommenceront. On comprend que les fugitifs politiques de tous les pays ont la main dans ces mouvements, et les passionnent et les irritent jusqu'au sang.

Tel est l'idéal de la liberté que certains journaux, qui se qualifient d'*indépendants*, caressent en France.

Ils appellent cela la vie politique, la démocratie frater-
nelle, le réveil de l'opinion. Ils gémissent sur l'oppres-
sion qui ne leur permettra pas, aux élections prochaines, de manifester leurs aspirations libérales comme à
Hyde-Park. Il leur faudrait des meetings de carrefour,
où chacun pût venir brailler à cœur joie et qui rassem-
bleraient tous les fainéants, tous les ivrognes, tous les
batteurs de pavé, tous les gamins et toute l'écume d'*in-
tra* et *extra muros*. Si, par hasard, quelques gens sérieux, quelques braves ouvriers, quelques commer-
çants s'y aventuraient par curiosité, ceux qui auraient
des chemises propres y entendraient les vauriens crier :
A bas les aristos ! et leur bénéfice le plus net serait de
perdre leur journée. Il est vrai que ce serait autant de
gagné pour les Anglais, et surtout pour le journal garibaldien de l'endroit, qui, le lendemain, aurait au moins
un sujet de tartines sur l'*imposante* et *patriotique* manifestation. — Les sujets sont si rares pour une foule de
pauvres diables d'écrivains ! — Le soir, on casserait
quelques vitres et l'on demanderait *des lampions ;* après
quoi les citoyens y verraient beaucoup plus clair dans
la question romaine...

Ah ! décidément, les Anglais sont un grand peuple !

Vite introduisons chez nous les institutions des Anglais ! Ne voyez-vous pas que tout se meurt, que la
nostalgie de la liberté nous accable, et que la vie politique va s'éteindre si on ne la réveille un peu à coups
de gourdins ?

Un de mes amis me raconte qu'il assista un jour à une de ces grotesques manifestations. Comme il ne pouvait s'empêcher de hausser les épaules de pitié, un cockney puant le genièvre, et porteur d'une de ces faces affamées comme on n'en voit qu'en Angleterre, lui dit avec mépris :

— Toi, Français, tu n'as pas la parole.

— Et toi, lui répliqua l'autre, tu n'as pas de pain.

Le mot est piquant; mais je crois qu'il est renouvelé de Fouquier-Tinville montant à l'échafaud.

VINGT-DEUXIÈME LETTRE

Bel exemple donné par la Grèce, unique dans l'histoire. — Le
Grec grise le Turc. — Le prince de Leuchtenberg. — Belles
paroles de ce prince. — Je propose Victor Hugo.

Décembre 1862.

Monsieur,

Garibaldi voulait s'aller mettre à la tête des Grecs.
Avez-vous vu comme ils l'ont prié de rester chez lui et
de s'occuper de ses affaires ? Ce peuple est en train de
donner un bel exemple aux Italiens.

Quel tact parfait, quelle sagesse, quelle philosophie
dans tous ses actes ! On dirait la vieille Athènes de Périclès ressuscitée, et se jouant à faire de cette révolution
facile et souriante, une maligne satire des révolutions de
notre temps. C'est ainsi, par exemple, qu'au lieu de
décréter un impôt de quarante-cinq centimes pour les
dragées du baptême, les fonctionnaires de haut grade,
les magistrats, les généraux et tous les citoyens bien

appointés, abandonnent au trésor leurs traitements.
Que va-t-on dire en Europe, ô Dieux immortels !...

Ils s'en tiennent à leurs modestes frontières actuel-
les, ne se mettent pas en tête les îles Ioniennes,
par exemple, qu'ils pourraient réclamer au même titre
que les Italiens réclament Rome. Ce n'est sans doute
point l'envie qui leur manque ; mais ils savent comprendre que de telles revendications seraient intem-
pestives, imprudentes, désobligeraient la France dont
ils estiment l'amitié ce qu'elle vaut, et ils sont résolus
de limiter leurs prétentions à ce qui est possible en ce
moment. Loin d'attaquer la Turquie chez elle, ils ne
paraissent songer qu'à lui ôter, au contraire, tout prétexte de les inquiéter chez eux.

Il y a mieux : les voilà qui fraternisent avec les Turcs
à Constantinople. Les dépêches parlent d'une assemblée homérique, où l'on a vu les descendants de Cad-
mus réunis aux fils du prophète, en un grand banquet
où figuraient quatre cents moutons rôtis, comme aux
festins d'Ajax, fils de Télamon. Le Grec a grisé le
Turc avec du vin de Chio, en l'honneur de la révolution
grecque !

On peut être certain que tant d'esprit et de sagesse
porteront leurs fruits plus tard : plus les Grecs sauront
se montrer réservés et discrets, habiles à s'organiser
sans bruit, sur des bases solides, prouver qu'ils sont
vraiment aptes à se bien gouverner eux-mêmes, et plus
ils inspireront aux débris séparés de la nationalité

grecque le vif désir de rentrer dans le sein de la mère-patrie.

Quand un pays a une bonne administration, des mœurs sympathiques, de l'ordre, de la prospérité, ce spectacle tranquille lui fait sur ses frontières une propagande plus sûre que les tambours et les canons. C'est ce qui explique, par exemple, les tendances manifestes de la Belgique du nord, à se rapprocher de la France. Or, il arrive toujours un moment où ces tendances naturelles et légitimes deviennent irrésistibles comme un fleuve qui suit son cours. Courage donc à la Grèce! Elle est dans la bonne voie; elle ne peut manquer, en y persévérant, de conquérir les sympathies de l'Europe, et le crédit qui vit essentiellement de confiance, ne lui fera pas défaut pour venir à bout de ses embarras financiers.

Les Grecs nous auront consolé des Italiens.

On a parlé un moment de la candidature au trône du prince de Leuchtemberg. C'est, dit-on, un homme doux, souriant et sympathique. On se passe de main en main, à Paris, dans les salons, son portrait-carte photographié par Disdéri. Il est assis et considère avec attention un globe terrestre placé sur ses genoux. Quelqu'un lui disait :

— Ne dirait-on pas, Monseigneur, que vous cherchez un trône sur ce globe ?

Il répondit :

— Moi, un trône ! Ah ! Monsieur, il faut se sentir bien

supérieur aux hommes pour oser aspirer à les gouverner !

Il y a de l'antique dans ce mot grave et modeste ; malheureusement, on assure que le prince se retire et renonce au métier de roi.

Dans ce cas, la question grecque changera de face et reviendra à son point de départ. Il s'agira d'aviser à un autre candidat, car il ne faut pas, faute d'un moine, que le couvent se perde. Les donneurs d'avis ne manqueront pas aux Grecs ; moi, je leur conseille de prendre bravement le régime républicain, avec Victor Hugo pour dictateur. Les ombres de Lycurgue, de Solon, de Périclès, d'Euripide, d'Homère, de Pindare, souriraient à ce génie fraternel. Et alors, nous verrions éclore, en institutions régénératrices, les rêves magiques emprisonnés maintenant dans les brumes de Jersey. Il serait l'Orphée de la nouvelle Grèce, divulguant en liberté les divins mystères de l'organisation sociale, sans risquer, comme le fils d'Œagre, d'être foudroyé par les dieux jaloux. Là nous verrions, au pied du mur, le grand œuvre de la *liberté universalisée et de la propriété démocratisée* [1], c'est à-dire mise à la portée des démocrates, et le monde, éclairé et converti par cette expérience souveraine, n'aurait plus qu'à suivre l'apôtre dans la voie de l'âge d'or.

La Grèce aurait tort de manquer cette belle occasion.

---

[1] Expressions de Victor Hugo.

VINGT-TROISIÈME LETTRE

Le carnaval électoral de 1863. — M. Duvergier de Hauranne. — Réflexion sensée de M. Bocher. — M. Cantagrel et les queues de singe. — M. Delestre, peintre, iconographe, etc. — M. Laurent Pichat. — Le comité des Dix. — Les fidèles et la corruption d'Israël. — M. de Girardin est l'objet d'une unanimité touchante.

AU RÉDACTEUR DE LA NATION (DE 1863).

Paris, 23 mars 1863.

Monsieur le Rédacteur,

Paris est en plein mouvement électoral. Sous ce régime si gênant pour les âmes libres, on ne rencontre plus que réunions politiques, clubs de salon, banquets, comités, conférences où les partis, la cocarde au chapeau, se donnent rendez-vous. Gand et Coblentz sont au faubourg Saint-Germain; l'hôtel de Broglie est un

Jeu de Paume : On y va paisiblement prêter serment contre son pays, et l'on en sort sans baïonnettes.

Nunc pede libero pulsanda tellus !

Nous entrons dans le carnaval de la liberté. Ce matin, l'éloquent Paradol appelle aux armes la *Sainte-Alliance* des partis, et le *Journal des Débats* fait contre l'Empire son manifeste de Brunswick.

L'*Indépendance* avait donné une nouvelle que M. Duvergier de Hauranne fait démentir. M. Duvergier de Hauranne n'a convoqué personne chez lui, et il trouve bon que l'Europe en soit informée. L'ancien propagateur de *l'agitation salutaire* des banquets était de la réunion de Broglie. Il opina avec M. Dufaure et parla pour démontrer que les hommes qui ont *servi* l'ancien gouvernement ne sauraient prêter le serment exigé par la loi. Sur quoi l'un des membres présents, M. Bocher, dit-on, demanda à ses voisins ce que pouvait avoir de commun M. Duvergier de Hauranne avec les hommes de l'ancien gouvernement, et s'il avait *servi* à autre chose qu'à le renverser ?

Mardi, une réunion électorale a eu lieu chez M. Cantagrel. Il est juste que la France apprenne à connaître M. Cantagrel, et, avec lui, tous ceux qui s'apprêtent à s'occuper de notre bonheur et de notre gloire. Il y a dix sept ou dix-huit ans, M. Cantagrel avait une sorte de notoriété. Il était le gérant et l'un des écrivains aimables de la *Démocratie pacifique*, journal où l'on préparait la transition du monde actuel à l'*Harmonie* fouriériste. L'avénement de l'*Harmonie* devait se manifester par un phénomènè qui ferait pousser aux citoyens des queues de singe. La révolution de février arriva avant l'éclosion de cet appendice, et renvoya l'harmonie aux calendes grecques. M. Cantagrel fut envoyé à l'Assemblée législative par les électeurs de.Loir-et-Cher. Appelé à Versailles après juin, il s'en alla en Suisse, où il fit un journal, et il en est revenu pour présider à nos destinées électorales. C'est son droit. Il s'est institué, chez lui, président de neuf anciens phalanstériens qui éprouvaient le besoin d'être présidés et qui ont reconnu, à la majorité de six voix contre cinq, l'urgence de s'unir au comité Carnot. Ils ont exprimé le vœu qu'on fondât, dit le *Courrier du Dimanche*, beau- « coup de sous-comités. » Beaucoup de sous-comités vont donc s'occuper des destinées de la France, grâce à M. Cantagrel et à ses neuf phalanstériens.

En même temps que la réunion Cantagrel, il y a eu la réunion Delestre. M. Delestre est un peintre distingué, élève de Gros, qui cultive avec prédilection l'aquarelle, les travaux d'iconographie anatomique et les intérêts de son pays. Il fut du *National*. Chez M. Delestre, comme chez M. Cantagrel, l'urgence de beaucoup de sous-comités a été déclarée. Toute discussion sur les candidats a été ajournée jusqu'au moment où le comité Carnot aura mis la question à l'ordre

8

du jour. Mais, en principe, on a reconnu qu'il y aurait lieu d'examiner l'idée proposée par un des membres présents, de porter un *sergent Boichot* quelconque sur la liste des candidats de Paris.

Un membre a été délégué pour développer cette ingénieuse idée au comité Carnot.

Il y a la réunion Laurent Pichat. M. Pichat est un poëte plein de verve. « A dix-huit ans, dit M. Vapereau dans son *Dictionnaire des Contemporains*, une belle fortune lui permit d'entreprendre avec son ami, M. Henri Chevreau, le voyage d'Italie, de Grèce, d'Egypte et de Syrie. Un volume de poésies où éclatent toutes les ardeurs de l'adolescence heureuse, les *Voyageuses* (1844), composé par les deux amis, fut le fruit de ces voyages. » M. Laurent Pichat, depuis, a été rédacteur du *Propagateur de l'Aube*, et, en 1855, il a publié un volume tels que *Cartes sur table,* où figurent des récits pleins de gaieté, intitulés *le Bourgeois fantôme, la Villa de Pietro* et *le Secret de Polichinelle*. On assure qu'il va publier un manifeste pour enseigner leur devoir aux électeurs de Paris, et qu'il se présentera dans la Loire-Inférieure. La réunion Laurent Pichat a décrété qu'elle s'adjoindrait au comité Carnot, dont elle deviendra un des sous-comités les plus actifs , section des Purs.

Je reçois à l'instant des renseignements sur une réunion qui a pris et qui paraît vouloir conserver le nom de *Comité des Six*. Elle se compose de six membres,

présidés par un ex-montagnard de la garde de Caussidière. Tous furent en leur temps des orateurs fameux
au club du Conservatoire et au club de la rue Montesquieu. O dérisions de la destinée ! On voit aujourd'hui les violons de M. Auber et les bouillons Duval
à la place où retentissaient autrefois ces voix éloquentes !
Mais tous ces hommes chevelus sont restés fidèles
à leur vieille foi. Ils croient plus que jamais à la sociale, aux banquets des fortifications, au citoyen
Barbès, aux cuisiniers réunis. Ils ne changent jamais de
convictions et rarement de paletots. Pour eux, il n'y a
plus de démocratie. La corruption est dans Israël ; les
noms de Carnot, de Havin, de Proudhon lui-même
n'amènent sur leurs lèvres que des sourires amers. Ils
n'entendent pas se mêler au mouvement électoral, mais
le surveiller, prendre des notes, pour les transmettre à
Londres, où l'on marque d'une croix les noms des
traîtres, sur un livre mystérieux.

La réunion suprême, dite Réunion Carnot, a eu lieu
ce matin dimanche. On savait généralement que les
candidatures de MM. Havin et Guéroult soulèveraient
des débats très-orageux. Mais, en revanche, une harmonie parfaite a dû se rétablir sur la candidature d'Émile
de Girardin, que tout le monde s'accorde à évincer...
à l'unanimité.

VINGT-QUATRIÈME LETTRE

Suite du carnaval électoral. — Le défilé des revenants. — Les tapis et les porcelaines de l'hôtel Carnot. — Le groupe des Purs. — Motion de Ferdinand Gambon. — *Vive Nadaud !* — Corbon conspue les bourgeois. — Zèle honorable mais indiscret du citoyen Clamageran. — Jules Simon contre Havin. — Rolland (de Saône-et-Loire) ou le Trouble-Fête. — Tohu-bohu et conclusion.

Paris, le 25 mars.

Monsieur le Rédacteur,

J'ai à me prémunir, en vous envoyant cette correspondance, contre le reproche d'indiscrétion qui pourrait m'être adressé par quelques personnes. Il faut donc qu'on sache que si les journaux de Paris, pour des raisons quelconques, gardent une silence à peu près absolu sur les faits et gestes des comités et des sous-comités, s'ils s'abstiennent de désigner les personnes qui y prennent part, les journaux des départements et de l'étranger ne gardent nullement la même réserve.

Je prendrais l'initiative de nommer les assistants des dernières réunions Carnot, qu'on le trouverait peut-être exorbitant. Or, je ferai remarquer que ces noms, comme le livre de M. Pichat, sont des *secrets de Polichinelle.* La *France centrale* en énumère ce matin les plus distingués, et je n'ai qu'à lui en emprunter la nomenclature :

MM. Henri Martin, Jules Simon, Corbon, Hénon, Arago, Gambon, Guinard, Ch. Rolland, Ch. Floquet, Hérold, Assolant, E. de Sonnier, Despois, Eugène Pelletan, Ferry, Chaudey, Henri Didier, Delescluse, Schœffer, Duriez, Philis, Laurent Pichat, Huet, Delestre, Desmarets, Frédéric Morin, Gambetta, Laurier, etc., etc.

D'autres notabilités démocratiques pourraient être ajoutées à cette liste : MM. Greppo, Albert, Noël Parfait, Glais-Bizoin, Rolland (de Saône-et-Loire), Martin Bernard ; je passe tout le reste, non qu'il ne vaille l'honneur d'être nommé, mais ce serait trop long. En somme, dans chacune de ces réunions, on a compté environ soixante-dix membres.

Dès huit heures et demie, les habitants de la rue du Cirque ont vu apparaître, à la queue leu-leu, une multitude de petits groupes, disparaissant l'un après l'autre sous la porte cochère de l'hôtel Carnot.

Un œil exercé aurait pu reconnaître, à la physionomie diversement pittoresque de ces groupes, les vieux débris de ces variétés innombrables de démocrates que fit éclore le grand orage de 1848.

Ils en formaient le principal élément, ces proscrits qui se désignent entre eux sous le nom de Suisses, de Belges ou d'Anglais, selon que l'exil les vit errer sous les brumes de Londres, dans les gras pâturages d'Uri et d'Unterwalden, dans ces Flandres belges où le faro, fils du Léthé, verse au voyageur altéré ses flots consolateurs.

Ainsi passèrent successivement les ombres du grand parti de Cabet, les Icariens au menton rasé, suivis des Phalanstériens propres et convaincus; les Bousingots farouches, calculant qu'avec les tapis, les voitures et les porcelaines de l'hôtel Carnot on pourrait équiper cent patriotes pour la Pologne; les Démocs-Socs barbus, divisés en groupes ennemis; les Purs, vieux invalides de la Réforme, et les Messieurs de l'ex-*National* se regardant les uns les autres comme des chiens de faïence; les Pointus, au chapeau conique; les Montagnards, fils de Caussidière; les Vieux-de-la-Vieille, boutonnés jusqu'à la moustache, et la canne pendue au troisième bouton.

A dix heures (je parle de la réunion du dimanche), tout le monde est rangé dans les salons de la présidence Carnot, et Jules Simon a la parole. Ce professeur, qui vise à devenir chef d'école, a voué ses prédilections à un genre de gouvernement qui n'est précisément ni la république, ni l'empire. Dans le monde du comité Carnot, on appelle ce gouvernement-là le *gouvernement de l'avenir*, comme la musique de Wagner. Le citoyen

Jules Simon, dans un long discours, s'applique à démontrer qu'on doit s'attacher à constituer un comité, moins en vue d'assurer le triomphe des candidats démocrates à Paris, que d'affirmer le *gouvernement de l'avenir*, en composant ce comité d'hommes dont les noms aient par eux-mêmes, et sans qu'il soit besoin d'aucune profession de foi, une couleur significative. Cette motion paraît rencontrer de l'approbation dans l'assemblée. On se dit, dans le groupe des Purs qu'il faudra proposer Louis Blanc, Blanqui et Victor Hugo, pour figurer dans ce comité à titre de membres honoraires.

M. Emmanuel Arago s'associe aux opinions développées par l'honorable préopinant. Il considère que le seul pouvoir légal qu'il y ait aujourd'hui, en France, réside dans l'Assemblée législative dissoute par le coup d'État de décembre. Les membres de la législative présents à la séance se lèvent en agitant leurs chapeaux. Une voix profonde, sortant d'un groupe, s'écrie avec à-propos un poétique :

Rome n'est plus dans Rome; elle est toute où je suis !

Ce mouvement apaisé, Ferdinand Gambon demande qu'il soit adopté en principe qu'on admettra un ouvrier sur la liste des candidats de la Seine. Il invoque à ce propos, le souvenir des services glorieux que rendirent à la France et l'éclat dont brillèrent dans nos assemblées, les maçons et les cuisiniers élus par les suffrages populaires de 1848. Le visage du citoyen Albert se couvre d'une modeste rougeur, et le groupe des démocrates de la Creuse crie avec fureur : Vive Nadaud !

Mais le citoyen Corbon, bravant un enthousiasme irréfléchi, fait remarquer que la proposition du citoyen Gambon est une proposition *bourgeoise;* que les bourgeois seuls font de ces distinctions entre bourgeois, nobles et ouvriers; que cette adoption d'un ouvrier parmi les candidats, sous la forme d'une concession faite à la classe ouvrière, serait blessante; qu'il n'y a aucune raison pour qu'on n'adopte qu'*un* ouvrier parmi les candidats du moment, que la classe ouvrière est, sans contredit, la plus nombreuse, c'est-à-dire, par exemple, comme 10 est à 1 ; et que ce qui serait logique et démocratique, ce serait de mettre dix ouvriers pour un bourgeois.

L'honnête et loyal Gambon semble un peu déconcerté par cet argumentation de son ancien collègue; mais jaloux de ne point se laisser dépasser, il déclare qu'en fait d'ouvriers, on en pourra mettre tant qu'on voudra, et même toute la liste; qu'il s'y associera avec ivresse, estimant que si la pure démocratie s'est réfugiée quelque part, c'est encore sous la blouse blanche des Limousins.

Cet incident n'ayant pas eu d'autre suite, M. Clamageran, attaché, si je ne me trompe, à l'*Opinion nationale,* demande à être entendu. M. Clamageran propose

que préalablement et sursoyant à toute autre chose,
l'assemblée se déclare en permanence, « pour discuter la
question du serment politique pendant trois jours. » Un
membre fait observer que les citoyens présents, quelque disposés qu'ils soient à donner leur temps à la démocratie et leur sang, au besoin, ont cependant des
affaires qui ne leur permettraient pas de consacrer trois
jours à la discussion que propose le patriote Clamageran.

Lundi, comme dimanche, la séance est ouverte par
un discours du citoyen Simon. Il insiste sur la proposition de la veille, et surtout sur un point important dont
j'ai oublié de vous parler, et que voici : c'est que
chacun des comités de France soit appelé à fournir
une liste des cinq citoyens les plus purs de sa circons-
cription ; que de ces listes épurées avec soin on dégage
cent candidats immaculés, et qu'enfin sur ces candidats on choisisse les six élus qui devront être présentés
aux électeurs de la Seine. A ce propos, le citoyen Simon
se livre à une philippique virulente contre la personne
de M. Léonor Havin.

Les choses exorbitantes dites à tort et à travers par
ce citoyen qui semble s'être institué, à lui tout seul, le
pape de la démocratie, lançant à son gré l'anathème,
finissent par agacer les nerfs du bouillant Rolland (de
Saône-et-Loire), dont l'exil n'a point émoussé la verve
et dont les malheurs « n'ont pas abattu la fierté. » Rolland se lève et demande qu'on lui dise, finalement, de

par qui cette fraction Carnot, chez qui on s'assemble, s'arroge le droit de représenter le parti démocratique avec des façons si exclusives et si tranchantes. « Je croyais, dit-il, que le salon de M. Carnot n'était que l'antichambre de la démocratie, un terrain où nous nous rencontrerions pour aviser ensemble aux préparatifs d'un comité sérieux, et je trouve un sanctuaire où trônent des grands pontifes, où l'on rend des oracles ! Je demande que cinquante délégués de la classe ouvrière soient appelés ici, et que toutes les motions que je viens d'entendre demeurent non avenues, comme faites sans mandat, sans convenance et sans droit ! »

Ainsi a parlé, ou très à peu près, avec une grande chaleur d'âme, ce vigoureux Rolland (de Saône-et-Loire), et vous pouvez vous figurer quelle émotion ! En définitive il y a dans ces remarques du bon sens, j'entends un bon sens relatif. Aussi l'assemblée, à une très-grande majorité, a-t-elle adopté les conclusions de l'impétueux orateur, en présence du citoyen Carnot, assez embarrassé de sa personne pour le moment.

La réunion générale a été fixée au dimanche 5 avril. Tous les délégués des comités s'y trouveront pour constituer le comité définitif, qui se composera de vingt-cinq membres.

Chaque comité devra inscrire sous une enveloppe cachetée, pour être apportée à la réunion, par son délégué, la liste de ses vingt-cinq candidats. Le nom du délégué sera indiqué sur l'enveloppe.

Un membre propose timidement que la mission de faire le dépouillement soit confiée au citoyen Carnot ; que le citoyen Carnot ait toute latitude pour choisir les auxiliaires qu'il jugera dignes de l'aider dans ce travail si délicat. Rolland se récrie, proteste, demande si définitivement il y a un parti pris d'*incarnoter* la démocratie dans le maître du logis ?

Sur ce, un tapage sonore, dans lequel les vieux habitués des clubs de Montesquieu et du Conservatoire ont frétillé pendant une demi-heure comme le poisson dans l'eau, a clos cette mémorable réunion.

Je suis, Monsieur le Rédacteur, etc.

FIN DES LETTRES GAULOISES.

LE NAIN JAUNE

—

LE RÉVOLVER DE SILVESTRE

9

Je ne sais plus quel grand seigneur disait un jour :
« N'écoutez jamais le marquis et moi parlant l'un de
l'autre, nous ne sommes plus amis. »

Ce mot est d'un honnête homme.

Il me revient à l'esprit, au moment où je prends
la plume pour écrire l'histoire de mes différends avec
Théophile Silvestre, qui, hier encore, était mon ami et
mon compagnon.

Hélas ! lui et moi avons cessé de nous entendre ; des
rivalités d'intérêt se sont élevées entre nous. Ce misérable intérêt gâte tout, et aujourd'hui voilà aux couteaux tirés deux hommes unis hier par l'amitié. Je ne
connais au monde rien de plus triste et de plus navrant.

Mais je ne déclarerai pas que celui dont je touchai
la main, que je reçus à ma table, à qui je donnai de

l'argent et des souliers parce que je l'aimais, est un scélérat parce que je ne l'aime plus.

Parce qu'il est devenu mon ennemi, et parce que des circonstances malheureuses l'ont irrité au point de lui mettre contre moi le pistolet à la main, je ne le couvrirai pas de boue, je ne nierai pas les qualités que je lui reconnus dans notre intimité, si courte qu'elle ait été.

Je saurai parler de sa personne avec sincérité, comme si nous étions encore amis.

II

Théophile Silvestre, en 1864, était depuis un an inspecteur général de la librairie, au ministère de l'intérieur, mais sans bureau et sans fonctions ; inspecteur général *in partibus*. Il devait cette position importante et facile à la protection de M. Piétri, ancien Préfet de Police, dont il était devenu le secrétaire intime, lorsqu'il renonça à la démocratie pour servir l'Empire. Or, en médise qui voudra, on ne me persuadera jamais qu'il soit impossible de remplir ces fonctions honnêtement. Si j'avais pu avoir des scrupules à devenir l'ami de l'ancien secrétaire de M. Piétri, il m'eût suffi, pour me rassurer, de le savoir l'ami de Laurier et le familier le plus intime de Gambetta. On connaît leurs principes. L'honorable M. Boudet étant arrivé au ministère de l'intérieur, Silvestre se décida à changer de position et à prendre un autre état. Que sa situation prêtât à des

commentaires désobligeants; qu'on se demandât quels
titres il pouvait avoir à être inspecteur général; que
M. Boudet lui-même s'étonnât fort de le trouver là, ce
n'est point ce qui le gênait; mais il eut des raisons que
je ferai connaître plus tard. Le fait est qu'il offrit de
s'en aller, de quitter sa place, si on lui voulait octroyer
un privilége politique. La place coûtait à l'État six mille
francs par an, le privilége ne coûtait qu'une signature.
Son Excellence, qui avait un goût prononcé pour les écono-
nomies, s'empressa de donner sa signature et sa bénédiction. Un arrêté ministériel autorisa M. Théophile
Silvestre à traiter de matières politiques dans le *Nain
Jaune.*

Il n'y fallait plus que le consentement de M. Aurélien
Scholl. Le *Nain Jaune* vivait alors sous la direction de
cet écrivain accoutumé au succès. Il était brave, spirituel, florissant, et n'éprouvait nullement le besoin de
devenir grave et ennuyeux. Mais M. Scholl avait des raisons pour désirer de prendre du repos. On le savait et
on se disputait la faveur de payer sa succession fort
cher. Obsédé par Silvestre et désireux de lui être agréable, il lui donna la préférence. Celui-ci s'engagea à
prendre le *Nain Jaune* à trois mois de date, en acqué-
rant de M. Aurélien Scholl 45,000 francs d'actions de
la société, argent comptant.

III

On en parla dans les journaux. A les entendre, l'affaire était faite. J'étais alors à Marseille. Je connaissais Silvestre pour l'avoir vu deux ou trois fois à Paris. A notre dernière rencontre, il m'avait entretenu de son projet de prendre en main un journal politique. Lorsque les journaux annoncèrent son traité avec M. Scholl, je lui écrivis. Il me répondit : « Je vous cherchais. » A ce compte-là nous devions facilement nous entendre, et je vins à Paris. Je croyais l'affaire faite, mais point. Je le trouvai désespéré, fourbu, sur les dents. Depuis deux mois et demi il battait le pavé, frappait à toutes les portes, usait vingt sonnettes par jour et n'avait trouvé encore pas le premier centime des 45,000 francs qu'il devait payer à M. Scholl pour entrer en possession du journal. Et les délais expiraient. Je lui exprimai tout mon étonnement de le voir dans un pareil embarras, s'il était vrai qu'il eût, comme on le disait, « un haut et puissant personnage dans sa manche. » Là-dessus, il prit des airs mystérieux et se contenta de me représenter que, mû par un sentiment facile à comprendre, il n'avait point voulu montrer la corde du premier coup. Eh ! qu'aurait-on pensé de lui, s'il avait laissé soupçonner qu'avec un privilége si glorieux, il pouvait néanmoins être assez abandonné de tout le monde pour ne point trouver aisément cette bagatelle de 45,000 francs? Ce sentiment me parut naturel et délicat. Et alors, le voyant seul, harcelé par des importuns de la pire espèce, dénué de tout et logé chez sa femme, je résolus de le tirer d'embarras.

V

La communauté des intérêts établit bientôt entre nous une certaine intimité. Plusieurs fois je lui prêtai quelques louis, tantôt pour dîner, tantôt pour acheter des bottes, et je n'entends nullement lui en faire affront. Il m'a tout rendu très-honnêtement. C'est un fait à noter pour les biographes. Je l'ai beaucoup connu en très-peu de temps et beaucoup affectionné. Par son *Histoire des artistes vivants*, il a pris une place éminente au premier rang des critiques d'art de ce temps-ci. On peut donc parler de lui comme d'une figure digne d'avoir son cadre dans la galerie des contemporains.

Théophile Silvestre est né dans l'Ariége, au Fossat, vers 1820. L'aspect de sa personne a quelque chose d'inculte et de sauvage qui rappelle ce portrait qu'il a lui-même tracé d'Audouy, l'Hercule ariégeois : « La sueur trempait son front bas, sa chevelure noire, et

9.

coulait par les larges ravines de ses joues sur ses mâchoires massives et sur son menton de roc. » Sauf le menton de roc, car celui de Silvestre est en cul de poule, la ressemblance tromperait un brigadier. Silvestre est trapu, velu et pied plat, avec des cheveux noir luisant, des sourcils énormes, des yeux petits et ronds, la bouche mince et large, fendue comme un grelot. Il lui manque près de trois centimètres et demi de moustache au coin de la lèvre gauche, comme si on avait commencé de le plumer. La place du poil, blanche et scoriée, semble une cicatrice. Au printemps, on y voit fleurir des pistils de rose à l'entour. Le nez, qui saillit comme une équerre sur un cadran solaire, droit, effilé, sans aucune flexion entre les arcades sourcilières, indique le défaut absolu de grâce et de souplesse dans l'esprit. Le regard est soupçonneux et inquiet ; l'oreille a la mobilité de l'oreille du lièvre ; on dirait que le vent la fait remuer.

Lui-même, dans ses écrits, se compare volontiers à divers animaux, tantôt à un sanglier, tantôt à un rhinocéros. On pense s'il était curieux à voir dans son habit brodé d'inspecteur au ministère de l'intérieur. L'habit brodé lui coûta plus à quitter que la place. Comme tous les gens qui ont longtemps traîné des paletots effiloqués et des bottes asthmatiques, revêtu tout à coup d'une parure éblouissante, il s'y complaisait comme un nègre dans un uniforme d'officier. Pendant les premiers mois, il s'enfermait, montait sur une chaise, se regardait au miroir des heures entières, s'exerçait à saluer avec courtoisie, à se tenir debout pour aller aux bals de la cour. On l'y vit une fois; il faisait la révérence aux laquais, les prenant pour des princes. Sous la carapace d'or qui lui garnissait l'échine, on eût dit un énorme scarabée illustré par Kaulbach. L'éclat dont il se vit environné, dans un mobilier d'acajou, avec un tapis fourni par Réquillart, le grisa légèrement et, peu à peu, on ne sait comment, une douce folie lui tourna la tête. Il eut des visions comme le petit berger de la Salette, et la vierge de Niederbronn. Il lui semblait que l'Empereur le visitait et lui disait :

« Silvestre, mon bon ami Piétri en mourant vous a recommandé à moi comme un homme de bon conseil qui doit m'aider à conduire la politique de l'empire. Je vous réserve la succession de M. Drouyn de Lhuys. En attendant, vous viendrez me voir à Saint-Cloud; un homme sûr vous ouvrira une petite porte du parc et nous causerons ensemble des affaires de l'État. »

Le lendemain, il allait faire un tour sur le boulevard, rentrait chez lui et racontait à sa femme qu'il revenait de Saint-Cloud. Cette chimère s'empara de son esprit et prit le caractère d'une paisible monomanie.

V

Hormis sur ce point, son intelligence demeura in-
tacte ; les conversations qu'il était convaincu d'avoir
avec l'Empereur ne manquaient ni de sens ni d'à-propos. Elles prenaient dans sa mémoire une forme très-
nette, très-arrêtée, et l'invariabilité même de la répéti-
tion qu'il en faisait à tout venant, donna à ses récits un
air de vérité qui bientôt ne rencontra point d'incrédules.

Un député de notre connaissance, homme d'esprit
s'il en fut, qui le rencontrait souvent sur le boulevard,
y prenait un intérêt extrême. Il notait même dans ces
confidences des points dont il était frappé, et il s'en
édifiait naïvement. Une foule d'autres à l'avenant. Peu
à peu le bruit s'accrédita que Silvestre était l'ami et le
confident de l'Empereur. Grâce à l'intimité dans laquelle
il avait vécu avec M. Piétri, l'accès du château lui était
devenu facile et familier. Quelques personnes l'y rece-

vaient avec bonté. Les laquais, sur son passage, le sa-
luaient d'un air d'intelligence et, çà et là, par les lu-
carnes, les marmitons lui criaient : « Bonjour! » En
s'en retournant, il était persuadé qu'il avait vu l'Empereur et causé avec S. M. des affaires de l'empire.
Quelquefois, dans les couloirs de l'Intérieur, il se montrait mécontent de la marche des affaires, il grondait
et déclarait hautement qu'il allait faire destituer les bu-
reaux. Un jour, il se dit que le moment était venu de
s'atteler sérieusement au char de l'État. Il lui fallait
un journal pour faire éclater les conceptions de son
génie et renouveler la face du monde. C'est alors qu'il
offrit de céder sa place pour un privilége politique. On
sait le marché qu'il conclut avec M. Boudet. L'argent
seul lui manquait pour acquérir le *Nain jaune*; et je
le trouvai dans cet état quand j'arrivai à Paris.

VI

J'ai dit que sa monomanie avait un caractère si régulier, en apparence et si raisonnable que j'y fus pris comme tout le monde. Rien en lui ne décelait extérieurement un visionnaire. Tout ce qu'il greffait sur cette chimère de ses relations impériales paraissait possible et honnête. Dans l'intérieur de sa maison, je le voyais plein de patience et de bonté, excellent mari, excellent père. Il a une petite fille de quatre ou cinq ans qu'il aime comme les loups aiment leurs petits. Les jeux de cet homme vigoureux et poilu sur les tapis de Réquillart, avec cette enfant, me charmaient et m'attendrissaient jusqu'aux larmes. A table, compagnon charmant, plein de verve. De récits et de farces un vrai trésor. Il a des histoires à mourir de rire. L'avocat Gambetta prétend que ce sont toujours les mêmes, il bâille et s'endort. Mais moi qui ne les avais entendues qu'une trentaine de fois j'y prenais encore un plaisir extrême. Toutes ces qualités m'attachèrent à lui très-sincèrement. Notez qu'il a un talent hors ligne comme critique d'art. On pouvait donc faire un journal avec cet homme. Il était prêt à me céder la politique en toute propriété. Pour lui, il avait mis toute la sienne en deux articles qu'il publierait quand les chambres seraient assemblées. Deux articles, me disait-il, lancés à travers la presse comme deux brûlots, devaient lui suffire pour faire sauter le vieux journalisme. Je n'aurais plus ensuite qu'à travailler sur leurs débris. Moi je disais : « Nous verrons bien, prenez d'abord le journal. » Et je me mis en devoir de lui faciliter les moyens d'acheter les actions de M. Scholl et d'entrer au *Nain jaune*.

VII

Il avait pour ami un amateur de tableaux qui lui offrait de mettre à sa disposition, non point de l'argent, mais sa signature pourvue, disait-on, de bonnes références. J'en parlai à quelques personnes qui me voulaient du bien, et sans autre information ni référence, l'affaire fut faite à l'instant. 22,500 francs prêtés sur un simple billet furent remis à Aurélien Scholl qui, pour les autres 22,500 francs qu'on lui devait payer comptant, se contenta de la signature de l'amateur à six mois de date. L'échéance de Scholl est arrivée et la mienne aussi, car l'amateur me doit 6,500 francs, prêtés de mon argent, écus sur table. Silvestre le présentait partout comme un baron de haute lignée. Il avait un tortil à sa voiture et une fausse rosette d'Autriche à sa boutonnière. Je viens d'apprendre qu'il promène son tortil en Italie et sa rosette aussi. On dit qu'elle fait merveille à Naples. Mais il a oublié l'échéance, les 25,000 francs de Scholl et mes 6,000 francs.

Il restait à régler avec le Trésor. Il fallait encore que Silvestre y versât 7,500 francs de cautionnement pour avoir le droit d'exercer son privilége.

Là-dessus, il s'arrangea avec la maison Lagrange et Cerf, qui, moyennant la concession des annonces du *Nain jaune,* lui prêta 12,000 francs. Or, les annonces du *Nain jaune* étaient, par un traité, entre les mains d'un fermier nommé M. Leroy. M. Leroy payait d'abord les frais du timbre de la feuille, à quelque somme qu'ils s'élevassent, et faisait à la société une part de soixante-dix pour cent, tandis que MM. Lagrange et Cerf stipulèrent qu'ils se rembourseraient de leur prêt sur le produit des annonces. Silvestre pouvait-il engager, pour couvrir un emprunt personnel, la signature sociale et les revenus les plus indispensables à l'existence même du journal? Avait-il quelque qualité pour rompre de son autorité privée le traité Leroy et le transférer à MM. Lagrange et Cerf? Sur le premier point on verra. Sur le second, le tribunal de commerce a répondu *non* et condamné Silvestre et compagnie à 20,000 francs de dommages et intérêts envers Leroy.

Ainsi, voilà comment Silvestre, sans penser à mal assurément, mais présomptueux, ne voulant recevoir de conseil de personne, mais en faire à sa tête, entra au *Nain jaune,* pressé de monter à cheval, disait-il; cela fait, le monde était à lui. Il prit le journal et commença

en le prenant par le dépouiller des seules et uniques ressources qui pussent le faire vivre : le timbre et les annonces que M. Leroy payait exactement et que les nouveaux
ne payèrent plus. Au lieu de recevoir de l'argent, il s'a-
gissait d'en donner. Pour dragées du baptême, on eut la
condamnation du tribunal de commerce à 20,000 fr.
de dommages et intérêts, plus quelques sommes à
payer, qu'on héritait de l'ancienne administration. Puis
encore, il y avait au journal des rédacteurs qu'on ne
pouvait renvoyer brusquement, tels qu'Albert Wolf et
Langeac ; il y avait un administrateur. Silvestre ne tint
compte ni des traités qui les liaient, ni des convenances
qu'on doit à des hommes du monde et à des hommes de
talent ; il les congédia et dut leur payer des indemnités.
Enfin, quand il prit le journal en main, quand il dut faire
son premier numéro, l'avenir était déjà engagé pour
une somme exorbitante et il n'avait en caisse pas un
sou vaillant. Il assurait bien qu'un sieur Jean Bonnefont,
son ami, devait lui faire un fonds de roulement de
6,000 francs. Il l'attendait de l'Ariége, mais l'ami Jean
Bonnefont ne venait pas, n'est jamais venu.

VIII

Quant à moi, j'étais en ce moment rédacteur à l'*International*. Cette façon singulière d'opérer renversait de fond en comble le peu de notions que j'ai en matière commerciale. J'avais promis formellement à Silvestre d'être des siens, mais maintenant j'hésitais, je regrettais d'y avoir engagé mes amis, et je le laissai commencer seul. Il commença mal. Je vis, et tout le monde vit qu'il manquait complétement de tact et d'expérience. Edmond About, dans je ne sais plus quel journal, compara le *Nain jaune* de Silvestre à la barrière du combat, et cela ressemblait vraiment à un combat d'animaux. Le nouveau rédacteur en chef avait une façon bizarre de présenter ses collaborateurs au public.

Il s'écriait : « Voici Barbey d'Aurevilly, l'invincible ! Voici Hippolyte Babou, la-dent-cruelle ! » et cætera.

Barbey d'Aurevilly se retira couvert de confusion ;
Babou s'apprêtait à en faire autant. Silvestre, pour son
compte, lorsqu'il prit la plume, scandalisa tout Paris par
des violences d'énergumène. Écrivain remarquable à
beaucoup d'égards, il est néanmoins l'homme du monde
le plus étranger aux traditions de l'esprit français.

IX

Un lecteur ne sachant comment exprimer son indignation, lui envoya des ordures sous enveloppe. Il les
mit dans le journal. Un rédacteur d'un journal franco-
belge lui fit savoir qu'il ne méritait pas d'autre réponse
que des coups de bâton. Il les mit aussi dans le journal,
toujours imperturbable, souriant, triomphant. Il m'em-
pruntait très-fréquemment de petites sommes que je
lui prêtais volontiers. Un jour il vint me trouver et me
confia qu'il n'avait pas d'argent pour le timbre. J'avais
deux louis dans mon porte-monnaie, je les lui donnai.
Une personne qui se trouvait en ce moment dans mon
bureau lui en offrit quatre qu'il accepta. Il a oublié de
les rendre. Je lui fis de graves observations sur cette
détresse. Des rédacteurs à payer fort cher, un loyer
énorme, de nombreux employés, des échéances à la
queue leu leu, lui-même appointé à 1,300 francs par

mois et pas un sou en caisse, tout cela me paraissait
insensé. Notez qu'on était alors à la fin de juillet, c'est-
à-dire dans la morte-saison des journaux. Vente de nu-
méros et abonnements, au lieu de croître, alors, tout
diminue. Je lui témoignai donc que le moment me
semblait venu de faire appel aux ressources dont il se
croyait assuré *en toute heure de perplexité.* C'était son
mot avec des développements curieux qu'on peut demander à Gambetta. Il sourit avec sa quiétude ordinaire, me représenta qu'il devait attendre encore
pour certaines raisons qui paraissaient assez plausibles :
la première était qu'il devait avant tout. se montrer
lui-même dans son nouveau poste avec un éclat digne
des hautes faveurs que lui destinaient les dieux immortels. Il s'y préparait, disait-il, il avait sur le métier les
deux grands articles qui devaient « faire sauter le vieux
journalisme et renouveler la politique de l'empire. »
Mais pour qu'il pût s'y consacrer tout entier, et en
même temps cultiver ses relations, assurer, comme il
l'entendait, le développement du journal, il me pressait
de lui apporter ma collaboration, de lui prêter le concours de mon expérience. Je l'avais promis expressément. Il y avait même entre nous un traité qui fixait à
800 francs par mois les appointements que je devais
avoir au *Nain Jaune.* De leur côté, les amis dont j'avais
engagé les fonds dans le prêt des 22,500 francs, se
montraient un peu inquiets de l'allure que prenait le
journal et m'engageaient vivement à m'en mêler. M'abs-

tenir, c'était retirer de l'affaire la garantie morale à laquelle ils attachaient le plus de prix. Tout cela m'honorait et m'embarrassait fort tout ensemble ; mais je finis par céder ; je le considérais comme un devoir. Toutefois, j'avais à faire des conditions.

X

La première fut qu'au lieu de 800 francs par mois
que Silvestre s'était engagé à me compter comme traitement, je n'en recevrais que 600, voulant donner le
premier l'exemple de l'économie et du dévouement.
Silvestre s'en attribuait 1,000 d'abord pour sa rédaction, et 300 pour sa voiture. En tout, 15,600 francs par
an; il les garda.

Ma seconde condition fut que je serais en réalité le
rédacteur en chef du journal pour la partie politique;
que je jouirais de l'indépendance la plus complète, et
que Silvestre lui-même, quoique investi officiellement
du titre, renoncerait à la charge et se subordonnerait
expressément à ma direction. Rien au monde, qu'on
veuille bien le remarquer, ne le contraignait à accepter

de telles lois. Or, il les accepta sans difficulté aucune, même avec plaisir, me dit-il, reconnaissant son insuffisance pour mener la besogne quotidienne. Son esprit planait plus haut. Il ne se réservait absolument que les deux fameux articles qui devaient un jour éclater sur le monde et renouveler la face de la politique. Ce fut une affaire entendue. Je ne pouvais plus balancer ; je dus surmonter mes hésitations, mes répugnances, et j'entrai au journal le 31 août 1864.

A dater de ce moment Silvestre cessa d'écrire. Les caractères spéciaux dont il usait pour sa prose disparurent immédiatement. Il s'effaça, et s'annula avec une docilité et une résignation exemplaires, à ce point que lui présent et alors qu'il signait le journal comme rédactéur en chef, c'est à moi qu'Adrien Marx, voulant se retirer, adressâit sa démission. D'un voyage qu'il fit dans l'Ariége, il rapporta une étude très-remarquable sur Jacques Latour, qui lui inspirait des sympathies. Ce fut tout. Lui-même, de la meilleure grâce du monde, se réduisait au rôle de correcteur d'épreuves. « Je fais des repiquages [1], » disait-il, et pour ce métier, je ne lui connais de supérieur que Potrel qui le repique lui-même. Aussi dit-on que Silvestre ne fait plus rien depuis qu'il a perdu Potrel. Tout le monde était sur-

---

[1] *Repiquer* est un mot de Silvestre, qui veut dire ravauder, raccommoder, repriser les articles des rédacteurs inexpérimentés, et les mettre en état de paraître convenablement.

pris de son obéissance envers moi, car on le croyait farouche et intraitable. Mais lui riait sous cape et disait tout bas : « Ils seront bien attrapés quand ils verront les deux articles que je fais pour l'Empereur, et qui renouvelleront la face de l'empire. »

XI

Croyais-je à ces deux articles?

Oui et non. Le plus souvent je soupçonnais quelque hallucination ; après cela, je me raisonnais : je me disais que si dépourvu qu'il fût de toute valeur politique, il avait des reliefs de style qui ne sont pas à dédaigner ; qu'il n'y aurait certes rien d'exorbitant à ce qu'on l'eût chargé de produire, en quelque moment convenu, quelque travail important, dont le résultat pourrait mettre le journal en prospérité. « Son humeur, me disais-je, fait le reste. Il se croit sur la voie de devenir un homme d'État, d'arriver dans les conseils de l'Empereur, et à force de caresser ces visions dans son esprit, il a fini par les affirmer comme une réalité et même par y croire. Ces phénomènes sont assez communs. »

Et je ne m'en inquiétais pas davantage.

Cette monomanie, du reste, conservait un caractère

paisible et ne paraissait affecter aucunement l'état ordinaire de son esprit. On remarqua seulement que sa
confiance en la fortune développait en lui, peu à peu,
des goûts nouveaux et singuliers. Il n'allait plus qu'en
voiture de remise, escorté d'un secrétaire particulier
nommé Galaud, tous deux chargés de portefeuilles.
Silvestre avait un paletot bleu, un gilet rouge et des
gants ; il soupait chez Grossetête ; il buvait du champagne frappé.

XII

Au journal, chacun travaillait de son mieux, et y mettait du cœur, du zèle et de la foi. On traversait une mauvaise situation ; on était payé peu ou point, mai l'aplomb et la confiance de Silvestre rassuraient tout le monde. Le voyant à l'œuvre, on l'avait reconnu impuissant et bon uniquement pour les portraits, mais on comptait qu'il était l'homme des ressources mystérieuses, la Danaë que Jupiter devait visiter en pluie d'or. Quant à moi, tenant entre les mains la direction politique du journal, j'avais surtout deux préoccupations : l'une de le mener avec honneur, l'autre de faire pour mon compte personnel tous les sacrifices qui pouvaient alléger ses embarras et lui permettre de franchir la morte-saison. Ces cinq cents francs d'appointements auxquels je m'étais réduit, je ne les touchais même point. Mon frère, que Silvestre s'était adjoint comme

10.

administrateur, en devait avoir trois cents, et, durant
trois mois que durèrent ses fonctions, il ne reçut pas de
la caisse un maravédis. Mais Silvestre émargeait exactement. Aujourd'hui la faillite doit vingt-cinq francs à
Malbousquet, six francs à Vigreux, mais Silvestre est
réglé ; on ne lui doit rien. Le journal vivait d'expé-
dients, d'emprunts, de lambeaux, de recettes et d'a-
bonnements. Un jour la situation devint alarmante. Des
avaries inattendues se déclarèrent ; il fallait six mille
francs pour conjurer le péril : je les tirai de mon portefeuille, je les risquai dans cette situation désespérée ;
sur la garantie de l'homme à la rosette et au tortil. Quant
à Silvestre, placide et souriant, il continuait de grignoter
des perdreaux truffés chez Grossetête, ce qui entrete-
nait précisément la confiance du bataillon : « Silvestre,
se disait-on, est un garçon de bon sens qui ne se truffe-
rait pas ainsi chez Grossetête, s'il n'était parfaitement
rassuré sur l'avenir. »

XIII

Et chacun prenait les choses patiemment, ne doutant pas qu'on ne vît bientôt des jours meilleurs. On arriva ainsi clopin-clopant jusque vers le milieu d'octobre, moi rédigeant et dirigeant, Silvestre corrigeant les épreuves, repiquant, gérant à sa manière et toujours différant les deux fameux articles qui devaient amener la pluie bienfaisante dans la caisse.

Un jour, enfin, miséricorde se perdant de tous côtés, il m'annonça que les articles étaient prêts. Ce bruit se répandit dans la maison et y causa une grande joie. Silvestre était décidé à frapper le rocher de sa verge magique ; Vigreux allait donc toucher ses six francs ! Le lendemain, en effet, Silvestre arriva en voiture, escorté de M. Galaud, lequel portait dans un énorme portefeuille l'œuvre sacrée, comme un saint sacrement.

XIV

Nous nous enfermâmes avec solennité, et je pris connaissance d'une élucubration bizarre intitulée : *Récapitulation politique. Premier article. Où allons-nous ?*

« Le docteur Touche-à-Tout, riche, puissant, célèbre, dont l'importance n'a jamais été dégonflée par les innombrables ponctions de la critique, avait appris dans sa jeunesse à saigner le monde en essayant sa lancette sur les veinules d'une feuille de chou... Les joues en forme d'œufs d'autruche, le teint pourpre, le corps pléthoreux, il portait superbement sa tête dans un faux col qui l'enveloppait comme le papier dentelé enveloppe un bouquet de bal [1]. Après avoir tâté le pouls à l'opinion publique, notre clystorel-journaliste adressait des

---

[1] On remarquera que ce sont là les trop faciles procédés que j'ai appliqués à son propre portrait; des procédés dont je ne prendrais pas la liberté d'user à l'égard de qui que ce soit, ni envers lui-même, s'il ne m'y avait autorisé par son exemple.

épîtres à ses électeurs, semonçait le pays, jouait au
confident des princes et au Warwick... »

C'était l'introduction.

Silvestre, s'interrompant, me demanda comment je
trouvais le portrait. — Parfait, lui dis-je ; il n'y manque
qu'une chose. — Quoi donc ? — Un peu de courage. Ces
personnalités sont vulgaires, rabâchées et indécentes.
L'âge et les infirmités de l'homme dont vous parlez devraient suffire pour vous défendre de pareilles insultes.
Tout cela me semble d'un goût qui n'est pas français.

— Vous êtes sévère, me répondit-il, mais nous
reverrons cela tout à l'heure. Vos scrupules introduits
dans l'histoire se concilieraient difficilement avec la
vérité.

Et il me lut le reste : un sommaire des diverses évolutions des partis depuis la création de l'empire, assez
exact pour n'être pas déplacé dans l'annuaire encyclo-
pédique. Il était radieux ; je n'eus pas le cœur de lui
dire mon sentiment, et le laissai faire. Quant à l'introduction, je n'insistai pas ; j'étais convaincu que le public se chargerait de lui donner la leçon qu'il méritait. Elle ne se fit pas attendre. Le lendemain, étant à
mon bras, sur le boulevard, il entendit de la bouche de
ses propres amis l'expression du dégoût qu'inspiraient
les allures de sa polémique. Un écrivain des plus éminents que nous rencontrâmes ensemble sur le quai d'Or-
say, lui répéta exactement mes paroles de la veille :
« Cela, monsieur, n'est pas français. »

XV

Le vendredi suivant, il m'apporta le second article.
Pour le coup, ce fut une autre affaire. Je déclarai formellement qu'il ne paraîtrait qu'avec ma démission à la
suite. La lutte fut longue et énergique. A une heure de
la nuit, nous nous débattions encore. Il céda à la fin.
L'article était imprimé, prêt à mettre sous presse ; je
le fis enlever, et, le samedi matin, le *Nain Jaune* parut
avec ses cinq premières colonnes en blanc.

Tel est le secret de cet incident qui parut un événement dans la presse, fut commenté dans toutes les gazettes de l'Europe et interprété par le plus grand nombre
comme un coup d'arbitraire du pouvoir. Le journal
parut en blanc parce que j'avais exigé la suppression
de l'article de mon rédacteur en chef. Voilà toute la vérité. Mes raisons, les voici ; il est bon qu'on les sache :

Dans cet article qui continuait le premier, c'est-à-dire

l'histoire des faits et gestes de l'opposition, notamment
pendant la période électorale, l'auteur montrait une connaissance si particulière, si précise d'une foule de dé-
tails, de démarches et de circonstances, que je le trouvai et craignis que le public ne le trouvât trop bien
renseigné. J'aime le pouvoir, je m'honore de le servir,
je fais pour lui des articles dans les journaux, mais non
pas des rapports de police. Il y a là une nuance que
Silvestre ne me paraissait pas saisir suffisamment. Dans
l'intérêt même du journal et de sa publicité, il me semblait insensé qu'on étalât dans ses colonnes une inter-
minable nomenclature de noms propres, une sorte.d'inventaire nominatif des ennemis de l'empire, affublés
d'écriteaux injurieux. M. Mortimer-Ternaux, entre autres,
était qualifié dérisoirement, dans cet inventaire, de
l'*Homme aux châles*. Plaisante injure dans une société
commerçante et industrielle comme la nôtre, où les
professions utiles sont celles qui tendent justement
à prendre le pas sur les vieilles aristocraties. Est-ce du
tact et de l'esprit que de les bafouer dans un journal
napoléonien ?

C'est ainsi que je chapitrai mons Silvestre, non sans
raison, on en conviendra. Il baissa l'oreille, et son article disparut. Peu de temps après cette scène, qui avait
été assez vive, et paraissait l'avoir impressionné sensi-
blement, il vint à moi et je m'efforçai d'effacer son
chagrin. Il me témoigna qu'il sentait plus que jamais
son insuffisance en politique et qu'il allait reprendre la

littérature. Et en effet, il fit annoncer en tête du *Nain Jaune,* que ce journal publierait prochainement divers articles intitulés : *Lettres de la montagne, Portraits à la plume, Impressions, vicissitudes d'un artiste errant,* par Théophile Silvestre. Ensuite, il éprouva le besoin d'aller prendre l'air des champs. Des ennuis insupportables l'assaillaient. Des importuns de la pire espèce cassaient ses sonnettes, s'embusquaient chez son portier, pour le guetter au passage, et venaient le réclamer au bureau avec une familiarité désobligeante. Paris ne lui était plus tenable, il aspirait à partir. Mais comme un rédacteur en chef gérant ne peut quitter son poste, qu'il doit présider lui-même à la confection du journal, répondre des articles, donner les bons à tirer et signer, il désirait que je voulusse bien consentir à prendre la gérance politique, en son absence, et le remplacer absolument dans ses attributions vis-à-vis du ministère de l'intérieur et du parquet. J'y consentis sans peine ; mon rôle en réalité restant le même, qu'il fût absent ou présent. Il se chargea de faire accepter cette combinaison par le ministre ; je lui en laissai tout le soin. Le lendemain il m'annonça que c'était une affaire arrangée à l'Intérieur. Le conseil de surveillance informé y donna les mains avec empressement et Silvestre ne songea plus qu'à faire ses malles. Quatre ou cinq jours s'écoulèrent encore. Il paraissait redevenu très-rassis, très-pénétré de ses devoirs et résolu d'y pourvoir à tout prix. Il ne doutait pas de trouver à réaliser dans l'Ariége, avec le concours de l'ami Jean Bonnefont, sur quelques garanties qu'ils offriraient ensemble, un emprunt de dix mille francs pour faire face aux exigences de la caisse et raffermir la situation. Je n'avais aucune raison de ne pas accepter cette espérance. Nous en causions amicalement, l'avant-veille du jour fixé pour son départ, et sa conversation était très sensée, lorsque se penchant tout à coup à mon oreille, il me dit mystérieusement : « C'est égal ! ça ne m'empêchera pas d'aller demain demander quarante mille francs à l'Empereur [1]. »

Je me dis à part moi :

— « Bon ! voilà ses lubies qui le reprennent ! »

---

[1] C'était une idée fixe, dans le genre de cette dame Delefortry qui était convaincue que l'abbé Hanicle lui devait 12,000 francs.

XVII

Il me serra la main et se retira. Le lendemain matin, au point du jour, il m'arriva dans un cabriolet, en habit noir et gilet rouge, et me demanda si je ne pourrais pas lui prêter une paire de bottes neuves pour aller à Saint-Cloud. Je ne fis aucune résistance. Mon bottier m'avait apporté, la veille, des bottines vernies, je le chaussai avec résignation et le réinstallai dans son cabriolet. J'étais consterné. Il partit et revint au bout de trois heures. Je jugeai aisément que le concierge de Saint-Cloud, à qui il s'était présenté pour parler à l'Empereur, l'avait mis doucement à la porte. Lui, me conta que l'Empereur était à la chasse et qu'on l'avait engagé à revenir le lendemain. Mais il aimait mieux partir pour l'Ariége, et de ce pas il s'en alla chez Rotschild, le fameux carrossier, acheter, pour se produire dans le pays, une belle voiture qu'on expédia devant lui, sur un wagon, afin qu'à son arrivée il pût la trouver toute prête, à Toulouse, et faire une entrée triomphale au Fossat. Il

partit en m'investissant de la gérance politique qui,
n'ayant pas été entourée des formalités nécessaires, fut
déclarée nulle et non avenue par le ministre, et en
plaçant auprès du journal, mon frère, en qualité d'administrateur, chargé de le représenter et d'agir com-
mercialement en son nom. Mon frère, comptant cette
fois sur les dix mille francs qui devaient arriver de
l'Ariége, car nous savions que Silvestre avait dans ce
pays-là des parents à leur aise et capables de le tirer
d'embarras, mon frère, dis-je, se mit à l'œuvre et, en
quinze jours, parvint à procurer à la caisse un prêt de
quatre mille francs qui ne laissait pas que d'engager sa
responsabilité morale. Quinze jours écoulés, nous n'a-
vions encore de Silvestre aucunes nouvelles. Je prends
la liberté de supposer qu'il se disait tout simplement
que nous saurions bien en trouver d'autres pour ne pas
laisser tomber une affaire dont le succès pouvait seul
m'assurer le remboursement de mon argent. Et il dor-
mait sur ses deux oreilles pendant que mon frère tenait
la queue de la poêle. Mais mon frère trouva qu'elle lui
brûlait les doigts et prit le parti de s'en ouvrir sincèrement au conseil de surveillance. Le conseil soupçon-
nait bien quelques embarras, mais s'en inquiétait peu,
comptant lui aussi sur la pluie d'or promise à la caisse.
Il fallut en finir avec les illusions. On se réunit, on se
concerta. Les investigations auxquelles on se livra, ne
tardèrent pas à découvrir une situation financière lamen-
table. On acquit la certitude que l'affaire ferait eau de

toutes parts, comme disent les marins. Le conseil officiellement réuni rédigea sur le rapport de M. le comte
de Bonneval, l'un de ses membres, un procès-verbal
constatant qu'on se trouvait en présence d'un passif
relativement énorme et d'un actif nul. On devait à
M. Aurélien Scholl une somme importante. On devait
aux rédacteurs des traitements arriérés et les traitements courants. La signature sociale était engagée
entre mes mains pour 6,000 francs que j'avais prêtés à
la caisse et pour 12,500 francs entre les mains d'un
banquier de Paris qui avait mis à ce prêt si risqué une
obligeance rare, et pour 4,000 francs du chef de l'emprunt récent contracté par mon frère. Au moment
même où l'on délibérait, l'imprimeur, averti de la crise,
signifiait qu'on eût à le payer exactement, sans compter
désormais sur aucune avance ; les frais du numéro pré-
cédent avaient été faits en partie par le président du
conseil de surveillance et l'argent allait évidemment
manquer pour le lendemain. En un mot, la position
n'était plus tenable ; la chute du journal était immi-
nente, alors cependant qu'il avait au dehors ce succès
de curiosité et d'intérêt qui fait pressentir sûrement un
succès matériel, quand on a, comme dans toutes les
affaires commerciales, de l'argent devant soi et le temps
d'attendre. Or ici temps et argent manquaient absolument et nos rédacteurs, tels que Hippolyte Babou,
Bataille, Kienné, et dix autres, tous gens de plus de
cœur et de talent que d'écus, soit dit sans les offenser,

à force d'espérer finissaient par désespérer comme Philis. Il fallut aviser. Or, on acquit la certitude que l'opération s'était soutenue jusque-là uniquement par mes apports personnels, par les sacrifices imposés aux collaborateurs, par l'abandon momentané de mes appointements, par des crédits pécuniaires obtenus par mon frère à ma considération. On constata que ma rédaction et celle de mes confrères avait, non moins que notre bourse, suppléé constamment à l'insuffisance du rédacteur en chef et l'on me fit l'honneur de croire que de toutes manières je paraissais être seul en mesure de sauver la situation. La plupart des créanciers et les plus importants offraient tous les atermoiements qu'on pouvait désirer, si la direction officielle du journal passait entre mes mains ; quelques-uns même, à cette condition, promettaient de nouveaux crédits. Le conseil, composé de MM. Emile Léon, P. Delaage, vicomte de la Soudière et comte de Bonneval, ne crut pas avoir le droit d'hésiter. Il résolut, à son grand regret, qu'il fallait envoyer à Silvestre, qui persistait à demeurer loin de son poste, un mandataire chargé de l'inviter à donner sa démission en demandant lui-même à M. le ministre de l'intérieur que les pouvoirs de rédacteur en chef et de gérant commercial fussent transmis à M. Ulysse Pic. Tout cela devait être traité, bien entendu, avec tous les égards et tous les ménagements possibles envers un écrivain dont on était loin de méconnaître le talent distingué et l'honnêteté personnelle.

XVIII

Informé de ces résolutions et sollicité par le conseil de me préparer à recueillir la succession de Silvestre, je déclarai que je n'y consentirais jamais, à moins qu'il ne me fût permis de lui conserver dans l'affaire une situation honorable, comme par exemple de lui garantir un traitement annuel de six mille francs pendant toute la durée du journal, cette somme dût-elle être retranchée de mes propres appointements. Quelque exorbitant que dût être un pareil engagement, on y souscrivit, du moment que j'en faisais la condition expresse de mon acquiescement aux désirs du conseil. Le mandataire partit alors pour l'Ariége, et rencontra Silvestre dans sa voiture. Il y habitait à peu près exclusivement.

XIX

Quand M⁰ Cresson parla de cette voiture au tribunal, M. Gambetta se tordait de rire. « Silvestre en carrosse, messieurs! s'écriait-il; ah! que je voudrais qu'il fût ici, que vous puissiez le voir de vos yeux! Vous jugeriez, messieurs, s'il est possible d'inventer une pareille bouffonnerie! » Le fait est que le mandataire l'y trouva, avec son gilet rouge, au milieu des populations rurales émerveillées. On se découvrait sur son passage, on disait : « Voilà Théophile, l'ami de l'Empereur! » L'envoyé lui fit part de son message. Le procès-verbal du conseil parut d'abord l'impressionner vivement; il comprit sans difficulté la légitimité des mesures qu'on lui proposait et même se montra touché de mes sentiments à son égard, car au fond il n'est pas insensible. Mais un autre sentiment prit le dessus. Il fit part à deux amis qui l'accompagnaient des résolutions qu'on venait

lui signifier. « Tu es donc impuissant ? » lui demanda-
t-on. Il jura que non, qu'on l'opprimait au contraire,
qu'on voulait le spolier, lui voler sa caisse, ses trésors, sa
gloire, etc. Les montagnards s'étonnèrent qu'il songeât
à fléchir, à transiger, dès qu'il avait la conscience de son
droit. L'un deux, un chasseur d'ours, s'écria qu'il fallait
prendre des fusils et aller casser la tête à ces voleurs
de Paris, qui voulaient voler les trésors et la gloire de
Théophile. Théophile était pris. On le sommait de se
conduire en héros; il n'y avait pas à reculer. L'un des
montagnards tira ses économies du fond d'un tiroir,
les mit dans un vieux bas de laine et partit avec
Silvestre pour Paris. En arrivant, celui-ci acheta un
pistolet à deux coups pour faire contenance, et jouer le
rôle que lui imposait le témoin de son honneur. Dès ce
moment on ne l'entendit plus parler que de mort et
de carnage. Appelé au conseil de surveillance, il y vint
avec le pistolet. On fit semblant de ne pas s'en apercevoir. On lui demanda seulement ce qu'il comptait faire
et si, persistant à garder le journal, il avait de quoi le
faire marcher, payer les rédacteurs et les traites. Il répondit « que cela ne regardait personne. » Cette réponse
souleva de vives exclamations; on l'apostropha sévèrement, la scène fut très-animée, et, le lendemain, lui-
même en rendant compte, constata que seul j'étais
resté *parfaitement calme.* Depuis longtemps en effet il
ne m'inspirait pas autre chose qu'une douce pitié.

XX

Le conseil résolut sur-le-champ d'aviser à des mesures coercitives. Il se groupa autour de moi, et m'in-
vestit de pouvoirs spéciaux pour agir dans l'intérêt du
journal. Le président, M. Émile Lion, cita Silvestre
devant le tribunal civil pour se voir mettre en interdit
et remplacé provisoirement par un séquestre judiciaire.
Trois jours après, la demande fut accueillie par le tribunal, malgré les efforts de Mᵉ Gambetta, et le président,
m'honorant dans ces circonstances d'une confiance
particulièrement significative, me donna moi-même
comme séquestre judiciaire à Silvestre. Toujours d'accord avec le conseil de surveillance, et ayant soin de
faire sanctionner par lui tous mes actes, je fis de
mon mieux pour remplir les devoirs qui m'étaient imposés. Mais comme Silvestre demeurait toujours investi,
jusqu'à nouvel ordre, des fonctions de rédacteur en
chef, la situation, au lieu de s'améliorer, s'embrouilla
de plus belle. On en vint aux couteaux tirés.

11.

XXl

D'un côté, Silvestre, convaincu de son droit, repous-
sait toute conciliation et persistait à se cramponner,
malgré tout le monde, à une situation que tout le monde
considérait comme impossible entre ses mains. D'un
autre côté, les membres du conseil de surveillance, les
rédacteurs et les bailleurs de fonds réclamaient son
éviction à outrance et à tout prix. « Le privilége politique est à moi, s'écriait Silvestre; on veut me voler
mon bien. » — « L'argent est à nous, disaient les autres,
l'affaire est à nous, tous les intérêts que vous gérez sont
à nous ; or, vous gérez mal ; allez-vous-en d'ici ; on ne
veut plus de vous d'aucune manière, et votre privilége
doit rester à la société, étant la garantie de votre gestion, le gage de vos créanciers. » Lorsque le tribunal,
appelé à statuer provisoirement sur le conflit, m'eut
nommé séquestre judiciaire, une assemblée générale

des actionnaires fut convoquée. Elle se composait d'environ trente membres, dont plus de vingt qui sont journalistes à Paris, particulièrement compétents dans l'espèce et bons juges de la question.

A l'unanimité, moins le sieur Galaud, son compagnon, MM. Leconte de l'Isle, Jean Bonnefont, l'homme de l'Ariége, et le compère Mathieu, Silvestre fut déclaré déchu et révoqué de ses fonctions de gérant commercial[1]. L'assemblée générale déclara en outre qu'elle approuvait toutes les mesures prises par le conseil de surveillance et désigna une commision chargée de poursuivre, auprès de M. le ministre de l'intérieur, la transmission du privilége politique à M. Ulysse Pic.

[1] M. Aurélien Scholl crut devoir s'abstenir.

XXII

Silvestre avait annoncé qu'il viendrait à la séance avec un revolver dans sa poche, toujours dans la pensée qu'on en voulait à sa propriété et à sa vie. Quand il parut, je proposai en riant, au président, d'inviter les personnes munies de pistolets à les déposer au bureau des parapluies. Invité à s'expliquer sur les griefs formulés contre lui, il entreprit la déclamation d'un énorme mémoire dont le volume menaçait de prolonger la séance jusqu'à la fin de la semaine. On lui en fit l'observation ; il n'expliquait rien et remontait au déluge : « Avez-vous de l'argent ? Comment expliquez-vous tels et tels actes de votre gérance ? Voilà la question. » Il refusa de répondre. On essaya de l'écouter patiemment. Il parla pendant deux heures encore du soleil et de la lune. Finalement le président l'interrompit et lui demanda la permission de lui renouveler ses deux questions. « Quelles sont vos ressources ? Comment expliquez-vous les imprévoyances de votre gestion ? » Il se plaignait de l'interruption, comme Petit Jean :

Oh ! pourquoi celui-là m'a-t-il interrompu ?

et il reprit l'histoire du faux Smerdis qu'il prétendait, on n'a jamais su pourquoi, avoir de l'analogie avec la sienne. C'est alors que l'assemblée exaspérée se leva, vota et le révoqua.

XXIII

Le ministre informé de la résolution de l'assemblée des actionnaires, ne parut faire aucune difficulté de la sanctionner, et M. Reboul, alors chef du bureau de la presse, m'invita à présenter ma requête pour être investi des fonctions de rédacteur en chef. Le lendemain les dispositions de Son Excellence étaient modifiées : je me rendis auprès du ministre et je vis clairement que mes instances le gênaient. Il ne me dit pas ses raisons, mais elles étaient graves assurément. Le *Nain Jaune*, dont on ne pouvait contester les tendances essentiellement conservatrices et dynastiques, avait-il pris quelquefois sous ma plume des allures dont on l'aurait volontiers dispensé ? Je n'en serais pas surpris. M. Boudet ne s'en expliqua pas, et je connais assez son esprit libéral pour être certain qu'une objection de cette nature ne serait pas venue de lui. Mais d'autres durent la faire avec une certaine vivacité. Il est des gens qui firent remarquer probablement que devenu maître, je pourrais bien m'aviser d'une certaine indépendance de mauvais goût, qu'on avait vue poindre déjà dans le *Lettres Gauloises*. Ce qui est sûr, c'est que M. le ministre était vraiment embarrassé de ma requête, et je compris que je lui serais infiniment agréable en y renonçant. Son Excellence paraissait convaincue que le plus sage pourrait bien être de rendre le *Nain Jaune* à sa destination primitive, et que la politique ne lui valait rien. N'était-il pas plus florissant sous M. Aurélien Scholl? Silvestre et son privilége avaient-ils apporté autre chose que des embarras? Et quant à moi, était-il séant, convenait-il bien à ma dignité personnelle de laisser soupçonner que le désir de succéder à Silvestre pût un instant influencer la conduite sévère qui m'était imposée à son égard par mon mandat de séquestre judiciaire? Quelques-unes de ces considérations, la dernière surtout, ne manquaient peut-être pas de justesse. Je renonçai à insister. Je pris une plume et j'écrivis séance tenante ma démission de candidat à la rédaction en chef du *Nain Jaune*... M. Reboul, chef de division de la *Presse*, m'engagea à présenter un autre rédacteur. De l'avis du conseil de surveillance, je présentai l'un des membres de ce conseil, M. de Bonneval. Son accepta-

tion souffrit des difficultés, et tandis que le temps s'écou-
lait en allées et venues, en formalités de toute sorte, le
journal expira. C'est, je crois, ce que demandait le ministre. Le prêteur du cautionnement demanda la faillite
Silvestre et Cᵢₑ, et la faillite fut déclarée.

XXIV

Cette aventure mit le comble aux terreurs de Silvestre. Plus que jamais il était convaincu que nous menacions son existence, et l'on n'entendit plus parler que de ses revolvers. Il y en avait pour le conseil, pour moi, pour tout le monde. Fatigué de cette comédie, le comte de Bonneval déclara qu'elle pourrait bien finir par des coups de canne. Le mot fut répété à Silvestre ; il se blinda de plus belle et renforça son système d'artillerie. Non qu'il voulût tuer personne, vous le pensez bien, mais il pensait faire peur, tenir les gens en respect, et éviter ainsi les horions de Bonneval.

Un de mes amis, le capitaine Bourguignon, l'étant allé voir sur ces entrefaites, il lui montra ses revolvers, chargés, disait-il, de balles cylindro-coniques, et il ajouta qu'à l'assemblée générale ils étaient venus trois, avec six coups chacun. Sur quoi le capitaine lui fit observer qu'on ne chassait, avec des balles cylindro-coniques,

que les éléphants. Mais rien n'était trop massacrant au
gré de Silvestre, et, dans son langage pittoresque, il racontait par avance le sang et le carnage qu'on verrait, le
jour où seulement du bout du doigt on mettrait au défi
son artillerie. Le fait est qu'il la portait partout, dans les
poches de son paletot, et qu'on le voyait passer sur le
boulevard, tout effaré comme M. de Pourceaugnac poursuivi par les seringues des Limousins.

J'en riais de bon cœur; mais comme après tout il m'im-
portait, eu égard à notre situation respective, de bien
constater l'état d'esprit du personnage et de montrer à
qui, en définitive, nous avions affaire, je résolus en moi-
même que le jour où je le rencontrerais, je lui prendrais
ses pistolets dans la poche et le conduirais au poste le
plus voisin. L'occasion ne se fit pas attendre ; je fus
mandé avec lui, un matin à neuf heures, chez le juge-
commissaire, M. Melon de Pradou. Comme nous sortions
et que je le regardais, il porta d'une façon significative
sa main à la poche de son paletot. Personne n'y prit
garde, mais moi j'étais averti. Et alors, tout en causant
avec mon agréé, pour ne pas le perdre de vue je pressai
le pas sur ses talons. Mon projet était de le joindre vivement par derrière, sur le perron de la Bourse, et de
le mener au violon avec son artillerie.

On en dira ce qu'on voudra, mais je ne pensais pas
et je ne pense pas encore que ce procédé puisse paraître exorbitant vis-à-vis d'un homme (vis-à-vis
n'est peut-être pas le mot) qui s'en va, au mépris des

lois, par les rues et jusques chez les magistrats, avec des pistolets dans le paletot et des projets de carnage dans la tête. Fût-il incapable de tuer un poulet, comme Silvestre, c'est tout comme. Il est toujours bon de prendre ses précautions.

XXV

J'allais le joindre sur le perron, et comme s'il avait eu un pressentiment, il fit volte-face tout à coup, revint sur ses pas, reprit l'escalier qui était derrière nous, remonta trois marches et se retourna. Nos regards se croisèrent. La situation était scabreuse et pouvait devenir ridicule. On ne peut pas tenir longtemps une pareille attitude. Alors je fis trois pas et très-poliment je lui réclamai, je crois, quelques papiers. Lui, tout effaré, porta la main sur l'artillerie. Alors, je l'avoue, et je l'ai dit au juge, depuis : je pris plaisir à le braver, à répondre à son geste par l'épithète qui lui convenait, et je m'avançai vers lui résolûment. Plus prompte que l'éclair, la main de l'ami Jean Bonnefont venait d'arrêter un mouvement qui fit crier à un jeune homme, auprès de moi : « Prenez garde, monsieur, j'ai vu le pistolet ! » Je voulus m'élancer; le jeune homme m'arrêta et Jean Bonnefont emmena Silvestre. Alors, je criai aux sergents : « Arrêtez cel homme ! » Et moi-même avec eux je le conduisis au commissaire de la place Colbert.

Le commissaire de police nous voyant entrer le reconnut et s'apprêta à lui faire politesse. Il ignorait ce qui amenait Silvestre chez lui : « C'est moi, monsieur, lui dis-je, qui vous l'amène, » et je contai le fait. Le magistrat changea de visage, ordonna de le fouiller, l'admonesta sévèrement, et le fit enfermer.

En y réfléchissant, j'eus des regrets. Qu'allait devenir cette affaire? Un homme qui fut secrétaire d'un préfet de police, chargé de missions à Londres, inspecteur général au ministère de l'intérieur et qui dansa à la cour dans un habit brodé, livré ainsi aux sergents de ville, mis au violon! Quand M. le juge d'instruction de Gonet, dont je ne saurais trop louer les façons bienveillantes et polies, m'interrogea, je me hâtai de déclarer que je tenais mon malheureux ami pour incapable d'avoir eu la moindre envie de me lâcher son revolver. Je jurai qu'il ne tuerait pas une mouche. Je déclarai même que j'avais toujours eu le dessein de lui faire tirer son arme de la poche, ce qui étant vrai d'ailleurs, arrangea un peu la position de Silvestre et introduisit des circonstances atténuantes. Un matin, on le jugea sans moi et sans appareil, aussi doucement qu'on le put, c'est-à dire à 30 francs d'amende tout simplement, coupable du délit de port d'armes prohibées, comme s'il était allé à la

Bourse pour chasser des perdreaux. Grâce à Dieu, il
ne sera pas dit qu'un garçon qui fut mon ami, qui a
des qualités sérieuses, bon mari, bon père, paisible au
fond comme un mouton, malgré ses lubies, a pu un
moment songer à devenir un meurtrier.

P. S. Quelques journaux ont rendu compte à leur
manière du *procès du revolver*. Un récit injurieux, fal-
sifiant complétement les faits de l'audience et jusqu'au
réquisitoire du ministère public, est parvenu furtive-
ment à s'introduire dans une feuille dont j'étais l'un
des rédacteurs. Le lendemain, le directeur s'est empressé d'exprimer son profond regret de cette surprise
dans les termes les plus honorables pour moi. Deux de
mes amis s'étant rendus chez l'auteur de l'article diffa-
matoire, m'ont rapporté le billet suivant :

« Monsieur Ulysse Pic,
» Je me confesse l'auteur du compte rendu dont
» l'*International* regrette l'insertion et dans lequel votre
» honorable caractère a été si injustement outragé.
» J'ai eu le malheur d'obéir à des influences funestes.
» Je vous en demande pardon.

» JULES LE SIRE,
» Correspondant, rue Fessard, 34.

» Paris, le 25 mars 1865. »

Et voilà pourtant à quels scorpions de lettres est
livré notre honneur !

POLÉMIQUES

POLITIQUES ET LITTÉRAIRES

LE CONGRÈS DE MALINES

Des écrivains, des publicistes, des hommes d'État et des hommes d'Église, venus en Belgique, de tous les points de l'Europe, se réunissent sur ce petit coin de terre pour y débattre les plus graves problèmes de la politique et de la religion. Là, des questions brûlantes qui partout mettent le feu aux esprits, sont agitées à l'ombre du clocher de Malines par une assemblée qui ne relève de personne et tient d'elle seule son mandat et ses pouvoirs. Un prince catholique belge la préside, de concert avec un homme d'État prussien.

Tout se passe avec un calme parfait, sans aucun apparat, et l'importance des personnages éminents qui le composent, suffit à la solennité de ce libre congrès.

Les émotions des discussions les plus animées n'en

franchissent point le seuil. Au dehors règne une tranquillité parfaite, et les bourgeois brabançons vaquent
à leurs travaux ordinaires, toujours placides et *fort
dociles*, comme dans la complainte du Juif-Errant.

C'est incontestablement un beau spectacle, monsieur;
aussi force gens ne manquent pas d'y voir un argument en faveur de la liberté de réunion et de discussion
que réclament chez nous les esprits qu'on a coutume
d'appeler « libéraux. » Ils demandent pourquoi nous
ne jouirions pas, en France, de ces franchises si inof-
fensives et si belles ; pourquoi on en conçoit tant de
frayeur quand des exemples, comme celui du congrès
de Malines et tant d'autres, en affirment à la fois l'in-
nocuité et la grandeur.

Comme, en principe, il est hors de doute que la liberté est une chose excellente, un bien précieux, le
plus précieux et le plus désirable de tous, et que d'un
autre côté il semble démontré, par de telles preuves,
que l'ombrage qu'on en prend est injuste, on est disposé à s'étonner que le gouvernement la retienne si
longtemps. On croit, on se persuade volontiers qu'il
n'y aurait qu'à vouloir, avoir confiance, laisser faire,
et l'excessive prudence du pouvoir qui hésite, paraît
de la pusillanimité.

Mais regardons-y de près, et nous verrons que cette
appréciation n'a rien que de spécieux. Ces exemples,
qu'on peut trouver en Belgique et en d'autres pays, ne
prouvent qu'une chose : c'est que la liberté est plutôt

une affaire de tempérament qu'une affaire de principes, et que l'on en peut dire ce qu'Esope disait de la langue : qu'elle est « la meilleure et la pire chose du monde, selon la manière de s'en servir. »

Qu'on suppose en France un congrès comme celui de Malines, annoncé par la presse, convoquant de toutes parts, soit les hommes des opinions religieuses et politiques les plus opposées, soit les personnalités les plus éminentes d'un des partis qui nous divisent ; que ce congrès s'installe librement au Conservatoire des arts et métiers ou à la salle Saint-Barthélemy, et je demande si quelqu'un oserait espérer qu'on le verrait entouré du même calme et du même respect qu'en Belgique ? Croit-on que Mgr Dupanloup, Mgr de Bonald, M. Garnier-Pagès, M. Jules Favre en sortiraient sans être escortés des clameurs de la jeunesse de l'Odéon et des faubourgs ? Croit-on que M. de Montalembert pourrait paraître, sans qu'un *Eh ! Lambert !* universel s'élevât de la barrière du Trône à la barrière de l'Étoile ? N'est-il pas vrai, enfin, qu'à l'instant même les partis battraient le rappel pour amasser sur leur passage des émeutes de tapage et, au besoin, des émeutes de pavés ?

Sommes-nous donc à en faire l'expérience ? La vivacité du tempérament français, la mobilité, la verve et la pétulance excessives que, dès l'origine, les Romains signalaient chez la race franque, n'ont-elles pas toujours échauffé la liberté, — si je peux m'exprimer ainsi, — jusqu'à la faire éclater comme un volcan ?

Je ne sais plus quel homme disait : « Donnez-moi un tabouret sur la place de la Bastille et la liberté de la parole pour une demi-heure, et je me charge de faire une révolution ! »

Celui-là connaissait le tempérament de son pays.

Est-ce à Nîmes, est-ce à Marseille, est-ce à Alby que vous toléreriez impunément des congrès de protestants? Est-ce à Avignon que vous pourriez sans danger livrer le palais des papes à un club républicain ?

Mais, sans aller si loin, nous avons par devers nous deux exemples récents : Il y a à peine un an, un ministre plein d'intentions excellentes, disposé sincèrement à la liberté, plein de confiance, séduit un peu par la gloire de tenter un coup difficile et hardi, M. Duruy, ministre de l'instruction publique, ouvre aux libres penseurs la salle Barthélemy.

Un programme est convenu :

Qu'arrive-t-il ?

La parole, paisible et modérée d'abord, s'enhardit et s'enfle bientôt jusqu'à l'insolence sous les excitations d'un public turbulent; toute mesure est franchie ; des drapeaux sont déployés ; on annonce, avec une visible affectation, des orateurs dont le nom seul est un symbole d'opposition systématique, et chacun n'a qu'un souci : c'est de faire de la violence et du scandale un piédestal à son nom et à sa popularité.

Autre exemple :

Remontons jusqu'en 1862. Le gouvernement livre à M. Renan la chaire du collége de France.

Là aussi, un programme est convenu : il est dit ex-pressément que le professeur, « étranger aux polémiques » religieuses, doit se livrer tout entier aux explorations » utiles pour l'intelligence et pour le progrès de la » science des langues sémitiques. »

La jeunesse accourt, excitée par une presse perfide, subornée par les meneurs des partis révolutionnaires, et les troubles les plus intolérables forcent le pouvoir à fermer le cours de M. Renan.

La liberté reçoit ce jour-là une profonde blessure. Est-ce au gouvernement qu'il faut en imputer la res-ponsabilité ?

Ne revient-elle pas tout entière à cette cohue qui, la première, alla au collége de France attenter à la liberté de tout le monde par ses brutalités et par ses violences ; qui imposa au public le despotisme de ses grossières clameurs, qui outragea le professeur lui-même, en fai-sant de lui un brandon de désordre et, de son cours, un foyer d'insurrection ?

Voilà les imprudents, les turbulents, les mauvais ci-toyens qui offensent la liberté et qui furent de tous temps ses ennemis les plus mortels !

Eh ! quoi ! des libres penseurs ont découvert une étincelle, un rayon de libre pensée dans le cours d'un professeur ; bonne chance pour eux, heureuse aubaine. Croyez-vous qu'ils vont la choyer, la conserver discrè-

12.

tement, aller s'asseoir autour de ce foyer avec tranquillité, pour y réchauffer paisiblement leur esprit? Non pas. Ils s'y précipitent comme des furieux ; ce n'est pas de la lumière qu'ils cherchent, ce sont des torches ; ce n'est pas une clarté qu'il leur faut, c'est un incendie !

Vous ne pouviez donc pas laisser ce professeur faire en paix ses dissertations pacifiques, l'écouter honnêtement où vous en aller paisiblement, selon qu'il vous conviendrait ou qu'il ne vous conviendrait pas de l'entendre ? Mais non. Nous sommes les fils du tapage et de la folie : *A bas About ! Vive Guéroult ! A bas les Jésuites ! A bas Gaëtana ! Vive l'absinthe ! Vive le Prado ! Vive l'Italie ! Vive la Pologne ! et Rigolboche !* Voilà comment nous commentons un cours de langues sémitiques comparées !

Voilà notre manière d'entendre l'étude, les convenances sociales, le respect des lois, les devoirs de notre âge et la dignité de l'enseignement !

Il me souvient que Guéroult était radieux ! Il saluait dans ce beau mouvement le regaillardissement de l'esprit français, la résurrection de la jeunesse !

Très bien ! seulement quand la jeunesse ressuscite de la sorte, c'est le moment d'enterrer la liberté.

Comprendra-t-on enfin pourquoi les libertés dont on peut jouir sans danger et avec fruit, sous des latitudes où les tempéraments sont plus réfléchis, plus calmes et plus rassis, soit par l'effet du climat, de l'éducation ou de toute autre cause, sont forcément condamnées chez nous à un douloureux apprentissage, au grand désespoir de tous ceux qui comprennent combien elles seront un puissant levier de progrès, dans les mains du peuple français, le jour où sa modération sera égale à son intelligence?

SIMPLE DISCOURS

SUR LA QUESTION ROMAINE

Paris, novembre 1864.

I. — Il paraît que ce n'est pas chose aussi facile qu'on a pu le croire un instant, que de prendre par la main un roi et un pape, les mener à Rome et leur dire : « Toi, tu auras le confessionnal et la messe ; toi, l'administration civile et les régiments ! » Et d'abord, pense-t on que le pape s'accommodât jamais de régiments qui n'iraient pas à la messe ? Et s'ils allaient au confessionnal et à la messe, le roi serait-il jamais bien sûr de ses régiments ?

Lorsque M. de Cavour essaya de mettre une transaction de ce genre sur le tapis, des voix s'élevèrent au Sénat pour demander s'il était vrai qu'on voulût faire de Victor-Emmanuel l'écuyer du pape. Sur quoi

M. Veuillot dut demander, de son côté, s'il était vrai
qu'on voulût faire du pape le sacristain de Victor-
Emmanuel ; tant il est évident, tant il saute aux yeux
que l'indépendance réciproque, absolue du roi et du
pape, vivant côte à côte, est un rêve impossible, et que,
dans un tel état de choses, l'un devrait forcément faire
la loi et l'autre la subir. Qu'on se figure le Piémont
installé à Rome avec ses troupes, ses légions de fonctionnaires et une inévitable cohue de vagabonds et de
conspirateurs de tous les pays, La vue seule des sou-
tanes insulte les uniformes et le son des cloches les
tambours. Mille circonstances irritantes suscitent mille
conflits et mettent les couteaux aux mains. Un sourire
est une offense, un regard une menace, un geste un
affront. La papauté est vouée à un supplice où les journaux, les pamphlets, les caricatures remplacent l'é-
ponge, la lance et le fiel. Chaque matin les oracles de
Pasquino prédisent le retour des temps où les lansque-
nets promenaient les cardinaux sur des ânes, buvaient
à la Réforme dans les saints ciboires et proclamaient
pape Martin Luther, dans un conclave de soudards.

J'entends dire que ces excès ne sont plus de nos
mœurs. Quelle folie ! Les mœurs du XVIe siècle valaient
les nôtres, si ce n'est plus. Le connétable de Bourbon
était, j'imagine, d'aussi bonne maison que Garibaldi.
Ses lieutenants étaient des gentilshommes, témoin
Fronsberg, qui portait au cou une chaîne pour étran-
gler le pape, mais une chaîne d'or. Il est douteux que

les mazziniens fissent les choses aussi proprement.

II. — On a espéré qu'il serait possible d'imaginer une constitution qui fixerait les droits et les devoirs respectifs des deux puissances, sur le terrain commun. On a cru que la France. pourrait être le notaire de ce contrat et se charger de définir et de régler d'une manière satisfaisante les attributions et les limites du pouvoir spirituel et du pouvoir temporel. Il est vrai que la question n'est pas nouvelle pour la France. Elle s'en occupe depuis Charlemagne. Il y a onze siècles que ses rois les plus fermes et les plus énergiques s'y évertuent, et, avec eux, les plus grands docteurs, depuis Hincmar, qui date de 850, jusqu'à Pierre Pithou, jusqu'à Bossuet, jusqu'à M. Dupin. Or la France n'a jamais pu parvenir à résoudre le problème pour son compte personnel. Il est encore posé dans cinq cents communes, et il suscite à chaque instant les conflits les plus difficiles et les plus haïssables avec lesquels l'administration ait maille à partir. Qui a donné, depuis vingt-cinq ans, plus de fil à retordre au conseil d'État que monseigneur de Bonald, monseigneur de Luçon, monseigneur de Rennes, monseigneur Pie, monseigneur Dupanloup, et, en son temps, monseigneur de Chartres, que Dieu ait son âme ! Il est donc difficile de comprendre comment la France pourrait mettre la conciliation dans le ménage du roi et du pape, quand elle n'a pu réussir encore à faire vivre d'accord, chez elle, le temporel de ses maires avec le spirituel de ses curés !

III. — Je sais et je comprends à merveille tout ce qu'a pu avoir de séduisant le rêve d'un pape vivant à Rome comme un évêque à Paris, chef d'un pouvoir spirituel parfaitement libre et incontesté, baptisant, confessant, dirigeant les œuvres pies de son diocèse, gouvernant le culte avec toute l'indépendance possible pour lui et pour sa milice ecclésiastique, sans gêner le moins du monde le pouvoir temporel d'à côté et sans en être gêné lui-même. Mais le saint-siège ne consent pas, ne consentira jamais à accepter cette transaction. Il la repousse ; il ne lui convient pas d'y prêter les mains de la façon qu'on le désire, dans les circonstances où il est placé, pour mille raisons qu'en son for intérieur il croit supérieures à toutes les considérations qu'on lui présente. Il ne lui convient point de se réduire à n'être qu'un simple évêque administrant les fabriques et les paroisses de Rome. Quelqu'un dispose-t-il des moyens de l'y contraindre ? Peut-être ; mais à quel prix ?

Voilà la question.

IV. — J'entends répondre que la France le peut, au moins indirectement. « Abandonnez la papauté à elle-même, nous dit-on ; qu'elle s'arrange avec les Italiens et subisse les conséquences de son aveuglement ! » Rien de plus simple en effet, à une condition toutefois : c'est qu'elle les subira seule, c'est que de cette situation qui va mettre face à face les Italiens et la papauté, il ne résultera point pour la France, ni pour le monde catholique, intéressés dans la question, ni pour l'Italie elle-même, une situation pire que la situation présente.

V. — Qu'un homme qui ne nous touche que par des rapports indifférents ou insignifiants s'obstinât à se noyer malgré nous, il se peut qu'à bout d'efforts et d'instances, nous lui disions : « Que le... fleuve l'emporte ! » et tout serait fini. Mais si cet homme qui se noie était, par ses affaires, par sa position sociale, par son existence, intimement lié à nos plus grands intérêts, à ceux de nos proches, de notre pays; si sa disparition devait avoir pour nous, pour notre repos, pour notre fortune, des conséquences désastreuses, est-ce avec la même facilité que nous l'abandonnerions à sa fatale inspiration ? Courage, ruse, persévérance, vigilance, les efforts les plus ingénieux, les plus patients, les plus intrépides, ne les épuiserions-nous pas pour recommencer encore ? Or, il en va ainsi de la papauté qui est comme un arbre dont dix-huit siècles ont tellement ramifié les racines souterraines aux entrailles du monde, qu'on ne saurait seulement l'ébranler sans faire saigner la terre.

VI. — J'estime que ces considérations sont de celles qui, jusqu'à présent, ont fait reculer le gouvernement français devant cette *solution par abandon*, qui paraît la plus simple aux hommes d'État du *Siècle*, aux diplomates de café et à tous ces politiqueurs qui mesurent les questions les plus hautes à la longueur de leur nez.

VII. — Ce sont gens à qui toute croyance est indifférente, voltairiens, sceptiques, solidaires, humanitaires, détachés de toute affection pour le pape autant que pour le Grand Lama. Lorsqu'ils entendent dire que la fuite du pape, par suite d'un abandon qui l'exposerait aux violences piémontaises, aurait pour premier résultat de causer une profonde émotion en France; ils se tâtent le cœur, et n'y sentant aucun trouble, ils sourient et s'étonnent beaucoup de nos illusions. Ils commettent, avec une naïveté parfaite, ce sophisme d'où proviennent toutes nos erreurs, qui nous porte à tout voir en nous-mêmes, et à croire que la disposition de notre esprit doit être naturellement celle de tous les hommes bien avisés et intelligents.

VIII. — L'homme politique, au contraire, qui envisage les choses de plus haut, à côté de ces groupes de voltairiens, de sceptiques, d'indifférents, en aperçoit d'autres dispersés partout, dans tous les rangs, dans toutes les classes, depuis les marches du trône jusqu'aux plus humbles échoppes, depuis la souveraine agenouillée au chevet de son fils, jusqu'au plus humble des chrétiens agenouillé devant un cercueil. Et l'homme clairvoyant et sincère se dit, avec raison, que si les mécréants sont dans l'État une catégorie respectable et digne d'égards, les autres catégories méritent aussi qu'on les considère, qu'on en tienne compte et qu'on prenne quelque souci des alarmes et des agitations où les plongerait le pape fugitif sur les grands chemins, et la grande métropole catholique livrée à l'invasion piémontaise.

IX. — La situation créée par un pareil événement est facile à prévoir : les cœurs débordent, les vaincus souffrent mal les railleries des vainqueurs ; des voix courageuses prêchent hautement la désolation et la tristesse ; les chaires hurlent de douleur ; nul ne se dérobe à la contagion de l'émotion publique ; un trouble nouveau et profond monte à la surface de l'empire; la politique s'embusque dans la religion ; les partis, suivant leur tactique éternelle, se glissent à travers ce désordre pour le faire servir au renversement de l'État, et au besoin, ils prêtent à l'Église le ressort qui pourrait lui manquer pour remuer et irriter le pays. Qu'en cette occurrence la papauté aille porter ses pénates fugitifs à Madrid, à Vienne ou à Munich, et le drapeau qui flotte au-dessus de la cause pontificale, quel qu'il soit, devient le *labarum* : *Ubi Petrus ubi Ecclesia!* Ce jour-là, il y a par le monde deux cents millions de catholiques pour qui la patrie est dans le camp où bivouaque la papauté. Que deviennent les affaires, — car, en définitive, c'est toujours là qu'il faut en revenir, — que deviennent la sécurité publique, la prospérité publique, le commerce, l'industrie? La confiance s'altère, le crédit baisse, un malaise profond gagne de proche en proche, chance excellente pour les partis qui cherchent à se créer une voie à travers les malheurs publics, mais détestable pour la France. Je demande quels sont les avantages politiques, moraux, sociaux, qui doivent compenser de

pareils résultats, et quels profits et quelle gloire prépa-
reraient à la France la papauté proscrite, les églises
voilées de deuil, l'image du Christ renversée dans les
temples, les puissances catholiques irritées, un jeune
souverain grandissant au milieu des orages et Mazzini
triomphant.

X. — J'entends encore d'ici ce prince éloquent qui
s'écriait un jour devant le Sénat : « Le pape est-il donc
plus qu'un autre souverain? Quoi ! tant de bruit, même
pour un pape ! Et depuis quand les peuples n'auraient-
ils pas le même droit qu'à Turin, à Paris, à Bruxelles,
de chasser leurs rois quand il leur plaît et comme il
leur plaît? »

XI. — Et je prends la liberté de répondre à cet illustre prince que, s'il est aisé de mettre un roi à la porte,
un pape c'est différent ! La Belgique, par exemple, a
fait un jour un marché avec le roi Léopold ; elle lui a
donné une couronne ; elle est libre évidemment de la
reprendre comme elle l'a donnée, à la pointe de l'épée,
ce qui est l'inconvénient de ces sortes de donations. Le
lendemain, elle fera choix d'un autre roi, d'un président ou de personne, comme il lui plaira ; c'est son
affaire, et l'Europe n'a rien à y voir. La couronne ôtée
de la tête d'un roi, quelque illustre qu'il puisse être,
que reste-t-il de ce roi ? Rien ; un homme qui rentre
dans le droit commun. Mais après le pape temporel de
Rome, ne reste-t-il rien, monseigneur ? Il reste encore
le plus imposant des rois, le souverain spirituel de deux

cents millions de catholiques agglomérés ou épars sur toute la surface de l'univers. Celui-là, on ne saurait lui donner ses passe-ports comme à un simple monarque cassé aux gages. Demain, le dernier des bourgs où il irait chercher un abri serait la capitale du monde.

XII. — L'illustrissime sénateur, en accordant aux Romains le droit de chasser le pape, veut bien ajouter que le cas échéant, les Romains *devraient user de ce droit avec modération*. Monseigneur est bien honnête. Mais il y a en Europe deux cents millions de catholiques qui ne reconnaissent pas ce droit-là, même mitigé par ces respectueux ménagements. Ils prétendent que le pape est chez lui et chez eux. Si les Romains sont les Romains, si Rome fut préservée d'être détruite pierre à pierre par les Huns, par les Lombards, par les barbares qui s'y sont précipités à la curée, elle le doit aux papes. Or, les papes à Rome ne sont eux-mêmes que les usufruitiers d'un domaine qu'ils ont reçu pour être gouverné par eux et par leurs successeurs, et qui, après avoir été créé, fortifié, défendu, conservé par les armes des puissances catholiques, est encore entretenu par leurs tributs et enrichi par leur munificence.

XIII. — Un autre orateur se levant à côté du prince, passionné lui aussi plus que de raison pour l'unité italienne, parut cependant mieux comprendre à quel douloureux et inconsolable veuvage la fuite de la papauté livrerait la ville éternelle. Celui-là n'osa pas aller jusqu'à ce sacrifice. Il reconnut que la papauté est le ca-

ractère le plus touchant de Rome par la puissance des
souvenirs et par cette autorité sympathique qui enchante les artistes et les poëtes. « C'est dans son sein,
— disait-il avec une touchante mélancolie, — que viennent s'abriter tous les chrétiens endoloris et qui ne sou-
pirent plus que du côté du ciel. Pour avoir l'amertume
de monter l'escalier d'autrui, le Saint-Père ne peut pas
quitter la métropole ennoblie par l'héroïsme, illustrée
par le génie, sanctifiée par la vertu, enveloppée pour
ainsi dire d'une atmosphère de poésie qui attendrit les
âmes ; Rome, où saint Pierre a scellé de son sang la
tradition, où saint Paul a versé le sien pour la doctrine,
où le christianisme a dressé un autel à chaque place
choisie par le paganisme pour immoler un confesseur,
où sont les tombeaux des apôtres et l'ossuaire des
martyrs. »

XIV.—J'eus l'honneur de causer de ce discours avec
cet homme si éminent et si regrettable. « Vous avez
prononcé de belles paroles, lui dis-je ; le sentiment s'y
exalte jusqu'au lyrisme. Mais on ne fait pas de la politique avec du sentiment ; on fait de la politique avec du
bon sens, et qui le sait mieux que vous ? Le jour où un
monarque démocratique trônerait au Capitole, où les
bersagliers feraient l'exercice au Forum, où Garibaldi
pourrait venir haranguer les multitudes sur la porte du
Quirinal, que deviendrait « la sympathique austérité qui
» enchante les âmes rêveuses ? » Pensez-vous que les
« chrétiens endoloris continueraient d'y venir soupirer

» du côté du ciel? » qu'ils se résigneraient à l'amertume d'arriver au pape « par l'escalier du roi? » Mais j'admets, si vous le voulez, cette transaction acceptée et accomplie, le roi au Capitole et le pape au Vatican, et je suppose un cas de guerre, un conflit à main armée entre l'Italie et l'Autriche : Voyez-vous d'ici la perplexité de ce pape, impassible peut-être entre les deux drapeaux, à force de grandeur d'âme, mais toujours suspect : suspect dans ses vœux, suspect dans ses prières, compromis par la moindre imprudence des siens, accusé bientôt de complicité avec la fortune, et, en quelque heure de revers, sommé par un peuple égaré de faire violence à Dieu ! »

L'honorable sénateur sourit avec bonté et ne me répondit point. Déjà la réflexion avait pris le pas sur de trop généreuses ardeurs.

XV. — Rome et la papauté sont indivisibles. Ceux qui croient que l'annexion de Rome et du territoire pontifical est nécessaire à l'unité italienne sont dans l'erreur. Si l'unité géographique était une condition essentielle, absolue, de l'unité morale et politique, il en résulterait que la France elle-même aurait encore quelque chose à conquérir. L'Europe devrait reconnaître que nous ne sommes pas nous-mêmes en possession de nos frontières naturelles. La Belgique et ce côté du Rhin sont géographiquement une partie aussi intégrante de la France que Rome peut l'être de l'Italie, par le sol, par les mœurs, par la langue, par les lois même,

car la Belgique n'a d'autre code que le Code Napoléon.
Il y a même cela de remarquable que Rome n'a jamais
été la capitale de l'Italie, tandis que Paris a été la capitale de la Belgique. Mais n'insistons pas sur cet argument, il nous mènerait trop loin. Je dirai simplement
que si l'Italie était constituée déjà, si Rome était la capitale de fait, le siége des grands pouvoirs, le centre
de la vie nationale, le dépôt séculaire des forces vives
de la nation; si Rome était tout cela et qu'il fût question
de détacher Rome d'un corps organisé et vivant dont
elle serait la tête, c'est-à-dire de décapiter le royaume,
ou pourrait comprendre les revendications; ce serait
absolument comme s'il s'agissait de nous ôter Paris.
Mais Rome n'est pas plus un obstacle immédiat pour la
nationalité italienne, qu'aujourd'hui Gibraltar pour
l'Espagne et autrefois Avignon chez nous.

XVI. — L'Italie, qu'on veuille me pardonner cette
comparaison familière, est comme un malade qui, trouvant brûlant le lit où il est couché, demande un lit nouveau, un lit plus frais où il espère trouver le repos. Il
ne l'y trouvera pas, parce que la fièvre qui le consume
est en lui-même, dans son propre sang, et qu'il la
porte partout avec lui. L'Italie a soif de Rome, parce
qu'elle craint que les esprits enflammés à la poursuite
de ce but par des excitations imprudentes, se résignent
mal à une déception; elle veut Rome parce qu'elle a
Milan, parce qu'elle a Florence, parce qu'elle a Parme,
parce qu'elle a Modène, parce qu'elle a Naples, et qu'il

est dans la nature des peuples, comme des individus, que plus on a et plus on veuille avoir. Mais devant la raison publique, devant l'histoire, devant la conscience humaine, devant l'équilibre européen, il est permis de prendre peu au sérieux une politique fiévreuse dont les théories se résument en définitive par cet axiome vulgaire, que « l'appétit vient en mangeant. »

XVII. — Je crois qu'il faut expliquer par toutes ces considérations, et par d'autres non moins justes et impérieuses, la résolution bien arrêtée de l'Empereur de ne point souffrir qu'à aucun prix, ni pour quelque raison que ce soit, le Piémont mette jamais la main sur Rome. Cette résolution impériale, constatée par toutes les paroles et par tous les actes du souverain, a été attestée de la manière la plus précise par ces paroles d'une dépêche de M. Thouvenel à M. de Lavalette, insérée au *Moniteur*, en septembre 1862 :

« *Jamais le gouvernement de l'Empereur n'a prononcé une parole de nature à laisser espérer au cabinet de Turin que la capitale de la catholicité pût en même temps devenir, du consentement de la France, la capitale de l'Italie.* »

On demande un commentaire de la convention du 15 septembre, le voilà.

UNE QUESTION AUX *DÉBATS*

1er mars 1864.

Le *Journal des Débats* professe depuis peu de jours, au sujet de la question romaine, une doctrine toute neuve qui se résume en ces termes : « Rome n'appartient ni à la papauté ni à l'Italie, Rome appartient aux Romains. » En effet, si Rome appartenait à d'autres qu'aux Romains, fait observer M. Yung, pourquoi ne serait-elle pas tout aussi bien la propriété du saint-siége qui la possède, que de l'Italie qui la réclame? Donc, au lieu de susciter inconsidérément les controverses et les objections, c'est toujours le *Journal des Débats* qui parle, les Italiens les supprimeraient d'un seul coup, s'ils se bornaient à dire simplement que Rome appartient aux Romains.

Très-bien : Mais le *Journal des Débats* ajoute :

« Nous demandons que Rome soit consultée, qu'on

ressuscite le peuple romain pour qu'il se prononce entre l'Italie et la papauté, certain que s'il opte pour l'Italie, s'il veut entrer dans le sein de la grande patrie, la France dira : « L'Italie est la véritable mère, » le peuple romain l'appelle. Je ne saurais les séparer » plus longtemps. »

Ici je prendrai la liberté de poser quelques questions au *Journal des Débats*.

Vous demandez que Rome soit consultée et se prononce entre l'Italie et la papauté. C'est fort bien. Admettons un instant que Rome se décide pour l'Italie. Le pape n'accepte point la situation qui lui est faite par cette décision, quitte Rome et porte la papauté ailleurs, à Vienne, par exemple. Vous semble-t-il que l'Europe ne fût fondée à faire aucune objection à ce que la capitale de l'Autriche devînt du même coup la métropole du monde catholique? La verriez-vous sans sourciller s'accroître ainsi de ce surcroît de puissance que Napoléon Ier estimait si haut quand il rêvait de l'avoir à Paris et qu'il disait au général Miollis : « Traitez le pape comme s'il avait cent mille hommes ! »

Ceci est la première conséquence à prévoir de la libre annexion de Rome à l'Italie. Elle implique, comme on le voit, une question assez grave. Qu'en pense le *Journal des Débats ?*

En second lieu, supposons que Rome, veuve du saint-siége, éprouve un jour quelque regret de son veuvage. Certes, une telle hypothèse n'a rien de déraisonnable, et l'histoire est là pour l'autoriser. Ce ne serait pas la première fois que Rome, après avoir rompu violemment avec le saint-siége, à l'instigation de ses tribuns, éprouverait la nostalgie de la papauté. Vers la fin du XIVe siècle, obéissant à la voix du Garibaldi de cette époque, Rienzi, non moins audacieux que lui et plus éloquent, les Romains adoptèrent le régime républicain. Le pape était alors à Avignon. Mais bientôt Rome, lasse des extravagances de son prétendu libérateur, redemanda le pape, et, comme il se faisait attendre, en nomma un pour elle, pour son usage personnel, ne pouvant s'accoutumer à croire qu'un pape pût être pape hors de ses murs. De là le grand schisme d'Occident qui déchira si profondément l'Église.

Il ne faut répondre de rien. Un fait du même genre peut se reproduire. Il peut arriver qu'un roi d'Italie, Victor-Emmanuel ou l'un de ses successeurs, pressé par le vœu populaire, ne voie son propre salut à lui-même que dans une transaction qui rappelle la papauté à Rome. Il se peut que cette transaction, un moment rêvée à Turin, du roi au Capitole et du pape au Vatican, soit conseillée à la fois à l'Église et à la monarchie italienne par des nécessités dont on ne se rend pas compte en ce moment.

L'Italie aura-t-elle le droit de procéder à cette transaction sans le consentement de l'Europe ; et, après être devenue un des États les plus redoutables du continent, devra-t-il lui être permis de s'accroître encore de

toute la puissance que lui apporterait la papauté res-
taurée à Rome?

C'est la seconde hypothèse à prévoir, et nous la po-
sons encore au *Journal des Débats*.

Enfin, les *Débats* admettraient-ils que, rejetant aussi
bien l'Italie que le pape, les Romains, en vertu du
droit qu'ils ont de disposer d'eux-mêmes, pussent être
libres, par exemple, de livrer Rome à Mazzini, de faire
de Rome la métropole de la démagogie européenne?

Nous voudrions savoir tout cela; il nous plairait de
connaître jusqu'à quelle limite les *Débats* sont décidés
à pousser la logique, car, dans l'ordre d'idées où ils se
placent pour opérer leur nouvelle évolution, la logique
peut mener loin, fort loin, comme on le voit.

LE PRINCE NAPOLÉON AU SÉNAT

·21 mars 1863.

Les dernières discussions du Sénat sur la question polonaise ont mis en présence avec un très-grand éclat ces deux opinions dont nous classions, il y a peu de jours, les adhérents sous le titre d'hommes sensibles et d'hommes sensés. Le prince Napoléon a essayé de prouver que la sensibilité et le bon sens ne s'excluent pas en politique, et, en effet, l'illustre sénateur a su unir fréquemment, dans son discours, les traits de l'esprit le plus sensé et de l'imagination la plus brilante. Avec quel sage et honnête langage, avec quelle estimable sincérité le Prince a déclaré que, dépourvu des renseignements nécessaires sur les moyens pratiques d'exécution, ignorant « le portefeuille de M. de Metternich, » il trouverait puéril de discuter là où manquait tout élément de discussion. « Faut-il faire la guerre, ne faut-il pas la faire ? Je n'en sais rien. Avons-

nous des alliés ? Quelle est la situation à l'extérieur ?
Je n'en sais rien... On ne peut discuter utilement que
les faits accomplis... Ici nous manquons de tout élément
de discussion, je le répète... aussi aurais-je voulu ne pas
parler, mais le rapport de la commission m'y a forcé. »

Ainsi Son Altesse Impériale n'entend faire ni la paix
ni la guerre, ni donner des leçons de politique pratique
à personne, sur un terrain dont les difficultés lui sont
inconnues. Son Altesse, en ce point, indique par son
exemple la discrétion et la réserve que l'absence de
sérieux éléments de discussion prescrit aux hommes
sensés. Quelle satire, en la personne même de ce
Prince, pour tous ces politiqueurs de tous états comme
on en trouve au café, au salon et même à l'Académie,
politiquant des choses qu'ils ne connaissent pas, toujours prêts à parler sans qu'on les en prie, renversant
les cabinets, mettant sur pied les armées, et, sans avoir
à leur disposition « le portefeuille de M. de Metternich, »
décidant de la paix et de la guerre avec la gravité des
singes de Decamps !

Cette leçon et ce grand exemple d'un sens droit et
loyal étant donnés, le Prince n'avait plus qu'à montrer
qu'il n'est d'ailleurs disposé à le céder à personne en
fait de grands sentiments, et, laissant de côté la politique pratique pour examiner simplement les « tendances » qu'il voudrait voir suivre au Gouvernement,
Son Altesse Impériale a fait voir que les siennes
savent aller aussi loin que puissent aller les élans d'une

âme intrépide. Assurément nous sommes un peu en
retard sur le prince Napoléon ; nous ne partageons pas
toutes ses ardeurs, mais il ne nous déplaît pas qu'il s'en
montre animé. Il nous paraîtrait infiniment plus dangereux de les voir s'éteindre au cœur de la race napo-
léonienne que de les y voir briller, même d'un éclat
trop vif.

En Angleterre, être de l'opposition est une obligation
traditionnelle attachée au rang du prince de Galles. Or,
on dit quelquefois en riant que le prince Napoléon est
le prince de Galles de l'empire. C'est une erreur.
Quand on étudie les mouvements de sa spontanéité,
de sa verve et de son entrain, on voit bien que c'est le
sang de ses veines qui parle, et que la nature seule
lui a donné ce tempérament généreux.

Le rôle qu'il a lui est naturel ; il y est porté par
tous ses instincts. Son éloquence gronde, tourbil-
lonne, éclate, sillonnée d'éclairs comme un ouragan.
On y sent le souffle de la révolution de 89, l'âme du
Bonaparte aux cheveux plats et les rayons du soleil de
messidor. Et toute cette illustre race n'est-elle pas en
définitive la chair, le sang et les os de la révolution faite
homme ? Seulement, nul n'entend plus honnêtement
que le Prince le sens de ce grand mot, et l'on se souvient de cette réponse qu'il fit l'année dernière à une
interruption de M. Barthe :

« La révolution, je la défends et je m'en glorifie.
Nous sommes des révolutionnaires, mais des révolu-

tiönnaires honnêtes. » Et à M. de La Rochejaquelein :
« Comme on a attaqué la révolution, je tiens à la défendre ici avec la plus grande conviction. Je considère
l'Empire comme ayant sa raison d'être dans l'application
des principes *bien entendus* de la révolution. »

C'est-à-dire que tout en maintenant les principes,
tout en voulant que le feu sacré de la liberté ne cesse
jamais d'animer les tendances du pouvoir dans cette
question de la Pologne comme dans toutes les autres, le
Prince veut aussi que ces tendances ne s'écartent jamais
des règles d'une politique *bien entendue.*

Or comme une politique bien entendue ne serait pas
celle qui, en ce moment, mettrait le feu de la Pologne
à toute l'Europe, qui bouleverserait toutes nos alliances,
qui briserait tous les équilibres et tous les contre-
poids « indispensables au jeu des grands intérêts
humains, » et qui risquerait de refaire contre nous la
Sainte-Alliance ; comme une politique bien entendue ne
serait pas celle qui jetterait dans la voie des aventures
révolutionnaires, la France que la sagesse de l'Empereur
a faite pendant quinze ans si grande et si respectée, le
prince Napoléon n'est pas le dernier, nous en sommes
convaincu, qui, au fond, reconnaisse la sagesse, la
maturité, le patriotisme de la politique développée par
M. Billault.

SUR L'UNITÉ ITALIENNE

Un publiciste italien, qui écrit le français avec beaucoup de verve, M. Ferrari, s'évertue à prouver que l'Italie a intérêt à constituer son unité, et il assure qu'on a tort d'attribuer l'idée unitaire à Mazzini. Il prouve qu'elle a été le rêve du Dante, de Machiavel, de Charles-Albert, de Manin, de Cavour. Nous le savions aussi. Et à propos de nationalités, il cite, d'après les *Elogia sacra* de Labbé, un mot de Richelieu, précieux à recueillir.

Celui-là nous l'avions oublié :

« Le but de mon ministère, disait l'illustre cardinal, a été celui-ci : rétablir les limites naturelles de la Gaule ; identifier la Gaule à la France et, partout où fut l'ancienne Gaule, constituer la nouvelle. »

Avant Richelieu Henri IV avait dit :

« Je veux bien que la langue espagnole demeure à l'Espagnol, l'allemande à l'Allemand, mais toute la française doit être à moi. »

Voilà, en effet, la vraie politique de la France, et je

m'étonne que M. Ferrari qui est un homme d'esprit n'ait pas compris qu'il y a là un argument pour ceux qui, comme nous, n'entendent pas que l'Italie reprenne ses limites naturelles sans que nous reprenions les nôtres. Comme le grand ministre et le grand roi, nous voulons bien que la langue espagnole demeure à l'Espagnol et la langue italienne à l'Italien, c'est-à-dire que l'Italie prenne ses limites naturelles, mais alors à condition que la Gaule reprenne les siennes et que la langue française soit aux Français.

Je tiens qu'Henri IV et Richelieu ne parleraient pas autrement.

M. Ferrari se plaint qu'on en veut à l'Italie de ce qu'elle réclame son unité. Il se trompe, personne n'en veut à l'Italie. Elle demande l'unité, c'est son affaire ; à sa place nous en ferions autant. Nous en avons fait autant autrefois, ou plutôt non, nous avons fait mieux : nous avons pris la nôtre. Nous n'avons appelé personne pour cela. Nous nous sommes battus pied à pied pendant cent ans contre les Anglais, et il n'y a pas un pouce de sol, depuis Dunkerque jusqu'à Bayonne, qui ne soit pétri de notre sang et de nos os.

Les Italiens sont-ils en mesure de faire comme nous? Non.

Alors, voici ce que nous avons à leur dire :

« Les choses, par une suite de faits accumulés durant dix siècles, dont nous ne sommes aucunement responsables, se sont arrangées de telle façon que vous n'avez point l'unité italienne et que vous ne pouvez point l'avoir sans nous. Notre intérêt ne nous permet pas d'y donner les mains de la façon dont vous l'entendez, d'une façon aussi absolue, aussi radicale que vous le désirez, à moins que nous ne complétions nous-mêmes notre unité du côté du nord. Sans cela, notre équilibre est rompu ; la France penche du côté des Alpes. L'intérêt italien est satisfait, mais aux dépens de l'intérêt français. Vous demandez que nous vous donnions vos limites naturelles ; êtes-vous en mesure de nous donner à nous nos limites gauloises ? Dans ce cas, c'est un marché d'or. Mais en est-il ainsi ? Non. Vous nous demandez tout, et que pouvez-vous nous donner ? Rien ! C'est trop peu. Que si nous devons nous aventurer dans une telle partie et pourvoir nous-mêmes à nos compensations, c'est bien le moins que vous nous laissiez juges du moment opportun. Si nous avons à la risquer, ce sera quand il pourra nous plaire, mais non pas quand il vous plaira. »

Mais non ! Il semblerait que ce soit l'obligé maintenant qui ait le droit de faire la loi au bienfaiteur. Nous donnons tout au Piémont ; seulement sur la marge de cette conquête qu'il doit à nos armes, nous demandons à réserver un lambeau de terre, dernier asile de la papauté humiliée, et tout à l'heure nous allons passer pour des larrons vis-à-vis de ces Italiens à qui nous avons fait cadeau de trois royaumes !

Un individu dans un moment pressant demande cent

francs à un ami. « Je n'en peux donner que quatre-vingts, » répond l'obligeant, et il les donne. L'autre les prit, et un jour racontant l'affaire : Croiriez-vous, dit-il, que ce cuistre m'a refusé vingt francs ?

C'est trait pour trait notre histoire avec l'Italie. Quand je dis l'Italie, je dis trop. Il y a dans ce pays d'honnêtes gens en grand nombre, des classes intelligentes, des hommes d'État sérieux qu'il serait injuste de rendre solidaires de l'ingratitude des partis exaltés, et tous ceux-là comprennent plus honorablement leurs devoirs envers la France.

Je sais qu'en général les Italiens de Turin sont beaucoup moins italianissimes que les Italiens de Paris. La question italienne aux mains de la plupart des journaux du garibaldisme est une machine d'opposition, et rien de plus.

On a battu la caisse de l'opposition pendant dix-huit ans sur le dos de la Pologne ; on la bat aujourd'hui sur le dos des Italiens.

C'est le secret de Polichinelle.

LA RÉPONSE DE M. FERRARI

M. Ferrari me répond :

« M. Ulysse Pic nous demande si nous sommes prêts à lui donner les limites gauloises. Nous pourrions lui répondre que nous ne les occupons pas, et que par conséquent ce n'est pas à nous qu'il faut les demander. Mais ce n'est pas là la réponse que nous dictent notre reconnaissance pour la France, notre respect pour les nationalités. Le jour où l'Italie ne sera pas forcée d'avoir une armée imposante pour défendre la frontière du Mincio et du Pô, le jour où ne serons pas forcés d'avoir une autre armée autour de la frontière romaine pour repousser les attaques que François II et Mgr de Mérode, protégés par le drapeau français, renouvellent à chaque instant, ce jour-là nous dirons à la France :

« Au nom de la civilisation et du droit, vous êtes

descendus en Lombardie ; vous avez répandu votre sang le plus noble sur les champs de Magenta et de Solférino : merci ! Chaque fois que vous marcherez, n'importe où, au nom du droit et de la civilisation, nous serons avec vous, et nous verserons notre sang le plus noble pour triompher ou mourir avec vous. Nous vous le promettons au nom de ces braves Italiens qui ont défendu au prix de leur vie les aigles françaises à Madrid, à Burgos, à Vittoria, à Valladolid, à la Moskowa, à la Bérésina, et sur cent autres champs de bataille !

» La France a proclamé le droit des nationalités et le droit de non-intervention ; c'est l'application de ces principes que nous lui demandons.

» Loin de prétendre faire la loi à notre bienfaiteur, nous lui demandons depuis bien des années, humblement, le couronnement de ses bienfaits.

» Depuis le 2 décembre, nous avons toujours cru aux sympathies de Napoléon III pour l'Italie ; nous avons toujours défendu, à Turin comme à Paris, l'alliance française. Aujourd'hui encore, en dépit de certaines apparences, nous croyons que le gouvernement impérial appuie l'unité italienne, parce qu'il sait que l'Italie est le seul allié sur lequel la France puisse compter sérieusement, et parce que la France ne saurait faillir à la noble mission qu'elle s'est donnée. »

Telle est la réponse :

Je vois bien que M. Ferrari est un honnête homme ;

et je lui reconnais une noblesse de sentiments dont on ne peut s'empêcher d'être ému.

Mais, hélas ! le sentiment est une monnaie qui n'a pas de cours en politique. Les mouvements oratoires ne sont pas des raisons. Que l'Italie nous jure par le sang des morts que la reconnaissance l'attachera éternellement à nos pas, que M. Ferrari en prenne à témoin les ombres des Italiens tombés à Burgos et à Valladolid, c'est un trait éloquent qui rappelle le *O ma tous* de Démosthène à l'imagination, mais, au bon sens, le billet de La Châtre.

Je ne crois pas à la reconnaissance des peuples, l'histoire en main.

Proudhon disait l'autre jour la même chose aux Belges, en un de ces mots terribles qui sont chez lui le cynisme du bon sens. Proudhon disait : « En politique, l'ingratitude est le plus sacré des devoirs. » Il voulait dire simplement que de peuple à peuple, les raisons d'intérêt sont et ne peuvent pas ne pas être supérieures à toutes les raisons de sentiment. L'Italie sera notre alliée tant qu'elle y trouvera son compte ; elle cessera de l'être quand elle ne l'y trouvera plus. J'ajoute qu'elle aura parfaitement raison. Nous-mêmes, nous ne l'obligeons pas, nous ne l'obligerons jamais, elle ni personne, au delà de la mesure indiquée par l'intérêt de notre sécurité et de notre gloire. Elle fera bien de ne pas se tenir pour engagée dans une autre mesure vis-à-vis de nous

M. Ferrari me prie de savoir que, « depuis le 2 dé-
» cembre, il a toujours cru aux sympathies de Napo-
» léon III pour l'Italie, et qu'il a toujours défendu, à
» Turin comme à Milan, l'alliance française. » Je le savais, et j'estime qu'il a eu raison. Mais, encore une
fois, si M. Ferrari peut parler pour lui, il ne le peut
pas pour tous ses compatriotes. Il ne le peut pas pour
Mazzini ; il ne le peut pas pour Garibaldi ; il ne le peut
pas pour les hommes du *Provedimento ;* il ne le peut
pas pour le parti qui prêche ouvertement l'alliance an-
glaise et même l'alliance autrichienne ; il ne le peut
pas pour ces multitudes équivoques que l'homme d'Aspromonte traînait après lui, quand il allait faire de ville
en ville la propagande de l'outrage et de la haine contre la France ; il ne le peut pas pour ces cent mille
Palermitains qui portent dans leur poche le couteau des
Vêpres siciliennes; il ne le peut pas, en un mot, par
mille autres raisons que j'aurais à énumérer, s'il ne
me souvenait que je parle, ici, à un Italien qui est un
homme de cœur. Il serait par trop discourtois de l'at-
trister au delà de ce qui est rigoureusement néeessaire
à la discussion.

Avec M. Ferrari, je reconnais que l'Italie peut être
un jour pour la France un excellent allié. De puissantes
raisons doivent donc nous engager à la constituer dans
une mesure telle qu'elle puisse, au besoin, nous être
utile, mais non pas nuisible, mais non pas devenir pour
nous un voisin inquiétant, le jour où son ambition par-

lerait plus haut que sa reconnaissance. Et c'est là à coup sûr un des premiers motifs pour lesquels l'Empereur « n'a *jamais*, selon la déclaration de M. Thouvenel, *prononcé une parole* de nature à *laisser espérer* au cabinet de Turin que la *capitale de la catholicité pût devenir, du consentement de la France, la capitale de l'Italie.* »

Parlerai-je des autres considérations tirées des droits et des devoirs réciproques qui lient la papauté et les Romains.; de l'intérêt de l'Europe catholique trop directement engagé dans la question pour qu'il ne doive pas avoir son poids dans la balance? Ce serait prolonger sans utilité un débat que la lettre de l'Empereur à M. de Thouvenel vient de clore définitivement. La discussion peut être ouverte plus utilement sur d'autres points, comme de chercher, par exemple, ce qui reste à faire à l'Italie pour s'organiser sérieusement sans Rome, et se mettre en mesure soit de racheter, soit de reconquérir un jour la Vénétie. En tout ce qu'elle fera pour affermir son indépendance, prendre parmi les peuples le rang auquel elle a le droit de prétendre, se fortifier sans nous affaiblir nous-mêmes, l'Italie peut faire appel à toutes nos sympathies :

Par les os de nos frères qui blanchissent les plaines de la Lombardie, par ces cadavres de nos braves, je jure !...

Mais voilà que moi aussi j'allais faire ma petite prosopopée à M. Ferrari. Je veux dire simplement que,

dans les limites d'une organisation raisonnable, la nation italienne doit savoir qu'elle peut compter sur nous,
parce qu'indépendamment de la prédilection poétique
et artistique qu'elle nous inspire, nous voyons là pour
elle un droit incontestable et pour nous un intérêt évident.

A PROPOS DE LACORDAIRE

27 février 1863.

L'Académie française a reçu hier dans son sein M. Albert de Broglie, un écrivain gentilhomme digne en tous points de cet honneur, et M. Saint-Marc Girardin à répondu au noble récipiendaire en le congratulant comme il convient. M. Albert de Broglie succède à l'abbé Lacordaire dont il a fait le panégyrique avec une grâce distinguée. L'illustre dominicain, après avoir ravi ses contemporains par l'éclat de sa parole, n'a guère laissé derrière lui qu'un de ces éblouissements fugitifs qui suivent les éclairs, et les singularités aimables de son caractère offraient à l'éloge un thème plus facile que les singularités peu académiques de son talent. Aussi a-t-il été moins question de sa littérature que de son libéralisme et de ses vertus. M. Saint-Marc Girardin n'a

14.

pas manqué cette occasion de mettre sa couronne de
roses et de chanter sur la flûte d'ivoire à sept trous les
charmes de la contemplation au soir de la vie. C'est
un beau morceau qu'on écoute toujours avec plaisir soit
aux *Débats*, soit à l'Académie. Il nous a appris force
choses piquantes et curieuses, une surtout : C'est que
« Lacordaire avait une infatigable activité à toutes les
heures et que *le repos était ce qui lui déplaisait le plus
dans la mort*. On sait que Lamartine, exprimant pour
son compte personnel un sentiment tout différent, a
dit quelque part : *Le bonheur de la mort, c'est d'être
enseveli.*

Au fond deux amphigouris dont le sens, s'il y en a
un, paraît, dans tous les cas, fort peu chrétien, et,
s'il faut tout dire, fort hérétique, ce qui serait grave,
pour le moine surtout. Je ne vois pas bien ce que M. Saint-
Marc Girardin a voulu louer dans ce mot singulier, si
contraire au dogme de la résurrection, et je vois encore
moins ce qu'il veut dire quand il ajoute : « Il était,
— Lacordaire, — de cette race infatigable qui trouve
que nous aurons bien le temps de nous reposer dans
l'éternité. » D'où il suivrait que, pour le père Lacordaire, « mort » et « éternité » étaient deux notions
très-distinctes, et qu'il aurait voulu pouvoir continuer
son activité dans la mort, sauf à se reposer dans l'éternité, plus tard, quand la mort serait finie probablement.

Nous avions toujours aimé à penser, selon l'Église,
que la mort n'est que le commencement de la véritable

vie, et que Dieu n'y réserve aux moines et aux académiciens aucun repos qui puisse leur déplaire.

M. Saint-Marc Girardin est un esprit gracieux et folâtre qui nous dédommage des pédants. Mais je connais des gens qui lui sauraient gré de choisir d'autres sujets pour ses badinages.

LES VIEUX ET LES JEUNES

11 avril 1863.

On sait qu'il y a à Paris un petit journal hebdomadaire intitulé le *Courrier du Dimanche*. C'est là que font leurs dimanches quelques rédacteurs des *Débats*. M. Prévost Paradol y passe souvent ses vacances, et M. Weiss, qu'Alloury trouve déjà un peu léger dans la feuille Bertin, y vient jeter par-dessus les moulins sa veste de l'École normale. Là, de vifs et pétulants jeunes gens croient de bonne foi avoir mission de refaire le monde dans le moule de leurs jeunes et triomphantes cervelles. Qui de nous, à son heure, ne fit ce rêve-là? Il faut être indulgent. Mais il arrive qu'ils parlent parfois des dieux avec bien de l'irrévérence. Rien ne leur est sacré, en de certains moments, et il s'est dit, on a répété dans le monde qu'ils se moquaient des *Vieux* de 1848 !

Là-dessus, le *Phare de la Loire*, un vétéran blanchi dans les combats, les prend à partie ce matin, non pas rudement ; mais il faut voir avec quelle paterne bonhomie le vieux Breton admoneste ces aimables marauds, et comme il les appelle malicieusement les *jeunes-factionnaires de la liberté !* « Êtes-vous bien sûrs, jeunes » gens, d'y voir clair à cette liberté dont vous parlez ? » Vous la voulez complète, pleine, entière, effective, » réelle ? soit ; mais vous ne la voulez pas sans doute » nue, car elle resterait exposée aux injures de tous » les polissons. »

Ainsi parle le *Phare*, un des Vieux, qui, tout sans-culotte qu'il est, a la pudeur de son âge et ne veut pas que pour faire plaisir aux « polissons » on aille déshabiller la liberté. C'est qu'on irait loin, si on laissait faire ces jeunes gens ! Ils se plaignent que les Vieux barrent le chemin aux nouveaux, à Floquet, à Pasquet, à Clamageran. On sait qu'entre eux ils traitent déjà Favre et Hénon comme des oncles d'Amérique qui tardent à mourir ; qu'ils trouvent les patriotes de 1848 vieux et laids, et ne s'imaginent pas qu'on puisse aimer encore à se montrer dans cet état et à cet âge. La jeunesse, jadis, gardait l'amour et laissait l'ambition à la vieillesse pour la consoler. Mais, à présent, notre jeunesse voudrait tout à la fois. L'ambition lui pousse avec la barbe. Ce jeune avocat, si soigneux de ses cheveux noirs, songe comme ils feraient bien dans les dignités parlementaires. On lui dit d'attendre sept ans. Hélas ! dans sept ans ils seront gris, ce qui ôte à l'ambition son plus doux charme.

« Nous le savons, s'écrie le *Phare*, il vous démange de *passer* députés à votre tour. ». Mais « nous ne connaissons pas de *Vieux* qui se soient rendus coupables de vous entraver, ô jeunes gens ! » Ce qui veut dire, avec l'ironie du vieux Breton : « Ne vous gênez point, passez si vous êtes assez forts. » Et il ajoute avec une gravité où respire une mâle douleur :

« Point n'est besoin de renouveler de très-vieilles
» plaisanteries contre les gilets à revers, ou des attaques
» injustes contre les Jacobins. Ne reprochez pas aux
» hommes de 1848 d'avoir sacrifié la liberté que la ré-
» action a retournée contre eux !... On a parlé d'un
» passé lourd à porter. Oh ! oui, il y en a parmi eux qui
» (sans métaphore) ont porté les fers aux pieds!... Il
» est lourd en effet à porter leur passé ; mais ils pos-
» sèdent le plus solide des points d'appui : une cons-
» cience inébranlable. »

Voilà ce que portent les vieux ! Tandis que ces jeunes gens, tous tant qu'ils sont, avocats, professeurs, notaires, écrivains, *et cætera*, que peuvent-ils se vanter d'avoir porté jusqu'à présent ? La raie derrière la tête, des dossiers, des livres et des fillettes pêle-mêle, sous le bras ; vingt-cinq printemps sur des fronts où ne tomba jamais la foudre, et, en fait de fers aux pieds, les doux fers de la beauté.

Tel est le sens des admonestations aigres-douces qu'adresse ce matin aux jeunes gens du *Courrier du Dimanche*, le *Phare de la Loire*, avec des formes adoucies, presque paternelles, mais où l'on sent des griffes sous une patte de velours.

LETTRES

DIVERSES

BÉRANGER

A M. A. BOUINAIS, RÉDACTEUR EN CHEF,

DU PROGRÈS DE PARIS

I

Paris, 20 août 1864.

Monsieur,

Au moment où la reconnaissance et l'admiration de ses contemporains s'apprêtent à lui élever un monument digne de nous et de lui, Béranger mort vient d'être assailli par un homme qui lui a tiré un coup de pistolet en plein visage.

Ce coup a été exécuté froidement, en plein soleil, par un inconnu, nommé Leconte de L'Isle.

Le meurtrier n'a pas été arrêté.

Il circule paisiblement dans les rues; la foule le coudoie sans s'en douter, et, sur les boulevards, les lettrés et les curieux seuls s'entretiennent de cet événement.

Je ne sais plus à quelle époque un livre parut en Suisse, qui niait la gloire de Guillaume Tell.

Le sénat de Berne défendit de répondre et ordonna que le livre fût brûlé.

Ce trait a quelque chose d'antique qui ne manque pas d'une certaine grandeur.

Mais les temps sont changés.

Aujourd'hui, grâce à Dieu, on ne brûle plus, on discute. On s'est aperçu que la discussion est plus forte que les bûchers.

Auprès de la très-grande majorité du public, justice est faite d'un mot :

Qu'est-ce que M. Leconte? et tout est dit.

Lorsqu'une gloire quelconque, consacrée par l'opinion, est l'objet de quelque contestation violente et imprévue, chacun demande avant tout :

« Quel est cet homme qui traite avec un mépris si cavalier les choses que tout le monde est accoutumé d'honorer? Que vaut-il pour son compte? Qu'a-t-il écrit? se dit-on, s'il s'agit d'un écrivain; quelle est la bataille qu'il a gagnée? s'il s'agit d'un homme de guerre. »

Je ne prétends pas, monsieur, qu'une telle argumentation soit réfléchie et sensée, et je me hâte d'ajouter

que vis-à-vis de M. Leconte de L'Isle elle serait particulièrement sans valeur, car je veux commencer par lui
rendre justice.

Cet homme n'est pas le premier venu, tant s'en faut,
et l'on se tromperait si l'on voyait en lui un iconoclaste
déterminé ou un Érostrate systématique.

Nous ne sommes pas nombreux, ceux qui le connaissons comme poëte. J'estime que nous sommes vingt-
cinq ou trente à Paris.

Mais on peut apprécier sa trempe en quelques lignes,
car il est de la race de ces talents vigoureux qui en un
seul trait donnent leur mesure :

> O mort, divine mort, où tout sombre et s'efface,
> Accueille tes enfants dans ton sein étoilé;
> Affranchis-nous du temps, du nombre, de l'espace,
> Et rends-nous le repos que la vie a troublé.

Je parle de la forme, bien entendu, et non du sentiment téméraire qu'expriment ces beaux vers. C'est là
une facture magistrale, d'une grande beauté. Il me souvient que M. de Lamartine a essayé de rendre quelque
part la même pensée. Il a dit, dans une mélancolique
méditation sur l'éternel repos :·

> Le bonheur de la mort c'est d'être enseveli.

Quelle différence dans l'expression ! Est-ce la mort
qui est heureuse d'être ensevelie, ou cela signifie-t-il

qu'on a le bonheur d'être enseveli quand on est mort ? Au fait, on voit bien ce qu'il veut dire, mais le vers est incorrect et confus. On peut s'en expliquer librement avec M. de Lamartine, car ces négligences disparaissent dans les plis éblouissants de ses ailes, et je n'en parle que pour constater qu'on ne trouverait jamais de ces taches sur les lignes correctes et sévères du style de M. Leconte de L'Isle. Je tiens, en un mot, à rendre à cet écrivain justice complète sur tous ses mérites, pour qu'on voie bien clairement qu'il n'est pas un intrus quand il parle de poésie, et que moi-même je parle sans passion de sa personne et de son talent.

Je mentirais si je disais que je fais le même cas de sa prose que de sa poésie. A vrai dire, je ne connais de lui que cet article même sur Béranger, auquel je veux répondre, et je le trouve d'une qualité bien inférieure comme prosateur. A première vue, il a une limpidité et un éclat dont on est facilement ébloui ; je sais de fins connaisseurs qui s'y sont trompés, qui ont pris ce strass pour du diamant. En y regardant de près, l'habitude de la versification se trahit par l'abus des épithètes ; l'expression manque de fermeté et de relief.

Mais enfin, que M. Leconte de L'Isle écrive en prose bien ou mal, ce n'est pas la question. L'essentiel, c'est qu'il a toutes les aptitudes qu'on peut souhaiter pour être bon juge en poésie.

Or, comment ce poëte, si voisin de la perfection littéraire, en est-il venu à contester à Béranger, d'une ma-

nière absolue, toute valeur poétique? D'où peut venir
l'audace d'un tel défi jeté à l'opinion universelle? Le
fait est assez original, et la question assez intéressante, pour qu'on s'en occupe avec un soin tout particulier.

M. Louis Veuillot, considérant Béranger sous le point
de vue moral et religieux, lui a infligé une de ces diatribes cruelles et inexorables dont je reconnais la justice
sans en envier le courage. Mais il est assez douloureux
qu'à ce point de vue on soit obligé de renoncer à défendre Béranger, sans qu'il faille encore laisser flétrir
par d'inexplicables aberrations une gloire qui est un des
plus beaux fleurons de notre couronne littéraire. L'Université, qu'on n'accusera pas d'une tolérance trop
complaisante aux contemporains, a accueilli depuis
longtemps, et classé à côté d'Horace, celui qui disait de
lui-même, avec la conscience de cette glorieuse pa-
renté :

> En vain faut-il qu'on me traduise Homère;
> Oui, je fus Grec, Pythagore a raison,
> Sous Périclès j'eus Athènes pour mère.

S'il était Grec par l'exquis sentiment du beau, il
était Français, je veux dire national, dans l'acception
du mot la plus fière et la plus élevée. La France parla
par ses lèvres d'or une langue incomparable dont Mon-
taigne, Régnier, Molière, Lafontaine avaient rêvé toute

la grâce et toute la noblesse, sans y atteindre au même
degré, et son âme fut l'écho des inspirations les plus
généreuses et les plus sacrées qui aient jamais enflammé
l'âme de la patrie.

Recevez, etc.

BÉRANGER

II

Paris, 26 août 1864.

Je n'ai peut-être pas donné dans ma dernière lettre une idée assez exacte, assez précise des critiques de M. Leconte de L'Isle.

Il faut qu'on sache que, pour M. Leconte, les chansons de Béranger ne sont que de « maigres pamphlets à refrains, pauvrement conçus, pauvrement écrits. » Le poëte est complétement nié « aux divers point de » vue de la puissance intellectuelle, du sentiment de la » nature, du style et de l'entente spéciale du vers. » Béranger, enfin, « est un esprit médiocre, sans finesse, sans verve, sans gaieté. » Comme lyrique, « il manque de souffle et d'élan. » La langue qu'il parle est une langue « stérile, terne et prosaïque ; son instrument, un ins-

15.

trument imparfait. » En un mot, « les vers diffèrent peu de la prose courante et sont incolores, sourds et mal construits. » C'est plus qu'il n'en faut, ajoute Zoïle, « pour n'irriter personne et se faire comprendre de tous. »

Après ce jugement, il n'y a plus qu'à écrire sur les murailles : *Béranger, idiot !* car ce qui reste de tant de gloire est moins qu'il n'en faudrait raisonnablement pour un poëte de l'Alcazar, chanté par Mlle Thérésa.

M. Leconte, je l'ai dit, est un homme de talent, un homme dont la critique ne saurait passer inaperçue. Il a ses raisons, il doit les avoir, et voilà pourquoi je voudrais raisonner avec lui. Il s'agit moins encore de Béranger que de nous tous, qui jusqu'à présent, nous croyant quelque compétence en matière d'esprit, de patriotisme, d'éloquence, de littérature, nous trouverions tout à coup signalés à la nouvelle génération comme une cohue d'ignorants, tandis que M. Leconte serait le révélateur suscité par Apollon pour nous guérir enfin de la berlue.

Voici du reste sa théorie :

Pour lui, il y a deux catégories, ou, si l'on veut, deux espèces de poëtes : la première « est celle des révélateurs antiques du beau. » Ceux-là naissent « aux épo- » ques vivaces où les rêves, les terreurs, les espé- » rances, les passions vigoureuses des races jeunes et » naïves jaillissent de toutes parts en légendes pleines » d'amour ou de haine, d'exaltation mystique ou d'hé-

» roïsme, en récits charmants ou terribles, joyeux
» comme l'éclat de rire de l'enfance, sombres comme
» une colère de barbare, et flottant sans formes pré-
» cises de génération en génération, d'âme en âme et
» de bouche en bouche, dans les temps de floraison
» *merveilleuse* de poésie *primitive*, etc. » Ils s'assi-
milent « les germes épars du génie commun, et deviennent des poëtes *populaires* et nationaux. »

Béranger, j'en conviens, n'a ni l'éclat de rire joyeux
de l'enfance, ni les colères des barbares, ni l'exaltation
mystique des bardes chevelus de la première race. Il
n'est point du temps des floraisons *merveilleuses* de
poésie *primitive*, et que M. Leconte le mette hors de
sa première catégorie, j'y consens.

Mais il en établit une autre, celle des poëtes qui arri-
vent quand les « races ont vécu, lutté, souffert et vieilli.
» Sans trop de culture littéraire, mais habiles à expri-
» mer, dans une langue spontanément éloquente et
» colorée, les traditions qui survivent, les tristesses
» vagues, les rêveries confuses, les dures misères et
» les joies rapides de la foule, ceux-là sont encore de
» vrais poëtes populaires et nationaux dignes de sym-
» pathie et d'admiration. »

Or, voilà bien ce qui me confond : c'est que M. Leconte ne s'aperçoive pas qu'involontairement il vient de
fixer lui-même la place de Béranger, de la manière la
plus nette et la plus saisissante. Ce cadre si bien tracé,
ne semble-t-il pas fait exprès pour celui dont l'union

avec le peuple, avec ses joies, ses espérances et ses misères fut si intime, que lui-même se flattait de n'avoir
jamais eu d'autre inspiration ? « A chaque événement,
disait-il, je l'ai consultée (l'âme des foules) et j'ai presque toujours attendu que ses sentiments fussent en rapport avec mes réflexions pour en faire ma règle de conduite. » Comment donc pourrait-on contester que, par
l'inspiration d'abord, Béranger présente tous les caractères requis par M. Leconte lui-même, pour constituer
au plus haut degré la poésie essentiellement populaire
et nationale ?

Quant à la forme, il me semble qu'il doit être facile
de s'entendre, et le beau a des règles qui permettent
qu'on apprécie avec une certitude parfaite le mérite
des œuvres d'art, sous le rapport de la forme et de la
couleur.

On n'a pas le droit de s'en tenir à des dénégations
brutales. Nier, toujours nier, sans preuve, rappelle trop
le dicton de l'école : *Plus negare potest asinus quam
probare philosophus.* Je voudrais que M. Leconte nous
citât, par exemple, les poëtes à qui il reconnaît les
qualités constitutives de la poésie, par opposition à
Béranger. Je le laisse même libre de se citer lui-même
comme un des modèles les plus parfaits, à son gré.
Après lui, reconnaît-il Horace, Anacréon, Pindare,
c'est-à-dire les types accomplis de la grâce, de la pureté
et de l'éloquence antiques ? Qu'il nous dise, en ce cas,
ce qu'il a trouvé dans ces poëtes immortels, de plus

parfait que le *Voyage imaginaire*, l'*Ange aux yeux bleus*, le *Temps*, la *Déesse*, les *Sciences*, la *Sylphide*, le *Cachet*, l'*Hiver*, les *Hirondelles*. Qu'il relise avec nous le *Pigeon messager* :

> L'Aï brillait et ma jeune maîtresse
> Chantait les dieux dans la Grèce oubliés ;
> Nous comparions notre France à la Grèce,
> Quand un pigeon vint s'abattre à nos pieds.
> Nœris découvre un billet sous son aile :
> Il le portait vers des foyers chéris...
> Bois dans ma coupe, ô messager fidèle,
> Et dors en paix sur le sein de Nœris.

Est-ce dans cette admirable invocation à la Grèce, que M. Leconte de L'Isle trouve « une langue terne et sénile ? »

> Daignez au port accueillir un barbare ;
> Vierges d'Athène, encouragez ma voix...
> Pour vos climats, je quitte un ciel avare
> Où le génie est l'esclave des rois.
> Sauvez ma lyre... elle est persécutée ;
> Et si mes chants peuvent vous attendrir,
> Mêlez ma cendre aux cendres de Tyrtée :
> Sous ce beau ciel, je suis venu mourir !

Est-ce le *Vieux sergent* qui « manque de souffle et d'élan, » et où l'on sent les incertitudes pénibles d'un instrument imparfait ?

> Mais qu'entend-il ! Le tambour qui résonne.
> Il voit au loin passer un bataillon.
> Le sang remonte à son front qui grisonne ;
> Le vieux coursier a senti l'aiguillon.

Hélas! soudain, tristement il s'écrie :
« C'est un drapeau que je ne connais pas!
» Ah! si jamais vous vengez la patrie,
» Dieu, mes enfants, vous donne un beau trépas! »

Qui nous rendra, dit cet homme héroïque,
Aux bords du Rhin, à Jemmape, à Fleurus,
Ces paysans, fils de la République
Comme un seul homme à sa voix accourus!
Pieds nus, sans pain, sourds aux lâches alarmes,
Tous à la gloire allaient du même pas :
Le Rhin, lui seul, peut retremper nos armes.
Dieu, mes enfants, vous donne un beau trépas!

Si M. Leconte de L'Isle voulait raisonner ! Mais il ne raisonne point ; il n'en a nul souci ; il déclare dans une étude sur Lamartine, « qu'il n'écrit pas pour prouver. » « La critique, dit-il, est vaine, en soi. Elle n'enseigne rien, et ne modifie rien. Il ne s'agit ici que de penser librement. »

Ils sont charmants avec leur liberté de penser ! Qu'ils pensent ce qu'il leur plaira, mais qu'ils le gardent ! Du moment qu'ils n'écrivent point pour prouver quelque chose, qu'avons-nous à faire de leurs critiques ? Que diraient-ils si, pour l'unique plaisir de penser librement, nous déclarions à tout venant que nous les tenons pour de stériles envieux ? C'est alors qu'ils nous sommeraient d'avoir à prouver ! Eh mais ! il se pourrait que ce fût plus facile qu'ils ne pensent.

Je ne parle pas ici de M. Leconte de L'Isle, bien entendu. On connaît mes sentiments sur sa personne et sur son talent.

Du reste, pas de courroux ! J'ai juré de devenir un modèle de modération et de douceur, pour donner un démenti aux mauvaises langues.

Un mot seulement avant de finir :

On me fait remarquer qu'en citant une strophe de M. Leconte de L'Isle, j'ai commis une des plus graves inadvertances qui puissent désobliger un poëte.

« Vous avez, me dit un scrupuleux et bienveillant correspondant, substitué au texte une expression, entre autres, qui ne dénature en rien la symétrie du vers, mais qui altère peut-être la justesse de la pensée. Voici la véritable version :

> Et toi divine Mort où tout *rentre* et s'efface,
> Accueille tes enfants dans ton sein étoilé.
> Affranchis-nous du temps, du nombre, de l'espace,
> Et rends-nous le repos que la vie a troublé ! »

Dans ma citation, toute de mémoire, je faisais dire à M. Leconte de L'Isle.

> O Mort, divine Mort où tout *sombre* et s'efface...

J'avais mis *sombre* au lieu de *rentre*, et cela sans préméditation, naturellement, parce que c'est naturellement qu'on a du bon sens ou qu'on n'en a pas. Or, je crois que mon expression était la meilleure, et voici pourquoi : Dire que *tout rentre dans la mort*, n'est-ce pas faire entendre que *tout en est sorti*, ce que personne ne s'est encore avisé de soutenir ? La mort implique la vie et ne l'engendre pas. **La** vie ne peut donc pas *rentrer dans la mort*, comme dans le sein d'une mère qui l'aurait enfantée.

On peut dire, en employant une image qui n'est pas sans grandeur, que la vie *sombre* dans la mort, mais non pas qu'elle y *rentre*, et en faisant au poëte la restitution qu'on me réclame, je ne peux m'empêcher de la regretter.

Ah ! Béranger connaissait autrement la philosophie de la langue !

Agréez, etc.

LE DOIGT DE DIEU

—

III

Paris, 10 septembre 1864.

Monsieur ,

Dans notre pays, où les impressions les plus graves sont si mobiles et si fugitives, on ne suit pas longuement la même idée. Il y a longtemps que la question du Slesvig et du Danemark a remplacé la question romaine qui semble venir de l'autre monde.

Cependant, il ne faudrait pas trop oublier qu'il est des lois inexorables auxquelles nul ne saurait échapper, pas même les papes. Chaque instant nous rapproche du terme fatal qui doit remettre à l'ordre du jour et soumettre à une solution définitive le conflit momentanément apaisé de la cour de Rome et de Turin.

Pour ma part, je suis ramené inopinément à cette préoccupation par un journal d'Italie qui me tombe sous la main et où je trouve l'annonce d'un livre « très-curieux, dit-on, et très-original, » destiné à produire une immense sensation. Cette annonce, rédigée peut-être par l'auteur même du livre, est assez développée pour en donner une idée assez complète :

Il s'appellera : *Le Doigt de Dieu !*

Il renfermera l'énumération de tous les princes, et, en second lieu, de tous les hommes qui, mêlés à un titre quelconque aux événements de ce monde, ont été visiblement châtiés par le doigt divin, pour avoir osé toucher aux priviléges de l'Église.

La thèse peut être curieuse, mais elle est moins originale que ne semble le croire le journal italien. Elle a été longuement exploitée par l'*Univers*, par le *Monde* et par tous nos journaux ultrà-religieux.

Ces pieuses gens semblent convaincus que les rois et les empereurs de la terre n'ont pas un cor aux pieds qui ne leur soit envoyé comme un avertissement du ciel.

Le journal voulant donner une idée des « faits surprenants et providentiels qui seront relatés dans le livre, cite, entre autres, Mgr Caputo, évêque d'Ariano, qui « ayant osé prophétiser que le 6 septembre 1862 verrait Victor Emmanuel régner à Rome avec Pie IX, fut frappé de mort, juste ce jour-là. »

Puis viendra la nomenclature spéciale de tous les souverains qui eurent maille à partir avec les papes :

« Louis XIV, délaissé au fond de son palais après avoir vu ses victoires changées en revers, et expiant providentiellement la déclaration de 1682, qui fonda le *schisme* de l'Église gallicane.

» Henri IV d'Allemagne, fugitif, dépouillé par ses propres fils, et châtié par cette fin misérable de ses révoltes contre Grégoire VII, etc. »

Sans qu'on en doive rien préjuger contre mes sentiments que j'estime très-catholiques et très-sincèrement dévoués à l'Église, je veux démontrer combien cette thèse est puérile et ne peut soutenir historiquement et philosophiquement un examen sérieux.

Prenons les exemples qu'on nous donne :

Louis XIV est mort, il est vrai, abreuvé d'ennuis, après avoir assisté à l'obscurcissement de sa gloire. Mais si la déclaration de 1682 est pour quelque chose dans cette triste fin, comment se fait-il que Bossuet, qui en fut le promoteur, meurt plein de jours heureux, et enseveli, pour ainsi dire, dans sa gloire ?

Bossuet ne relevait-il pas du même Dieu que Louis XIV; ou Dieu a-t-il deux poids et deux mesures pour les évêques et pour les souverains? S'il faut admettre l'intervention spéciale de la divinité pour châtier ou pour récompenser les princes coupables, à quoi peut-on reconnaître que Louis XIV est puni de la *déclaration des libertés gallicanes* et non pas des *massacres des Cévennes*, par exemple, ou de la *révocation de l'édit de Nantes ?*

Grégoire VII rêve d'étendre son pouvoir sur l'empire d'Occident, après avoir asservi l'Italie tout entière à la tiare. « Il met l'Église dans l'État, » dit un éloquent historien, « et fonde une théocratie féodale, du sommet de laquelle le représentant de Dieu sur la terre doit disposer en maître absolu des corps et des consciences. L'Italie, qu'il a paru vouloir affranchir, est sa première vassale ; elle doit payer la gloire de posséder le pape, par une obéissance exemplaire. » Aussi, à peine l'empereur Henri IV a-t-il osé essayer d'entrer en lutte avec Grégoire VII, que vaincu par les foudres pontificales, il est contraint de venir lui-même en Italie implorer son pardon au château de Canossa. Et pendant trois jours, laissé dans la cour comme un chien, les pieds nus, dans la neige, ce souverain attend à genoux que le pape le prenne en pitié et le relève de l'excommunication !

Tout cela est vrai.

Mais si, à cette humiliation du prince de l'empire, les théologiens reconnaissent le « doigt de Dieu » et triomphent, ils se pressent trop.

Qu'ils tournent la page :

Huit ans plus tard, Henri IV se relève. La bataille de Volkseim lui rend l'Allemagne ; il s'empare de Rome ; le pape vaincu à son tour n'est sauvé des mains de l'empereur que par un bandit normand qui passait par là. Proscrit, fugitif, découronné, il va mourir à Salerne, et, au moment de rendre le dernier soupir, il jette au ciel un regard ironique en s'écriant : « *Je meurs dans l'exil parce que j'ai aimé la justice et poursuivi l'iniquité !* »

Il est vrai qu'Henri IV meurt quelques années après, non moins misérable, dépouillé par ses propres fils et enseveli dans une cave de la ville de Spire.

Mais finalement, que prouvent donc ces alternatives de revers et de victoires, répartis de telle sorte qu'il serait fort difficile de faire le compte de chacun ? Si la chute d'Henri IV est un châtiment du ciel, la chute de Grégoire VII est-elle une récompense ?

En bonne logique humaine, la double catastrophe des deux adversaires n'est-elle pas l'équitable châtiment de deux orgueils également insolents et également désagréables à Dieu ?

La véritable leçon à tirer de tous ces enseignements historiques, n'est-ce pas que les papes et les rois doivent chercher les voies de Dieu dans l'équitable conciliation de leurs droits réciproques, et que toute ambition qui n'a point pour unique mobile et pour unique mesure le désir de la justice et le bonheur des peuples, qu'elle s'appelle Grégoire VII ou Henri d'Allemagne, en ce monde et en l'autre est infailliblement condamnée à la réprobation de la terre et du ciel ?

Agréez, etc.

M. DE PERSIGNY

A M. J. BARILE, AU COURRIER DE MARSEILLE

IV

Paris, 15 octobre 1864.

Monsieur,

Vous avez relevé avec beaucoup de justesse et d'élévation les griefs formulés par une certaine presse contre le
discours de M. de Persigny, qui a soulevé tant de colères
et si peu de raisons. Mais je trouve que vous leur avez
fait trop d'honneur. Les journaux qui accusent M. de
Persigny d'être ennemi du progrès et de la liberté,
n'ont pas besoin d'être avertis qu'ils se trompent. Ils
le savent aussi bien que vous et moi.

M. de Persigny — qui l'ignore? — est, de tous les
hommes de l'empire, le plus éminent et le plus respecté. Son nom s'associe naturellement à l'auguste
nom du souverain, et il participe à sa gloire d'une

manière plus particulière que tout autre. Hors du pouvoir, il reste encore l'expression la plus pure de l'incorruptibilité et du dévouement. Au pouvoir, sa présence est celle qui ¦offusque et qui gêne le plus les fidélités véreuses, les transactions immorales et les trahisons intimes. En voilà assez pour expliquer les traits dirigés contre M. de Persigny. Ils n'ont une vivacité exceptionnelle que parce qu'ils touchent plus directement, en sa personne, au cœur même de l'empire.

Ceux qui ont suivi cet homme d'État dans les diverses phases de sa carrière, et qui ont étudié attentivement le développement de ses doctrines, ne doutent pas que M. de Persigny ne soit très-foncièrement libéral, et qu'il n'incline à tous les progrès qu'on peut rêver au nom de la liberté et de la science. Mais, en même temps, ils constatent et ils admirent en lui un sens pratique d'une rare lucidité qui maintient, dans une mesure parfaite, les inspirations de son esprit et les généreuses ardeurs de son tempérament.

A coup sûr, il ne proscrit pas l'opposition ; il a même appris en Angleterre à apprécier le rôle utile qu'elle peut avoir dans l'État. Et comment un homme d'une intelligence si haute et d'une expérience si rare méconnaîtrait-il que les institutions humaines étant tout à la fois et de leur nature essentiellement imparfaites et essentiellement perfectibles, on est toujours fondé, en principe, à leur demander plus qu'elles ne donnent et à réclamer le redressement de leurs imperfections ? Il est d'accord, sur tous ces points, j'en suis certain, avec les libéraux les plus avancés; seulement il est en dissentiment avec eux sur la mesure qui doit régler les exigences des perfectionnistes et concilier le double besoin qu'éprouve l'humanité d'aller en avant, et de se ménager des heures de repos, sans quoi la route du progrès ne serait plus qu'un supplice comme celui d'Ixion et d'Isaac Laquedem.

En réalité, — et pour sortir des théories, — quelle est la situation où nous sommes? La société se trouve-t-elle dans une phase propice à un repos réparateur, ou dans une phase funeste qu'il faille nous hâter de franchir, dussions-nous laisser le sang de nos pieds aux cailloux du chemin?

Aux yeux des gens sensés, tout est là.

Or, voici un gouvernement qui, de l'aveu de ses adversaires eux-mêmes, a élevé la France à un degré de grandeur où n'atteignirent jamais les époques les plus florissantes. Personne ne conteste qu'il ait « accompli de grands actes, apaisé les passions par la clémence, fondé par des initiatives intelligentes et hardies la prospérité à l'intérieur, et, à l'extérieur, sa prépondérance par la gloire. »

Est-il juste, est-il légitime, sous prétexte que l'opposition est nécessaire dans l'État, de souffrir que cette opposition, exagérant ses droits et dénaturant son rôle, s'acharne à harceler sans relâche un pouvoir auquel ses adversaires eux-mêmes rendent un tel hommage?

16

Faut-il lui laisser la liberté de s'attacher à lui, non comme le laboureur qui aiguillonne le bœuf dans le sillon, mais comme le toréador qui met le feu au flanc du taureau pour le divertissement des spectateurs et pour l'honneur de son adresse?

Lorsqu'un ordre nouveau s'élabore, lorsque de nouvelles et grandes choses sont en état de fécondation, est-il raisonnable que des fractions relativement imperceptibles prétendent, sous prétexte de liberté, avoir le droit de fomenter, d'attiser à tort et à travers l'esprit d'innovation et de rénovation, et toutes les turbulences stériles et insensées des rancunes mal éteintes, des ambitions déçues, des appétis inassouvis?

Si les journalistes qui se montrent si âpres à revendiquer la liberté absolue de ce grand instrument de démolition qui s'appelle la presse, daignaient tenir compte de la province (elle fait partie de la France, quoiqu'on ne paraisse pas s'en douter), ils pourraient s'assurer combien peu la masse du pays s'intéresse à cette affaire; combien, si énorme pour nous tous qui sommes de la confrérie, elle est médiocre et insignifiante pour l'homme des champs, pour le laboureur et pour le commerçant de la Brie, de la Limagne, du Rouergue, du Poitou, du Béarn, du Lyonnais, de la Gascogne, tous pays français, soit dit sans offenser personne, et qui prétendent avoir quelques voix au chapitre, quand il s'agit des affaires du pays.

Ils disent que ce n'est point la presse qui fait lever

le grain et pousser la vigne, et que depuis longtemps elle serait parvenue à désorganiser même les saisons, si Dieu, pour le bien de tous, ne les avait mises hors de son atteinte. C'est mal raisonner, j'en suis d'accord, mais c'est ainsi, et quand on vit sous le régime du suffrage universel, c'est-à-dire de la souveraineté de l'opinion, il faut bien souffrir que le gouvernement en tienne compte et ne nous dispense qu'avec mesure ce que l'opinion ne réclame pas.

Voulez-vous réconcilier la presse avec le pays? Vouez à l'intérêt public seul un zèle sans équivoque, pur de tout esprit de parti, de toute-arrière pensée de subversion et de désordre ; ôtez de la conscience publique la conviction injurieuse et injuste, sans doute, mais profondément enracinée, que vous êtes des rétrogrades, des réactionnaires bleus, rouges ou blancs, remorquant dans l'ombre, à votre suite, des régimes dont on ne veut plus, des ambitions dont on est las, des personnalités dont on est écœuré, et alors, nous aussi, nous chanterons avec le poëte : *Nunc pede libero pulsanda tellus !* Nous aussi, nous réclamerons la suppression des dernières restrictions qui gênent encore la liberté, et nous saluerons son couronnement avec joie, parce qu'elle sera venue en son temps, à son heure, et dans des conditions où ses écarts ne risqueront plus de compromettre des biens précieux et chèrement conquis.

Agréez, etc.

DE L'INSTRUCTION OBLIGATOIRE

—

A M. JULES BARILE

V

Paris, 10 avril 1865.

Monsieur,

M. Jules Simon, le Lycurgue de la démocratie de l'avenir, vient de publier sur la question de l'enseignement un livre qui fait quelque bruit. D'un autre côté, quelques journaux croient pouvoir faire pressentir que la question de l'instruction primaire obligatoire serait sérieusement à l'étude dans les régions officielles.

Félicitons-nous-en : aucun sujet plus élevé ne saurait être offert aux méditations des hommes d'État, et il faut attendre toutes sortes d'initiatives généreuses de la part du ministre actif, habile et rare, à qui nous de-

16.

vons déjà tant de réformes si intelligentes: Assurément, il y a beaucoup et il y aura toujours beaucoup à faire, quoi qu'on fasse, pour l'enseignement primaire. Le personnel, le matériel, les méthodes réclament des améliorations nombreuses; mais à entendre M. Jules Simon et son parti, il semblerait, en vérité, que nous soyons arriérés sur le chapitre de l'instruction comme les Samoïèdes, et que M. Jules Simon soit le révélateur, le Nadar de l'enseignement primaire.

Je veux protester contre cette prétention:

Il est bon que le *Siècle*, le *Temps*, l'*Opinion nationale* soient informés que l'*instruction gratuite obligatoire*, objet de leurs revendications, existe en France et s'y développe incessamment.

Il n'y a qu'eux qui ne sachent pas cela.

Eux seuls ignorent que dans toutes les communes pourvues d'une école primaire — et c'est la trèsgrande majorité — l'instruction est gratuite pour tous ceux qui ne peuvent pas la payer.

Les municipalités imposent d'office à l'instituteur les enfants des pauvres; l'école est ouverte à tous les indigents, et, chaque année, des fonds sont votés pour concourir aux frais de l'instruction gratuite dans les ommunes. Et si l'on considère qu'à côté de l'État, une multitude d'associations bienfaisantes s'empressent à mettre avec le zèle le plus louable l'instruction gratuite à la disposition des familles, il sera permis d'affirmer qu'il n'y a pas, en ce moment-ci, sur toute la surface de l'empire, un hameau où un enfant ne se trouve, sur le vœu de ses parents, en mesure d'aller à l'école primaire, et même beaucoup plus loin.

Il est vrai que si l'instruction est *obligatoire* pour l'instituteur, en ce sens qu'il est légalement obligé de donner l'instruction *gratuite* aux indigents, elle n'est pas *obligatoire* pour les familles.

L'État forme des instituteurs ;

Il les met à la disposition des populations ;

Il s'efforce de plus en plus d'améliorer leur sort, afin de les attacher, de les affectionner à leurs utiles fonctions.

L'État multiplie les allocations, afin d'aider les communes à avoir des salles d'études commodes, bien aérées, bien chauffées, bien pourvues de tout ce qui peut encourager le goût de l'école.

L'État veille au bon entretien des voies de communication ; il les accroît et les fait pénétrer jusque dans les localités les plus reculées, pour que l'accès de l'école soit de plus en plus facile, pour mettre en quelque sorte le chemin de l'école sous les pieds des enfants ; l'État fait tout cela, mais il est une chose à laquelle il n'a pas encore songé :

Annexer la gendarmerie à l'école.

On n'envoie pas le brigadier et ses hommes chez le paysan pour prendre l'enfant de vive force ; on ne lui signifie pas de contraintes, on ne met pas de garnisaires dans sa maison ; on ne jette pas en prison le pauvre

diable qui préfère envoyer son gars aux vaches qu'à
l'instituteur.

Il en est encore de ces récalcitrants qui vous ont les
raisons les plus étranges du monde.

Ils vous disent :

Que leur grand-père, qui ne savait ni lire ni écrire,
était, en son temps, un des plus madrés de l'endroit,
homme respecté et consulté par les plus habiles ;

Qu'on en voit d'aucuns qui ont appris à lire et à
écrire et auraient mieux fait, peut-être, d'apprendre à
tirer l'aiguille ; ils pourraient rapiécer leurs coudes
percés ;

Que le fermier de la Braye, qui toute sa vie dut faire
ses comptes avec des encoches, parti de rien est aujourd'hui un des plus huppés du pays, et compte ses
écus par cent mille, tandis que le fils du voisin qui, à
sept ans déjà, savait écrire du papier timbré pour le
notaire, en a tant écrit depuis pour ses créanciers,
qu'il est en prison à Remiremont.

Sottes raisons, je le sais, mais non pas plus sottes
que celles des Juifs au pape pour ne pas envoyer leurs
juiveteaux chez lui, apprendre à lire dans les épîtres de
saint Paul. Dieu sait si certains emplirent le monde de
leurs clameurs, lorsque les hallebardiers du pape enle-
vèrent le fils Mortara du foyer paternel pour le soumettre à l'instruction obligatoire !

Et pourtant, que prétendrait-on aujourd'hui chez
nous ? On prétendrait faire exactement, au nom de

l'alphàbet, ce qu'on ne permet pas que le pape fasse au nom de la religion !

On conteste au pape le droit de faire des petits Mortaras chrétiens malgré leurs parents, et l'on prétendrait s'arroger le droit de faire des petits Mortaras lettrés, malgré leurs pères ! Qu'on leur apprenne à lire l'Évangile, ce sera une violation de la liberté, mais qu'on leur apprenne à lire le *Siècle*, ce sera une œuvre pie et un hommage rendu à la volonté du créateur !

Ah ! convenons-en :

S'il est vrai, comme il n'en faut malheureusement pas douter, qu'à peu près tous les gouvernements de ce monde, plus ou moins, ont leurs erreurs, leurs faiblesses, leurs fautes, leurs oppressions injustes, leurs dominations arbitraires, une vérité qui chaque jour est de plus en plus visible, c'est que les partis qui aspirent à les supplanter n'ont à mettre à leur place que des erreurs, des fautes, des faiblesses, des oppressions et des dominations exactement pareilles, servies par des gendarmes différents de cocarde peut-être, mais toujours commandés par le même brigadier.

Agréez, etc.

DE L'INSTRUCTION OBLIGATOIRE

—

Paris, 20 décembre 1864.

Monsieur,

Un journaliste de talent, M. Gâches, écrit que mes « dernières observations sur l'état actuel de l'instruction primaire, au point de vue de la *gratuité*, lui paraissent dignes d'être prises en sérieuse considération; » mais qu'il est difficile d'être de mon avis, lorsque « j'assimile les mesures réclamées par les partisans de l'instruction primaire obligatoire aux rigueurs déployées, dans certains pays, en violation des droits les plus saints de la famille et de la plus sacrée des libertés. »

« La comparaison des *petits Mortaras lettrés* peut plaire comme trait d'esprit, continue mon contradicteur, mais c'est tout. Ce n'est pas avec un mot spirituel qu'on peut résoudre des questions aussi capitales. *La liberté n'est pas violée lorsqu'il s'agit de contraindre l'homme à l'un des devoirs les plus impérieux de la morale.* On traduit devant les juges le père qui refuse à son fils le pain du corps; où serait le mal quand bien même on enverrait aussi devant les juges le père qui, pouvant fournir à son fils le pain de l'intelligence, se refuse à le lui donner? On expédie des gendarmes chez le père de famille qui cache son fils réfractaire et l'on envoie celui-ci à l'armée. J'avoue que je n'aurais aucune envie de me lamenter parce que l'on expédierait — *non pas les gendarmes*, — mais un huissier au père de famille qui n'enverrait pas son fils chez l'instituteur son voisin. »

Ainsi s'exprime mon honorable confrère et je veux lui répondre, car on voit que c'est là un homme consciencieux, qui cherche le bien avec sincérité.

Il ne lui répugnerait pas, il en convient, que le père récalcitrant fût conduit devant les juges. Il ne gémirait pas, parce qu'on enverrait, *non pas les gendarmes* mais *un huissier*, chez le père de famille. Ce scrupule à l'endroit du gendarme, je l'avoue, me paraît plaisant. Je dis, moi, que la logique est infaillible et ne recule pas. Il n'y a pas de milieu:

Vous voulez ou vous ne voulez pas de coercition :

Si *oui*, il faut aller jusqu'au bout. Après l'huissier le gendarme. Ils se complètent l'un par l'autre, désagréablement, c'est vrai, mais logiquement.

Si *non*, n'en parlons plus et laissons aller les choses comme elles vont; cela vaudra mieux de toutes manières.

D'abord elles vont bien.

L'instruction primaire se développe évidemment sans coercition, et d'elle-même, d'un côté par la multiplication des écoles, par la gratuité disponible pour tous ceux qui sont hors d'état de payer l'instituteur ; de l'autre côté, par l'accroissement incessant du bien-être des populations rurales. Ceci est le grand point.

Ce n'est pas assez que l'école gratuite soit mise à la portée de l'enfant de l'ouvrier et du paysan ; ce qu'il faut encore, c'est qu'il y ait chez l'ouvrier et chez le paysan suffisance de ressources pour que l'enfant, à l'heure où on le voudrait à l'école, ne soit pas nécessaire à la maison.

Croyez-vous qu'il y ait de pauvre diable au monde qui ne fût aise de voir aller l'enfant chez l'instituteur? Mais il y a des soins, des charges, des fonctions qui réclament le petit à la métairie, à la maison ou à l'atelier, dès l'âge même d'apprendre à lire.

A cet âge, il est déjà un auxiliaire utile dans des travaux où des bras plus forts ne pourraient pas le suppléer. Il est une garde indispensable auprès d'un petit frère au berceau ou d'une grand'mère; il est un appui pour un vieillard infirme ; il est un serviteur précieux dans une foule de situations misérables que sa présence adoucit, que son zèle docile rend plus aisées à supporter. Hélas! on l'a, en quelque sorte, créé et mis au monde tout exprès pour cela. Il pendait à la mamelle de sa mère, sur la porte de la ferme, qu'on pensait déjà à l'époque où gardant les vaches, les poules, le grand-père malade, il serait une ressource, et une consolation.

Et voilà pourtant les situations où auraient affaire vos huissiers et vos gendarmes! Y tenez-vous absolument? Que l'huissier alors prenne la place du gars à la maison et que le gendarme aille garder les poules!

Jusque-là, le moyen le plus sûr de parvenir au but, c'est de réaliser le rêve de l'empereur; c'est de développer le bien-être, de le faire pénétrer dans les couches inférieures où la misère rive forcément le pauvre à l'ignorance; c'est de fermer l'ère des agitations politiques qui rompent incessamment la trame du bien accompli, qui empêchent les meilleures intentions et les plus excellentes mesures de porter leurs fruits, parce que les révolutions viennent faucher le blé en herbe.

Laissez faire les progrès du commerce et de l'industrie, et, d'ici à trente ans, grâce à la diffusion du bien-être, il n'y aura plus un fils de Jacques Bonhomme qui ne sache lire et écrire dans le pays du suffrage universel.

La question de savoir s'il convient qu'il en soit ainsi, n'est pas ce qui nous divise, mon correspondant et moi. Nous nous accordons sur le but et ne différons d'avis que sur les moyens.

Il voudrait et je ne voudrais pas de coercition.

Ce n'est pas un trait d'esprit que je fis, mais un trait de logique, en parlant des petits *Mortaras lettrés* qu'on voudrait faire, tandis qu'on refuse au pape le droit de faire des petits *Mortaras chrétiens*.

Quelques bonnes raisons que pût invoquer l'État pour établir que la lecture et l'écriture intéressent au plus haut degré la dignité intellectuelle du pays, le pape, à son point de vue, n'en a pas de moins excellentes pour prétendre que le catéchisme et la confession intéressent au plus haut degré le salut des âmes.

Il faut y prendre garde :

Le jour où l'État annexerait la gendarmerie à l'école gratuite, force gens pourraient trouver logique d'annexer du même coup la gendarmerie au catéchisme et au confessionnal.

Je crois, tout compte fait, qu'en ces matières si délicates, le plus prudent est de laisser faire la liberté, secondée par un pouvoir bienveillant.

Agréez, etc.

GARIBALDI

GARIBALDI

Paris, 30 octobre 1864.

Garibaldi, en apprenant la convention du 15 septembre, qui fixe à deux ans de date l'évacuation de Rome,
a écrit *que les Français sont une fange et une souillure*
dont il faut purger l'Italie, non pas en deux ans, mais
en deux heures.

Cet homme est la plus cynique expression de la haine
traditionnelle qui grouille dans les bas-fonds italiens.
Du haut d'un balcon, l'année dernière, il disait aux Palermitains : « *Aiguisez vos couteaux et souvenez-vous*
des Vêpres siciliennes ! » Encore cette apostrophe a-t-
elle un tour littéraire qu'on lui avait soufflé, car il a,
pour les grandes occasions, des secrétaires et des courtisans qui lui préparent d'avance de belles paroles,
comme à un prince constitutionnel.

Je me suis expliqué sur ces insolences avec une vivacité qui m'a valu de vives récriminations. Qu'est-ce à
dire ? Lorsque Cambronne, cerné avec ses grenadiers à

Waterloo, ut sommé de se rendre, il répondit à l'ennemi un mot auquel Victor Hugo a fait les honneurs de la poésie et qu'il estime un des plus beaux traits de la langue des combats. Je n'en ai pas répondu autant à Garibaldi qui nous veut chasser de l'Italie à coups de fourche, et j'entends dire que je suis un homme fort mal élevé. J'admire ces délicats, et je veux aujourd'hui m'expliquer paisiblement. Je le disais un jour à M. de Cumont : Sachons être calmes et de bonne compagnie, et imitons l'apothicaire Fleurant qui savait traiter toutes choses avec civilité, même le derrière de ses pratiques.

Sachons surtout être justes : j'ai quelques rectifications à faire, notamment au sujet d'une histoire qui ne s'est point passée à Bergame, comme je l'ai avancé par erreur. La chose eut lieu dans une autre ville que je ne nommerai pas cette fois pour me conformer aux ménagements qu'on me recommande. Je mettrai même un X au nom du général qui joua un si triste rôle dans cette aventure; mais j'affirme que le fait est authentique et le voici :

Lorsque Garibaldi se présenta dans cette ville italienne, le général, qui y commandait au nom du roi, vint au-devant du condottiere, en grande pompe, chapeau bas et abaissa le marchepied de sa voiture. J'étais alors à Nice. En lisant ce fait dans les gazettes, sans qu'il vînt à l'idée de personne d'en relever l'incroyable servilité, je pris la plume et j'écrivis cette note dans le *Messager*

« Le ministre de la guerre ayant appris que le général X s'était ravalé jusqu'à abaisser le marchepied de la voiture de Garibaldi, l'a immédiatement destitué pour avoir manqué de respect à ses épaulettes et oublié qu'un général du roi n'est pas un laquais. »

Le soir, au cercle des officiers, on m'entoura et j'assurai qu'une dépêche télégraphique venait de me confirmer la destitution annoncée. Comme je l'avais prévu, il n'y eut qu'une voix pour applaudir. On était ravi de ce trait de courage ministériel. Un lieutenant-colonel se leva, tenant à la main un verre de punch, et dit : « Messieurs, ceci me réconcilie un peu avec les Italiens. Avec quelques hommes de cœur comme ce ministre-là, les caractères pourraient être redressés. Je bois à sa santé et à sa gloire ! »

On fit chorus, on trinqua, on battit des mains.

Et le ministre italien ?

Hélas ! il me laissa destituer tout seul le général X, et perdit cette occasion d'un bel acte qui l'aurait illustré.

L'évêque montra plus d'esprit que le soldat : il fut malade et Garibaldi dut se décider à se rendre lui-même auprès de monseigneur. MM. Türr, Bixio et le marquis de Trecchi l'accompagnaient. L'entrevue fut piquante. Comme l'évêque montrait quelque étonnement d'être l'objet d'un tel honneur, Garibaldi lui répondit qu'il venait *le féliciter de la bonne tenue du clergé de son diocèse.* A quoi Sa Grandeur répondit modestement : « Mon pro-

gramme est bien simple, monsieur. Que le magistrat
applique les lois, que le soldat tire l'épée, que le prêtre
enseigne au peuple à être bon et vertueux, et chacun
sera à sa place dans les affaires de ce monde. »

Monseigneur parlait d'or ; mais la leçon était trop fine
pour le bonhomme. Il fallait lui dire simplement : « Mon
cher monsieur, j'ignorais que vous fissiez des tournées
pastorales, et que le clergé fût de votre inspection. De
grâce, chacun son métier, et les vaches seront bien
gardées. »

J'ai retrouvé dans mes papiers une curieuse collection
de journaux de Treviglio, du mois d'avril 1862, qui dis-
cutaient gravement sur l'essence de Garibaldi, à savoir
s'il était Dieu et homme tout ensemble ou Dieu tout simplement. Les Juifs hésitaient à reconnaître en Garibaldi
le Messie promis par les prophètes. De son côté, l'*Opinione*, qui est l'organe officiel de Turin, se permettait
d'exprimer quelques scrupules au sujet de cette proposition. Mais il faut voir comme le *Trevigliese* leur répondait :

L'*Opinione*, giornale di Torino, ci biasima acramente
per il nostro articolo di sabbato su Garibaldi, colle parole : « *Garibaldi e Uomo-Dio.* » Il biasimo e logico.
L'*Opinione* ed i venduti adorano i falsi dei, Noi ed il Po-
polo adoramo Il *Vero Dio.* »

« L'*Opinion*, journal de Turin, blâme aigrement ces
paroles de notre article de samedi dernier : « Garibaldi
» est l'Homme-Dieu. » Ce blâme est logique. L'*Opinion*

et les vendus adorent les faux dieux; Nous et le peuple, nous adorons le *vrai Dieu*, Il Vero Dio. »

Même la déification pure et simple ne suffisait pas au *Diritto*, qui est l'organe officiel de Caprera. Le *Diritto*, racontant l'ivresse du nouveau Jéhovah au milieu des adorations de son peuple, s'écriait :

« Ah! qui pourra jamais redire la joie qui transpirait sur ce visage *plus que divin !* »

« O chi puo ridire la gioia che transpirava da sua volte *piu que divino !* »

Au moment où se passaient ces carnavalades, je pris la liberté de demander à ce journal, par la voie du *Messager*, quelle différence il y avait entre ses amis et les Égyptiens adorateurs de légumes. Il me répondit qu'il savait pertinemment que j'étais « un galérien et qu'on m'avait donné ma grâce, ainsi qu'à mon compère Gavini, le préfet de Nice, pour insulter Gari-baldi et les patriotes italiens. » Ainsi me voilà bien recommandé à Torino. Escudier devrait m'y faire un procès; il y trouvera des juges fixés sur mes antécédents.

J'ai sous les yeux tous ces documents. L'extravagance de l'adulation y dépasse toutes les bornes. Les sonnets seuls, les sonnets où l'on chante Garibaldi, ses grâces, sa beauté, l'éclat vainqueur de ses yeux, sa galante tournure, sa toque aux glands d'or, son pet-en-l'air cramoisi, feraient vingt volumes. Le *Movimento*, de novembre 1862, raconte le transport de Garibaldi, de la Spezzia à Pise, après la bataille d'Aspromonte. Un Dangeau républicain représente « le guerrier pirouettant avec grâce d'un lit à l'autre » et décrit « son manteau de laine blanche, doublé d'écarlate, et les riches broderies de sa calotte de velours, » en un style à renverser Cathos et Madelon. A Naples, on s'attache à son char et saint Janvier lui-même, le voyant paraître, se liquéfie avec un empressement qu'il n'avait jamais montré aux rois napolitains. A Brescia, les Brescians, qui ne voudraient pas baiser la mule du pape, se disputent à qui baisera les souliers de Garibaldi, comme si la différence des idoles pouvait excuser la platitude de l'adulation.

Soumis ainsi à un régime de flagornerie, fait pour altérer les natures les plus robustes et donner des nausées à un César romain, quoi d'étrange que ce Mazaniello d'occasion se soit enivré d'orgueil comme un prince ? Quoi de surprenant que, voyant à ses pieds les généraux, les publicistes, les hommes les plus illustres, les plus hautes renommées, le roi lui-même, il se soit trouvé plus grand que tout ce monde prosterné devant lui ? Quoi d'étonnant que ses compères lui aient persuadé que sa gloire faisait pâlir Napoléon, César et Alexandre, et que l'Italie, si ce n'est le ciel et la terre, avait été créée par ses mains ? C'est alors qu'il courut à Aspromonte, convaincu qu'il allait y apparaître comme Jéhovah sur le Sinaï, couronné de tonnerres, et que l'Europe se lèverait aux éclairs de son épée.

Ce jour-là, ce fut une des fautes, je dirais presque

une des hontes du gouvernement italien de n'oser pas infliger à Garibaldi l'égalité devant la loi de son pays. Il me souvient qu'un journal français s'écriait alors : « Le lion est blessé, enchaîné, prisonnier ; les nains s'approchent de lui et l'accablent d'injures. Il faut le juger, l'exiler ou l'emprisonner à perpétuité. Qui sait ? Il se trouvera peut-être quelque ministre pour demander sa mort ! »

J'eus l'honneur de faire remarquer à ce journal qu'à coup sûr cela se fût passé de la sorte dans la vieille Rome et qu'on eût bien fait, si la vertu démocratique est telle qu'on nous l'enseigne à l'Université. L'on excite toutes nos admirations de collège pour la grande âme de ce Manlius Torquatus, consul dans la guerre contre les Latins, qui fit couper la tête de son fils pour avoir combattu contre sa défense. Un roi d'Italie est-il moins qu'un consul romain du temps de Manlius ? Pour moi, qui me flatte d'avoir l'âme républicaine, je le déclare : Commissaire d'un conseil de guerre, j'aurais demandé qu'on condamnât Garibaldi à être fusillé, sauf ensuite à la clémence royale d'avoir son tour. Je n'ignore pas que nos mœurs sont plus voisines de la mansuétude de Platon que de la sévérité de Dracon, mais je dis que, pour l'honneur de la moralité publique, de la discipline militaire, de l'égalité devant les lois, il fallait abaisser cet orgueil insolent, et, sans arracher ses lauriers de sa tête, briser son épée à ses pieds.

O sévérité ! ô fierté antiques ! qu'êtes-vous devenues ?

Même du temps de César, il y avait encore une institution qui faisait de l'insulte un sacerdoce sur les pas du
triomphateur : « Souviens-toi que tu n'es qu'un soldat
heureux ! Souviens-toi que la roche Tarpéienne est près
du Capitole ! Souviens-toi qu'aucune gloire ne saurait
placer un citoyen au-dessus des lois ! » Eh quoi ! les
diverses supériorités que le hasard ou le mérite élèvent
au-dessus du niveau commun n'ont-elles pas une tendance assez fâcheuse à s'exalter naturellement, sans que
nous prenions le souci d'aller nous mettre de nous-
mêmes sous leurs pieds pour les exalter encore ?

On me répond, je le sais, que cette idolâtrie garibal-
dienne n'est que l'excès d'un patriotisme touchant, et
qu'au fond de ces grotesques excentricités, il y a un
sentiment qu'il faut ménager et honorer.

Je le veux bien ; mais entendons-nous :

Lorsque les gens de Leyde prennent pour Dieu un
garçon tailleur, je suis fort tenté de rire, et je rirais bien
plus si je le voyais avec un pet-en-l'air et une toque à
glands d'or se promener en calèche et faire des madri-
gaux aux dames de Milan. Je rirais jusqu'à la mort, si
je l'entendais nommer libérateur et conquérant pour
être entré à Naples avec sa valise et son parapluie. Mais
quand je le vois, et les Leydois avec lui, seuls derrière
leurs murailles, tenir tête pendant quinze mois à toute
l'Allemagne du Nord, je ne ris plus. Ces prodiges du
courage et du fanatisme ont une grandeur surhumaine
qui me contraint à l'admiration et au respect.

Que les gens de Crémone et de Treviglio fassent les mêmes miracles, et on leur passera l'apothéose de Garibaldi.

J'ai dit et ne m'en dédis point que si le revers de cette médaille est grossier, la face rayonne. Garibaldi est un vaillant soldat. Il est apprécié comme tel en France où l'habitude que nous avons de la valeur militaire nous rend moins admiratifs qu'ailleurs et plus difficiles sur la qualité. Personne ne conteste ses aptitudes à supporter la fatigue, les longues marches, les nuits sans sommeil. Je sais qu'il est sobre, vigilant, brave dans le combat et doué de toutes les qualités d'un solide condottiere. Mais, quand je lis l'histoire de Mina, je lui trouve Mina très-supérieur comme capacité militaire. Je ne peux pas, pour faire plaisir aux Italiens, me refuser à reconnaître que l'Espagne compte par milliers des guérillas auprès desquels ses prouesses ne sont que des jeux d'enfant. Il m'est impossible de ne pas me flatter que nous avons dans l'armée française cinquante sous-lieutenants ayant vu le feu d'Afrique, qui se feraient fort de lui tailler des croupières avec trois cents hommes contre six cents Milanais à pied et à cheval. Enfin, il ne dépend pas de moi d'ignorer qu'à Aspromonte, un simple officier, Pallavicini, lui fit deux mille prisonniers avec dix-huit cents hommes. Je sais qu'on a dit qu'il ne voulut pas verser le sang des Italiens. Qu'allait-il faire alors à Aspromonte avec une armée, et pourquoi n'est-ce pas lui qui fit Pallavicini prisonnier ? Après Aspromonte, il fallut qu'un chirurgien français allât lui tirer une balle du talon. Nélaton lui guérit le pied ; mais la tête ? qui la guérira ?

Je suis sûr qu'élevé dans un milieu plus austère, il y aurait eu en lui l'étoffe d'un Marius. Il a cette sensibilité excessive qui, selon les circonstances, rend l'homme capable des plus grands crimes ou des plus brillantes vertus. Que son cœur soit animé du plus pur patriotisme, j'en suis convaincu. Je lui crois les plus mâles instincts. Je le plains du luxe et de l'apparat qu'on lui impose et qui doivent gêner beaucoup sa modestie. Je sais qu'un vrai désintéressement et une probité parfaite mettent une grande différence entre lui et les ambitieux vulgaires. Je proclame que si tous les Italiens avaient dans la poitrine le cœur de Garibaldi, et si Garibaldi avait la tête de Cavour sur les épaules, l'unité italienne serait en ce moment un fait accompli. Mais Cavour est mort et Garibaldi ne connaissait pas son pays. Aveuglement magnanime tant qu'on voudra. Il ne faut pas être aveugle quand on prétend jouer un rôle politique et conduire les destinées d'une nation.

Anti-français, socialiste, communiste, babouviste, fraternitaire, solidaire, humanitaire, Garibaldi est une cervelle creuse où toutes les utopies ont laissé une confuse empreinte. Il n'a ni l'étude, ni la pratique des hommes et des affaires, ni les dons naturels qui suppléent parfois au savoir. Une éducation débraillée, l'isolement où le retient le défaut absolu de toutes les conditions de sociabilité qui rapprochent les hommes, l'éloignement systématique de toutes les influences capables d'agir raisonnablement sur son esprit, de funestes courtisans, une presse occupée à rapetisser le monde autour de lui, les foules se vautrant à ses pieds dans une admiration hébétée au lieu de se relever fièrement et de le suivre, un grand courage trahi par une incapacité plus grande encore, et le sinistre génie de Mazzini attaché à ses pas, telles sont les circonstances qui ont perdu cet homme héroïque digne d'un meilleur destin ; telle est l'opinion des gens sensés sur son vrai rôle et sur son vrai caractère ; telle est la part équitable qu'il convient de faire à ses vertus et à ses faiblesses, en se tenant également éloigné d'un engouement fanatique et d'un dédain trop absolu.

FIN

TABLE

TABLE 309

TABLE   311

TABLE   313

LE NAIN JAUNE.

POLÉMIQUES POLITIQUES ET LITTÉRAIRES

LETTRES DIVERSES.

LETTRES AU PROGRÈS DE PARIS ET AU COURRIER DE MARSEILLE.

GARIBALDI.

IMPRIMERIE L. TOINON ET Cᵉ, A SAINT-GERMAIN.

www.ingramcontent.com/pod-product-compliance
Lightning Source LLC
Chambersburg PA
CBHW060937030726

47503CB00003B/635